作家出版社

最后的房客

王 栋 著

图书在版编目（CIP）数据

最后的房客 / 王栋著. -- 北京：作家出版社，2019.7

ISBN 978-7-5212-0633-3

Ⅰ. ①最… Ⅱ. ①王… Ⅲ. ①长篇小说 - 中国 - 当代

Ⅳ. ①I247.5

中国版本图书馆CIP数据核字（2019）第144782号

最后的房客

作　　者：王　栋
责任编辑：李　夏
装帧设计：北京中作图文制作有限公司
封面插图：张艺丹
出版发行：作家出版社有限公司
社　　址：北京农展馆南里10号　　邮　　编：100125
电话传真：86-10-65067186（发行中心及邮购部）
　　　　　86-10-65004079（总编室）
E-mail:zuojia@zuojia.net.cn
http://www.zuojiachubanshe.com
印　　刷：三河市兴博印务有限公司
成品尺寸：142×210
字　　数：182千
印　　张：8.25
版　　次：2019年9月第1版
印　　次：2019年9月第1次印刷
ISBN 978-7-5212-0633-3
定　　价：42.00元

一

夕阳在红云后发出的最后一抹余晖穿越窗棂，铺洒在他脸上。也许是这不甚刺目的光线，也许是心中另有羁绊，他猛然从梦中惊醒。

他惊讶地发现自己深陷在窗边一个独座布艺沙发内，夕照使本就模糊的双眼更加迷离，他揉揉眼睛，用手遮挡晚霞，这才得以看清自己所处的环境。

宽敞空荡的房间陈旧简洁，高挑的天花板，繁复的吊顶，泛黄的壁纸，晦暗的地板，古旧的吊灯，都显出这间房子的不同寻常。然而这一切复古风潮却又被填充其间的几个宜家风格的简易家具所解构，他的头脑中顿时产生出一种不真实的戏谑感。

然而真正使他迷惑和惶恐的并不仅仅是这身外之地，还有此刻他的内心。

这是在哪儿？

我为什么在这里？

我是谁？

他感到一阵眩晕，不得不再次闭上双眼，迷茫中他强迫自己集中精力回忆，可惜大脑却像一片漫漫无涯的荒漠般了无生机。

终于，他放弃了思索，睁眼看了看手表，时针分针呈现一个狭小的夹角——6:30。

这是梦境吗，也许，但窗外的夕阳，室内的家装，乃至空气中氤氲的那股淡淡的霉味都显得如此的真实。

一股莫名的力量让他从沙发中起身，他机械地迈腿走了两步，呆滞的目光继续打量着周边的世界，仿佛刚清醒过来的植物人。

室内暗红色的地板已能看出明显的裂缝，好在没发出什么响动。不需要敏锐的目光也能发现墙壁上那些边角翘曲的壁纸，其上的缠枝碎花图案依稀可辨。墙壁上有两个明显的浅色方框，想必当初悬挂着画框，但如今画作也如自己的记忆般不翼而飞了。最为引人注目的莫过于房顶那盏古铜色吊灯，如童话中的怪树般枝杈蔓延，像要长满这间屋子。一张单人床，一个独座沙发，一张狭小的书桌，一个简单的双门衣柜，一张折叠椅，就是自己所处房间全部的家具。他摇摇头，感慨于房间主人怪异的品位，若他自己正是房间的拥有者，想必他绝不会原谅自己。因为这就像吃了一个薯条馅的饺子般一时难以下咽。当然，这种感觉一闪而过，他眼前的一切目前全部都笼罩在斜阳夕照中，仿佛全部被镀上了某种特别的气息，一种奇怪的熟悉感穿透这种气息在他心中产生，莫非，莫非以前来过这里？

透过窗户向外望去，他这才注意到自己身处楼上。离他最近的住宅也在百米开外，其间树木葱茏，蝉鸣依稀。低头一看，自己穿了件灰色长袖 Polo 衫和轻薄的卡其色长裤，脚上是双白色的 Vans 板鞋。

所以，现在应该是初夏，但房间内凉意十足，甚至，幽静空荡的房间还散发着一种微微的阴森感。

此时他虽未寻觅到多少记忆，但思绪逐渐明朗起来，理性一点点回归正位，一时而起的恐惧逐渐散去，取而代之的是寻求真相的迫切感。

正当他在诸多复杂的意识中挣扎时，楼下传来了不甚清晰但富有节奏的异响。他仔细一听，隐约分辨出是某种音乐。

他起身走向房门，轻轻转动把手，一拉开房门，就听见门外伴随着音乐传来的争执声。

"张锐强，跟你说多少遍了，能不能小声点！"一个略显尖厉的女声。

"哦了哦了，上年纪了吧，神经衰弱。"年轻男子的声音。

张锐强，他仔细回忆着这个名字。

音乐声顿时小了一些。

"说谁神经衰弱，我忍你不是一天两天了。"

"喊，隔壁老武都没说啥，就你耳朵尖。"

接下来房门打开的声音。"好啦好啦，都少说两句。小张，以后音响声音小些嘛。"一个上了年纪的男人说道。

知道自己并非孤身一人，他瞬间轻松许多，于是决定走出房间一探究竟。一出房门，他发现自己身处一个不长的走廊，走廊内光线昏暗，但能清楚地看到包括自己身后共有四个房门。右侧走廊尽头是一扇狭长而尖顶的窗扇，窗棂复杂多变，暗红色的阳光暧昧地照射进来，使他产生了一种仿佛置身教堂的神秘感。

他循声左转，没走两步就看到了楼梯。

楼梯前是一个小厅，也就是他现在所处之地。一张小巧精致的双人沙发和长度相近的窄桌安置在两侧，他想不出此处这两件家具有什么实际用处，如他所见，沙发和长桌上积满了灰尘。

桌子上方的墙壁挂着一幅一尺见方的小画，他虽然对艺术不甚了解，但一瞥之间还是认出这应该是一幅浮世绘。画中一名日本武士挎着长刀，面色凝重地走在山路上。可惜在半明半暗的光线中，他无法留意到画面明快的颜色和动静结合的东方神韵。

心烦意乱的他不想留恋于此，转头穿过小厅。小厅左侧是下楼楼梯，右侧是上楼楼梯。他没有多想，不由自主径直走下楼梯。

楼梯的木板并没有房间里的同类那般好脾气，一踩上去便发出咚咚的响动，他赶紧踮起脚，轻轻迈步。

每级台阶不高，但级数不少，他手握扶手，低头走着，此时一阵相同的脚步声突然从下面传来，好像是对他的回应。紧接脚步声而来的，便是一位年轻女子。女子穿一身轻薄的淡绿色睡衣，跶着一双浅紫色的绣花拖鞋，披一头齐肩长发怒气冲冲地拾级而上。四目相对，女子突然收敛了脸上原有的愠色，转而微微一笑："Hi，帅哥，你刚才是不是听见很大的噪音？"女子音调很高，仿佛面对着一个耳背的老人。

他心里一惊，不知如何回答，不置可否地低声嗯了一声。

女子却像是听到了肯定的答案，转头同样高调地说道：

"看吧，楼上听得清清楚楚。哼，总是这样，太没素质!"

他寄希望于上楼的女子给他解释，哪怕叫出他的名字，但怎奈好像女子与他不甚熟识，只是微笑地冲他眨眨眼。此刻他多想冲上去拉住女子问个究竟，但男人的理智压抑了冲动，在这个陌生的环境中，他不想显出自己的慌乱和紧张，于是他轻轻点点头，同样报以礼貌的微笑，不动声色中继续下楼。

虽然楼梯宽度足够，但两人均礼貌地侧身让过对方，此时他们之间的距离绝对还能再挤进一人。他不敢打量陌生女子的面庞，心里七上八下地来到一楼。

一下楼，他正对面是一个宽敞的空间，一张硕大的西式长条木桌和六张木椅占据其中。桌椅古朴大方，远观中隐约可见些许的雕花。

这是餐厅? 他思索着，应该是了。

桌上摆着两只空花瓶，玻璃花瓶纤细瘦高，不禁让人担心房间内的某阵小风就能将它们吹倒。花瓶上方，各有一支百合状的吊灯悬垂下来，它们悬挂得如此之低，再降一点好像就要与花瓶相撞。吊灯点亮着，但昏暗得好似烛光。餐厅后面是一扇开启的大门，不知通向何处。

他左转，抬眼就看见前方的门厅。古铜色的双开大门乍看上去富丽堂皇，但斑驳的锈色还是在近距离的观察中显露出来。门厅暗红色地毯的斑秃更加无法掩饰，只有一侧的那面宽大的穿衣镜明亮如初，完美地映照出对面空空荡荡的衣帽柜。

一楼深栗色的实木地板似乎久未返修，虽然没有像楼梯那般嘎吱作响，但走在上面略有些许空洞的感觉。他恍惚中好像穿越到了一座偏僻的博物馆，没有导游兀自踟蹰，茫然地寻找着什么。东张西望间，他来到了门厅左侧宽敞的客厅前，客厅没有灯光，但中央那圈奢华的皮沙发仍然迅速吸引了他的注意。客厅的地板、墙壁与家具均是幽深灰暗的色调，好像经历过庞贝灭城那般的大灾难，这一切又在昏暗中更加朦胧起来，显得冰冷颓废。

他走进客厅，伸手抚摸着古典陈旧的真皮沙发，突觉自己穿越到了十九世纪的欧洲，荒诞的梦境感油然而生。沙发共有两对，一对独座，一对两座，分别相对摆放，围着中间一座宽大低矮的木质茶几。

客厅一侧的壁炉看上去早已废弃，但像如今众多的别墅那样，仍具有十足的装饰意味。他好奇地走近观察，被铁架遮挡的炉灶漆黑幽深，微微俯身，炉灶内仿佛传来一阵微微低吟让他不寒而栗，他急忙起身，好像害怕被这炉灶吸走灵魂。壁炉外壁被熏得焦黑，失去了本有的颜色。平坦的炉台中央摆放着一只枣木色座钟倒是干干净净，只是象牙白钟面已经发黄，隔着不甚明亮的玻璃壳更显出几分陈旧。座钟的指针一动不动地停在了三点十分，看来是罢了工。他察觉到指针略显怪异，便将双眼贴近仔细观瞧，哦，原来是时针所停留的位置将上弦的钥匙孔挡住了大半。侧耳一听，隐约有沉闷的嘀嗒声传来，若以死人还能听见心跳作比恐显失当，但确实有那么几分诡异。

壁炉周边再没有什么能够吸引他的物件，他摇摇头离开壁炉，怀着压抑的心情快步来到窗边。

透过宽大的落地窗，又是一片浓郁的绿色，几丛叫不出名字的浅色花卉点缀其中，不远处一栋灰色的建筑物在绿植间隙显露出来，再一次勾起了他回忆的思绪。

那栋建筑应该在哪儿见过，这到底是哪儿？

思索中，他突然发现，刚才楼上窗外的霞光早已散去，取而代之是低沉的阴云，这阴云比他此刻的心境更加暗淡，就在他的注视中，天空哗啦哗啦下起雨来，雨滴落在绿叶上，发出一声声清脆的响声，随后很快便混成一片。

"小云，你下来了？"身后有个声音突然响起，他浑身一颤。

他回头，看见客厅对面站着一个中年男人。此人个子不高，身材清瘦，穿着一件米白色中式无领衬衫和藏蓝色宽大的亚麻长裤，一双温柔的眼睛藏在圆圆的镜框后，脸上满是笑意。最引人注目的是他那头蓬松的灰白长发，轻松地披在肩头，三分儒雅三分不羁，剩下的便是另一种独特的气质了。

小云？我姓云？他的记忆在这位大叔的提醒下慢慢恢复。

"小云你还去取行李吗？你看到了吧外面下大雨了。"大叔好像没有注意到他此刻迷离的神情。

他啊了一声算是应答，慢慢穿过客厅，来到大叔面前。此人看起来年近半百，笑容可掬的面庞让人有种莫名的亲切感。

"小云你怎么了，刚是不是睡了一觉？你的房间还行吧？家具不多但该有的都有。就是没有独立的卫生间，得和小吕共用一个，他就在你屋隔壁。"

他下意识地点点头，脑海中缥缈的信息逐渐聚拢起来。对对，我是个房客，来租房子的。

"我说你今晚就别回去了，这雨越下越大，干脆就直接住这儿吧。这个，我还存了一床被褥，一会儿取给你。"

轰隆隆，巨大的雷声响起。

他转头望望窗外，外面已是暴雨如注。

对了，我是来看房的，我的行李，我的行李还没带来，我怎么就在房间里睡着了呢？

"您是房东吧？"

此人哈哈笑了起来，伸手拍了拍失忆者的肩膀："小伙子年纪轻轻怎么记性差点儿，我说过我不是房东，这个，我叫武向天，也是一个房客，我住那间房。"

武向天伸手指了指餐厅旁边的一扇半开的房门。

他赶紧点头掩饰自己的窘迫："啊，对对。"

"小云你吃了吗，我去下点儿面，这个，要不给你来点。"

"哦，不了不了，我吃过了。"虽这么说，他也记不起自己是否吃过晚饭。

"哦，好吧。我一会儿上楼给你取被褥去。你明天去学校吗？"

学校？啊，是啊，我是学校的老师，嗯，不，是助教。

"啊……去的。"去还是不去呢？他完全没有印象。

"哦，没事这儿离你学校不远。"

说话间，大厅深处一扇门打开了，一个高大的身影蹿出，飞快地闪进餐厅后面的门里。

"小张，又吃泡面啊？"武向天回头说。

片刻后，那人双手捧着一盒看似倒满开水的泡面，小心翼翼地走回大厅。

"小张，以后把音响关小点儿哈。我介绍一下，这是新来的房客——云端。"

云端，对了，我是叫这个名字——云端。想起了自己的名字，如飘在云端的心终于落了地。

云端赶紧上前两步点了点头："你好。"

那人没有停下脚步，而是微微侧目看了他一眼，漫不经心地点头算是回应，很快便走进房间。

武向天走近他的房门："小云就住楼上那间空房间，你们以后相互关照哈。"

云端也紧跟上去，探头往屋里望去，屋内家具陈设和自己房间大致相近但十分凌乱，衣物和各种生活用品好像随机般地出现在房间的各个角落。那个圆头圆脑身材高大的年轻人坐在书桌前，小小书桌上一个硕大的显示器十分醒目："嗯嗯，好嘞，我叫张锐强。"那人转头瞟了一眼云端，好像列车上应付查票般地点点头，又迅速回头盯着显示器。

武向天关上张锐强的房门："哈哈，一闻着泡面味我还有点饿了，小云你确定不来点儿吃的。"

"哦，不用了，谢谢您。"

云端刚说到这儿，屋外突然传来一声炸响。

"又打雷了！"武向天嘀咕了一声。

雷声后，楼梯上传来了关门声，紧接着是一阵快速的脚步声，几秒后，一个身影闪了下来。

"小吕，要出去啊。"

来人略显清瘦但十分精神，穿了一身藏蓝色的运动装，看上去年纪不大，但却梳着成熟的背头，下颏留着短短的胡楂，眼睛略小却炯炯有神。

"啊，是啊武老师，想出去跑跑步。"他边说边摘下蓝牙耳机。

"刚刚打雷了你听到了吗？下那么大的雨！"

"下雨了？没注意啊，刚才我看还晚霞千里呢，不会这么快吧。"此人满脸错愕。

正说着，昏暗的屋内忽然一亮，几秒后滚滚雷声如期而至。

这人快步走到餐厅窗前向外望去，窗外暴雨倾盆，笼罩在暮色中的景物更加朦胧。

"嘿！说下就下，刚我在楼上看着天气还不错呢，真见鬼了。"想要出去运动的人难免有些扫兴。

"小吕，这位是新来的房客，云端，就住你对门。"武向天不失时机地介绍着。

"哦，你好你好，我叫吕辉，欢迎欢迎！昨天就听武老师说起了，呀，这下我们可都齐了。其他人你都见过了？"吕辉热情地上前和云端握手。

经历了前一个人的冷漠，云端被吕辉的热情所感染，激动得连连点头。

"那以后多多关照哦。嘿，你看我本想跑跑步，竟然下雨了，我先回屋换衣服，一会儿聊。"

"好的好的。"

"这个，小吕你吃过了吗？"

"我吃过了。"

武向天走进餐厅后的大门，看来那里是厨房所在。寻回记忆碎片的云端继续回到客厅，彻底安下心的他一边在头脑中拼凑着一边仔细打量起来。

一楼层高比二楼看似要高出不少，客厅顶部是一圈圈雕花繁复的吊顶，晦暗荒凉中记载着往昔的辉煌。在繁花包围着的核心，竟只剩一个巨大的吊灯基座，基座中部碗口大小的黑洞，像一只怪眼，默默地注视着他。

云端不敢再看，记忆正在逐渐恢复的他内心又似乎被一种幻觉所笼罩，好像自己此刻身处于诡异的奇幻地带，在真实与虚幻间挣扎徘徊。

他把目光转向了斑驳的墙壁，除了更加泛黄陈旧的壁纸，墙壁上还零散地挂着几条已看不出本色的帷幔，云端随手拉扯了附近的一条深色帷幔，灰尘伴随着霉味悠然而出，好像在迫不及待地向他诉说着过往。

"帅哥，看什么呢?"

云端回头，刚才擦身而过的女子又出现在楼梯口。

"哦，没什么，随便看看。"

"哈哈，以后有的是时间慢慢看。你不去取行李了?"

"雨太大了，先不去了。"看来我刚才和她认识过了，但我记不起来了，她叫什么呢，云端回忆着。

"你吃了吗，我去厨房拿点水果吃，你要来点吗?"

"哦哦，不客气，我吃过了。请问这儿的Wi-Fi密码是多少?"

二

不久后，武向天取来了一床被褥。云端铺好床，简单收拾了一下屋子。窗外天色已完全黑暗，大雨也似乎因为落日的消失而更加地肆无忌惮，风声雨声透过窗棂，在古老的房间内产生一种在现代公寓不曾听过的回响。

暴雨虽然将他暂时困在这里，好在他把自己的记忆解放了出来。他贪婪地把组装好的过往回忆了一遍又一遍。没错，当他看到这则招租信息时也非常地诧异，在城区居然还能有这样一座古旧的府邸低价出租。所以当真正住进来，产生出不真实的梦幻也情有可原，也许是这座府邸独特的气场影响了大脑的机能，云端这样自我调侃着。

云端脱了鞋，悠闲地半躺在床上，看着手机中的新闻。还不到七点半，没带电脑也没带书，这漫漫长夜不知该如何度过，嗯，一会儿还得借个充电器。都说偷得浮生半日闲，云端自觉已好久没有这样消磨过时光了。

头顶的吊灯外形虽然张狂，但竟然只有两个低瓦数的白炽灯泡在发光，这令人尴尬的光线也只适合玩手机了。

"明天得去买盏台灯了。"云端正在盘算着，突然头顶不甚明亮的灯光一闪，随即四下昏暗起来，只有手机屏幕兀然地亮着。云端皱了皱眉，用手机屏幕照亮，下床走到门边拨弄了几下电灯开关。

毫无反应。

停电了？不会吧，这个季节也不算是用电高峰。还是灯泡坏了？在这个早已普及了 LED 灯管的年代，白炽灯泡这种二十世纪的遗老坏了一点儿也不意外。或许可能是哪里的线路出问题了。云端心中一连列出好几种可能，正准备一一排查时，身边的门砰砰响了起来，着实吓了他一跳。

"谁啊？"

"帅哥，是我。"门外传来那个女声。

云端虽然站在门边，但故意停顿了几秒，刚一开门，一道亮光便射向自己，晃得他急忙用右手遮挡。

"啊，对不起啊。"女子急忙移开手机的电筒，"是不是停电了？"

云端看到了她脸上明显流露出的慌乱："应该是，我下楼看看。"云端说罢便往楼下走，女子则小心翼翼地跟在他身后。就在此刻，楼下突然响起了一个男人的叫嚷：

"怎么停电了？这可惨了，武……老……师……"

云端和女子来到楼下，看见三个男人都在那里。武向天拿着手机正在门厅里照着什么，张锐强跟在他背后伸脖看着。吕辉倚靠在厨房门口，嘴里叼了支香烟，悠闲地翻着手机。他抬眼看到楼上下来的两人，哈哈一笑："哟，都下来啦。好久没遇到过停电的事了，惊不惊喜，意不意外？"

"电闸没跳呐。"武向天不解。

"最近电卡充了吗？"张锐强问道。

"刚充的啊。"

"问问房东吧，怎么不见他下来？"

云端走向客厅的窗户向外张望，大雨仍在继续，窗外虽不是漆黑一片但也十分昏暗，几乎分辨不出物体的轮廓。

"这么大的雨也看不清什么，估计是这一片都停电了。"云端说。

"是吗？"武向天和张锐强都同时挤到窗边向外望着。

"还真是，妈的，停啥都行别停电啊，老子刚要'吃鸡'就停电！"

武向天转头看看张锐强："嗯？吃鸡？"

张锐强摆摆手："游戏啦，没事。不知道要停多久，你们看远处那幢楼好像还有亮光呢。"

吕辉向后捋了捋自己的头发："那不是个精神病院嘛，可能有备用电源。这下好啦，都回屋上床睡觉吧。"

一直跟在云端身后的女子终于说话了："啊，屋里那么黑一个人待着多吓人啊。"

张锐强抬手瞅瞅手机："呀，娘的忘充电了，谁有充电宝？"

然而并没有人接话。

"还有一个问题,"吕辉清清嗓子,"停电意味着Wi-Fi也没有了,大家拼流量吧。"

"啊?!"

"这才七点半呢,要不大家先在客厅坐坐聊聊天,晚会儿再回屋睡觉?"女子小声提议。

"也好,我上楼找几根蜡烛,这个,储藏室应该有。"武向天说罢上了楼。

大家都没有反对,四个人先后来到客厅。女子跟着云端在一张连体大沙发上坐下。张锐强和吕辉各自在相对着的两张单体沙发上落座。

四人无语,黑暗中各自看着手机。

两三分钟后,武向天才从楼上下来。

"房东没开门,可能停电后他就睡了。我在储藏室找到了两根蜡烛,小吕,打火机。"武向天把两根拇指粗细的白蜡烛立在茶几上。

红光一闪,蜡烛如同黑暗中绽放的两朵桃花,映红了五个人的脸。

"不错不错,许久没有点过蜡烛了,还真有点怀念,看见蜡烛就想吹了许愿呢。"吕辉吐了一口香烟。

"别抽了!这么多人呢。"女子不满。

"好好,不抽了大小姐。"吕辉满脸堆笑,从茶几下翻出烟灰缸掐灭了烟头。

眼看五个人就要陷入沉默,武向天扶了扶褐色的圆框眼镜,接过了话:"这样吧,小云刚来还不怎么认识大家,借这个机会我们自我介绍一下吧。我先说,这个,我呢,是这儿最早的房客了，年纪也是最大的，比你们都大至少一轮吧，哈哈。我的房间也是最大的，因为我是个画家，我的房间也就是我的工作室。这个，不过说来惭愧，我都这把年纪也没什么名气，还得租房子住，唯一的好处就是自由，哈哈。"云端本觉得穿着传统的武向天有点古旧，但听他这一介绍，一下感觉亲切了许多。原来他身上那种独特的气质就是艺术气质啊，也许在他心中，画家就是这个模样吧。

武向天快人快语，虽然年纪和大家差出许多，但话语间显得和年轻人并无距离。

"武老师主要是怀才不遇，艺术圈嘛，大家都懂的。"吕辉接过了话，"是金子迟早要发光的，武老师您成名也是早晚的事，大器晚成就说您呢。我叫吕辉，梁家辉的辉，85年的，是个导演，和武老师一样，也算是个搞艺术的吧。"

"副导演吧。"对面的张锐强小声嘀咕。

"啊，对，副导演。"吕辉好像并未介意，仍然笑着说。

借着蜡烛的光亮，云端注意到不同于其余四人，副导演吕辉穿着一件白底黑花的亚麻衬衫，深色的七分裤，脚上也是非常时尚的乐福鞋，好像在参加什么聚会。吕辉长得算不上英俊，但那油亮的背头与长脸倒是非常相配，一对小眼在黑暗中闪烁着亮光。

"吕导有什么作品啊?"其实云端对影视颇有兴趣。

"咳，作品提不上，副导演嘛，给导演打工混口饭吃，电影、电视剧、广告、网剧，有活就干呗……"

"我是个码农，1990年生的，喜欢打游戏，哥们儿你喜欢玩游戏吗?"张锐强也不管吕辉说没说完自己就介绍起来。现在未到盛夏，室内也并不热，但张锐强却穿着背心短裤夹趾拖鞋，也算是异类了。

云端摇摇头："游戏倒是不怎么玩。"

"哎，得。"张锐强看出了云端对游戏无甚兴趣，摆摆手。张锐强的名字中虽有个"锐"字，但浑身上下无不体现着"圆"：圆头圆脑圆眼睛，更不用说坐下后那圆鼓鼓的肚子。若不是自我介绍，云端真会以为这位是什么暴发户。

"你说完了没?"女子盯着张锐强。

"说完了您呐。"

"我们下午见过好几面了哈。我叫肖萧，无边落木萧萧下的萧，在 CBD 的一家投行上班，80 后，具体年龄就不说了吧。"肖萧说罢抿嘴一笑。她并不是典型的美女，偏圆的脸型略有婴儿肥，这也使得双眼显得小了几号，不过五官总体比较精致，加之苗条的身材，至少成了使男人愿意认识的那种女人。尽管烛光不甚明亮，云端还是发现她化着淡妆，尤其是那对红唇，对直男确有不小的杀伤力。

云端对肖萧的介绍报之以微笑："哇，金融才女，高大上啊！幸会幸会。"他环视了一眼，努力压低着语气，"我叫云端，刚从美国读书回来，找到了附近交通大学一个助教的工作。"

"海归啊，学霸！厉害厉害，我说第一眼看到老弟的气质就是不一样，人才人才！"吕辉竖起大拇指。

"好棒哦，帅哥教什么呢?"身边的肖萧问道。

"过奖啦，我学高能物理的，教大学物理课程。"

"这才是高大上吧！"肖萧啧啧称赞，"你那个……"她好像还想问什么但又把话咽了回去。

吕辉从裤兜中取出一个绿色的纸盒："润喉糖谁要?"众

人都摆摆手，他取出一颗放在口中，十分享受地靠在沙发里不再说话。

"小云你这一来，咱们这幢房子就住满了，小云你也看过了，这个，一楼是客厅、餐厅、厨房、两间卧室和一间浴室，二楼三间卧室和一间浴室……"武向天热情地介绍着。

"大小姐屋里可是有单独的卫生间哦。"张锐强又嘀咕着。

肖萧白了他一眼，没有说话。

"这个，三楼一间卧室，一间储藏室。房东季先生住在三楼。"

"房东在吗？一直没见他，要不去打个招呼？"云端问。

"房东，呵呵。"张锐强冷笑起来。

武向天摇摇头："这个，季先生是个作家，单身一人深居简出的，没必要去打扰。日常事务他全权委托给我了，有事找我就行。"

是啊，接洽租房事宜期间一直是和武向天联系，直至下午看房，云端才知晓还有真正的房东季先生的存在。

一轮自我介绍后，大家又没了回应，除了武向天，四个人的脸庞均笼罩在手机屏幕的光亮中。

"要不咱们玩个'狼人杀'什么的？"张锐强在寂静中突然说话。

然而大家好像并无兴趣，各自看着手机。

片刻后，吕辉关上手机屏幕打破了沉默。

"我说光线太暗时盯着手机对眼睛不好。我有个提议，不知道各位觉得咋样？"他停顿了一下。

"小吕，你说呗。"武向天似乎也不想默默地坐下去。

"我们每人讲个故事吧，不要太长，越有意思越好。讲完大家评选一个最有意思的，明天请他吃饭。"

"别讲鬼故事！"肖萧抢先叫着。

"这个有点意思，好主意，这不是《十日谈》嘛，哈哈，咱们这是'一夜谈'。"武向天捋了捋长发，显得兴致高昂。

吕辉望向云端，云端看了看肖萧和张锐强，肖萧微微点头，张锐强把身体仰进沙发跷起二郎腿，一副不置可否的模样。

"我可以啊，就是我没什么有意思的故事。"云端说道。

"哦，那没事。老弟你呢？"吕辉直勾勾盯着张锐强。

张锐强叹了口气："都多大人了还玩幼儿园那一套。行吧，既然大家都乐意。"

吕辉搓搓手："好，既然是我提议的，那我先来一个。"

黑盒子

阿耀算是个好人吗？应该不算。

父母去世留给他了些家产，然而他游手好闲，不学无术，终于坐吃山空，只剩得一间老房子和一件玉镯子。

阿耀算是个坏人吗？应该也不算。

虽说生活捉襟见肘，他也不偷不抢，不坑不骗，有钱就吃好点，没钱就少吃点。

算是浪子回头吧，这两年阿耀也东游西荡做点事情，虽说不稳定，但也足够养活自己。眼看已经三十出头，阿耀不得不为自己的将来着想了，怎么着也得讨个老婆啊。

阿耀狠狠心，将母亲留给自己的祖传玉镯子卖了，凑了本钱做点手机配件之类的小生意。还好他不傻，做生意虽说没挣什么大钱，但两年也算是攒了些许。不过他有个毛病，就是不信任银行，自己赚的钱都在家里一个铁盒子里锁着。

既然有点资本了，阿耀想，是不是该去婚介所踅摸一圈呢？于是为了终身大事，他来到一家婚介所。看了一摞的资料，也没有几个入他的法眼。他怏怏地出来，恰好路过一家古玩店，鬼使神差地走了进去。

古玩字画他不懂，但是以前和狐朋狗友没少逛古玩市场，倒也不陌生。阿耀在这家店里东瞅瞅、西瞧瞧，摸摸这个、碰碰那个，装得像是个玩家似的。

其实这种闲逛的人不少，店主也没怎么搭理他。

突然在高大的博古架下层极不起眼的角落里，一个一尺见方的木盒竟然钻进了阿耀的眼睛。阿耀拿起来，仔细地端详一番。

这是一个乍看上去朴素平凡的木盒，暗黑色的外表好似不会反射任何光线，但从不同角度仔细观瞧，那层神秘的黑漆却又仿佛幽灵般变幻出莫名的阴暗色调。盒盖盒身由合页相连，翻盖的结构。盒内只有一层，里里外外都是素面，没有任何装饰。也不知什么木料，掂在手里沉沉的。黑盒做工很好，盒盖开关没有一点声音，而且和盒身严丝合缝。

"嗯，那啥，老板，这玩意儿什么年代，干吗用的啊？"阿耀问道。

老板放下手头的一件玉器，慢慢走过来，把鼻梁上的老花镜往下扒了扒，低头抬起眼皮瞭了一眼黑盒子，再瞭了一眼阿耀。

"不晓得什么年代哦，总之是装什么东西的吧，估计是雪茄盒之类的，前阵子一个朋友托我卖的。"

阿耀不知怎么有了兴趣："咋卖啊老板？"

老板似乎也不在乎这个东西："你想要三百拿走。"

阿耀二话不说，也不砍价，立马掏钱拿货走人。

回到家中，阿耀把黑盒搁在桌上，似乎又有点后悔。花钱买了这个东西有什么用呢？哎，反正也不值俩钱，摆桌上玩玩呗。

阿耀一屁股坐在椅子上，口袋里什么东西硌了他，他掏了掏口袋，拿出一个壹元钢镚儿。阿耀看着手中的钢镚儿，又看了一眼桌上的黑盒，顿时乐了。他伸手打开盖子，把钢镚儿丢进去，盖上盒盖，随即拿盒子在手中晃了晃，听到了当当啷啷的响声。

他把盒子搁回桌面，拍了拍盒盖，心想：这挺好，就当个零钱盒吧。

第二天，阿耀很晚才到家。他洗洗准备睡了，无意间又瞅了一眼盒子。拿起黑盒，下意识地晃了两晃，正准备放下，突然感觉不对，他又晃了晃，声响似乎有点不同。

阿耀打开盒盖，令他吃惊的是，盒子里竟然有两个钢镚儿。

阿耀细细地回忆昨晚的事，印象中确实只放进去一个啊。他抠出这两个钢镚儿，攥在手里反复捏把着，寻思半天也不知所以，可能是昨晚睡觉睡糊涂了。阿耀不想再纠结，把两个钢镚儿又丢回盒子，睡觉去了。

第二天一起床，阿耀想起这事，立马奔向盒子。盒盖打开，他呆住了。

盒子里竟然有四个钢镚儿。

这下阿耀不再怀疑自己的记性。他欣喜若狂，哈哈，原来自己淘到了宝贝。

阿耀从口袋中摸出一张百元钞票，郑重其事地放到盒子里，盖上盒盖，随即又打开盒盖，还是一张钞票。

估计得待个一半天吧，阿耀想。于是他带上盒子忐忑不安地出门上班去了。

这天阿耀没什么心情做生意，他过一会儿便打开盒子看看，然而盒里始终只是一张钞票。

看来还得过一宿！他早早地就下班回家。这一宿阿耀都没怎么睡着，满脑子惦记的都是盒子。天一亮他刚醒，就立马打开一直摆在枕边的盒子。

黑盒中出现了两张钞票。

阿耀颤抖着双手拿出钞票，仔细地查看。确实是两张，对光一瞅，水印清晰可见，都是真的不说，连号码都不同。

我发达啦，这可比中彩票还过瘾啊，永远花不完的钱！阿耀兴奋异常，随即翻出一沓钞票放进盒子。

第二天，盒子里是成倍的钞票。

之后的事情可想而知，阿耀有钱喽，有钱干吗啊？吃喝玩乐呗。

于是世间又多了一个花花公子。

接连三天，酒吧、夜店、KTV，纵情声色，一掷千金，好不自在。

好日子还没过上几天，盒子就出问题了。

这天起床阿耀打开盒子，发现盒子里的钱没有昨天变得多了，这是怎么搞的？

这玩意儿估计偶尔也得出点岔子，计算机还有BUG呢，阿耀想。

他又出去嗨了一天，第二天再打开盒子，竟然没变出什么钱，还是原来那些，第三天还这样。

莫非是盒子坏了？又等了两天，仍然变不出钱来。

阿耀坐不住了，情急之下又来到那家古玩店，想找盒子原来的主人问个明白。

"哎呀，我那朋友前些天好像全家都出国了，我也联系不上他了。"店主没戴眼镜，眯缝着一对小眼睛瞅瞅阿耀，摇摇头，流露出困惑无奈的神情。

哎，算屡了，反正也没损失什么，毕竟盒子还在自己手里，也算留了个念想，阿耀想开了，走出古玩店。

垂头丧气地回到家，阿耀心里空落落的。幸福来得太突然，也走得太快。想想本打算晚上再去酒吧约那天聊的辣妹，说不定今晚就能搞到手，现在真是丧气。

也罢，今晚就最后爽一把，明儿还是好好干小买卖吧，阿耀下定决心。

想罢他从床下抱出存钱的铁盒子，打开锁头，然后眼前一黑，瘫坐在地上。

铁盒子里空空如也，这几年的积蓄不翼而飞。

或者说是——都被他花光了。

三

吕辉停止了讲述，一双小眼飞速地眨动着，一脸期待地望着大家。

"啊，这就完了？"张锐强问道。

"啊，完了。"

"那钱怎么就没了？"张锐强追问。

肖萧不耐烦了："你没听懂啊，黑盒子变出的钱其实就是他自己存的那些呗。"

"这故事也太……太故事会了。"张锐强撇撇嘴。

"哎，我这不是抛砖引玉嘛，比较幼稚的一个小故事，你们继续。"

"这个，我觉得这是一则关于欲望的寓言，教育我们不要不劳而获，短小精悍，不错不错。"武向天笑眯眯地点点头。

"是嘛，哈哈，还是武老师有学问。Who's next?"吕辉看看大家。

当当当，清脆的钟声突然响起，这响声远比雷鸣要柔和许多，但此刻却让在座的五个人心中一颤。他们的目光不约而同地向声源投去——那座摆放在壁炉上的座钟。

"那钟不是坏了吗？"吕辉看了一眼手表，"现在八点，这是整点报时吧，这钟谁修好了？"

"那啥你们别说，这钟个头不大动静倒不小。"张锐强猛然蹿到座钟前，伸手重重拍了拍钟壳，好像那是一个图像失真的老旧电视机。

"这个，不清楚啊，你们都没动过吧，那可能是季先生自己修的，或者只是上了上弦，这钟得用特制的钥匙才能上弦。"武向天扶了扶镜框。

"能不能别让它响，大晚上怪瘆人的。"肖萧好像并不希望钟被修好。

此刻的云端也和这些老房客们一样诧异，他痴痴地望着对面壁炉上的座钟，刚才睡醒时的那种不真实的感觉再次爬上心头。

"这座钟……"云端欲言又止。

肖萧注意到云端奇怪的神情，说："哦，那钟估计也是上了年头了，一直不准，眼下居然准时了，还报开时了，确实奇怪。"

"是啊，我下午看见的时候它好像坏着呢。"云端点点头，"我记得停在了三点十分，现在倒是很准了。"云端下意识地看看手表。

"哟，你们的手表好像是一样的。"眼尖的肖萧第一时间说出了自己的发现。

"是吗？还真是，这么暗你也发现了。哈哈，这就叫英雄所见略同，哈哈，看来云老师和我品位差不多。"吕辉伸出胳膊把手表和云端的凑在一起。

"这可真巧呢。"云端似乎有些不好意思，缓缓把手臂缩了回来。

"和你品位差不多，嘿嘿。"张锐强靠着壁炉低声说着，看到武向天的眼神，他耸耸肩，一步三摇地走回沙发坐下，突然一拍正要跷起的二郎腿，让半陷在沉思中的云端吓了一跳："我说，我前两天刚看了一篇小说，是个关于人类未来的科幻故事。在一个公众号里看来的，我还收藏了，我找找看，特有意思！"

他的拇指飞速地滑动着手机屏幕："哦了，找到了，我读一下，故事名字叫作《上帝之眼》。"

上帝之眼

早上好NOV的观众朋友们，欢迎收看《雷尼早知道》，我是雷尼·特斯曼。

好消息是，《雷尼早知道》这个节目到今天已播出超过三十年了，在这不算漫长的三十年里，我们一起访问过五百多位政商名流、文艺大咖，报道评说过无数国际大事、热点新闻。这些年雷尼报道评说过二次冷战，欧洲大战，化石燃料枯竭以及宪法第十七、十八修正案的通过，众议院解散等重磅炸弹，按理来说早已处变不惊，笑看风云。但是当看到这一期要报道的内容时，我已没有任何言语能够表达我的震惊和……恐惧。

这一期雷尼有幸邀请到联邦参议院议员、国家战略发展中心（NDC）总顾问、白宫特别计划行动组组长布赖恩·拉特纳先生，为我们介绍我们伟大美利坚即将展开的"上帝之眼"计划。

雷尼：下午好，参议员先生。

布赖恩：你好，雷尼。

雷尼：其实一直都想请您来"雷尼早知道"，这次终于如愿以偿。但是当我知晓了报道内容后，却又非常不愿意您来参加访谈，希望我这么说您不会介意。

布赖恩：不不，我能理解。要是你我换一下身份，我会把你扔到窗户外面去。（笑）

雷尼：很高兴刚开始我们就有相同的想法（笑），可惜我对您的全息影像无能为力。估计观众们都是一头雾水，其实我本人也不甚理解，先请参议员先生为我们介绍一下这个所谓的"上帝之眼"计划究竟是什么，为什么我们要执行这样一个残酷的计划。

布赖恩：其实这真是一个沉重的话题，"上帝之眼"计划可以说是一个万不得已的非常计划。众所周知，如今我们身处的这个世界，可以说是千疮百孔、破烂不堪。这不完全是战争的影响，更多的还是社会发展方式的必然结果。三百五十多年来，美国一直期望创建领导一个自由、民主的人类社会。然而遗憾的是，我们失败了。我们过分低估了人类的狭隘、贪婪与自私，单纯地以为一个健全美好开放的国家能够包容一切。但是惨痛的事实告诉我们，这些都是痴心妄想，是永远无法实现的乌托邦。

雷尼：到目前为止我很赞同您的观点。回顾二十一世纪以来的社会发展历程，我们经历了太多的不幸，这不仅是美利坚的不幸，更是现代文明的不幸。

布赖恩：没错雷尼。当我们迈着沉重的步伐迈向二十二世纪时，我们不得不面对一个惨痛的现实。这就是，曾经雄霸全球的美利坚已到了一个生死存亡的紧要关头。国内资源枯竭，经济发展停滞不前，就业率持续走低，联邦政府的大量预算用于失业补助、医疗补助、贫困者的救济金，从而对于发展科技和军事力量方面捉襟见肘，更不用提遥遥无期的太空移民计划。再看国际形势则更加不利，欧洲盟友已被绿色阵营分割瓦解，称霸亚洲的红色阵营早已虎视眈眈，二者通过其特殊的政权形式得以积累大量财富用于对外扩张，如果我们任由美国如现阶段这样发展下去，几十年后美利坚恐怕将不复存在。

雷尼：可能对于部分观众而言参议员先生的见解有些危言耸听，但我是非常赞同的。自"二战"后，美国就采取了激进的外交策略，第一次冷战结束后，作为当时唯一超级大国，我们在全球盲目扩张，在主导多场局部战争的过程中不仅大大消耗了实力，而且导致绿色阵营的兴起。所以百年来美国一直在调整对外政策，但我认为并没有起到理想的效果。

布赖恩：很遗憾是这样的雷尼。美国当年对外采取称霸式的强硬扩张，对内却被"民主、人权"所束缚，强调所谓的"政治正确"，执政过于软弱和虚伪。现代美国的真正转变源自半个多世纪前的特朗普时代，且不说他的对外政策的得失，对内他强硬的移民政策确实有其积极的一面，有效阻挡了绿营在美国本土的渗透，但是这种"一刀切"也导致了大量人才被挡在国门之外。我们不得不痛惜地看到这些人才最后被绿、红阵营所吸收，成为反美的中坚力量。好了雷尼，其实我也不想过多解释了，总之，当下美国迫切需要改变，一次彻底的改变。

雷尼：这就是"上帝之眼"计划的初衷吧。

布赖恩：是的，这是大背景。如果美国想要继续强大，就必须甩掉包袱，重新开始。现在我要指出的是，一个国家发展兴盛的关键，正是这个国家中的人。准确来说，是人口素质。历史发展证明，物质资源的缺乏并不能阻止一个国家或民族的发展，但是如果一个国家或民族人口整体素质较低，那么它将可能永远处于贫困和落后。二十世纪日本以其极高的人口密度和较为匮乏的资源储备竟得以发展成为世界第二大经济体，这主要得益于其极高的人口素质。当然，它最后被红色阵营吞并也是另有原因的。如今美国有太多的低素质人口，人工智能的广泛应用使得这些低素质人口更无社会价值，他们现在是社会发展的严重阻碍。好了，现在我就介绍一下"上帝之眼"计划。

所谓"上帝之眼"计划，就是政府对人口素质和结构的一次强制性调整。我们再也没有时间进行人口结构和素质教育的逐步优化提高了，这种渐进式的改变不仅时间久收效慢，而且效果不可控。中国曾经实施过严格的计划生育政策，虽然一定程度上抑制了人口过快增长，但对于提高人口素质、优化人口结构没有起到太多积极作用。而"上帝之眼"计划，是一个精确到个人的调控计划，它能够有效地剔除社会包袱，减少社会成本，提高社会效率，为将来的太空移民计划做准备。

雷尼：参议员先生所提出的愿景是很好的，但这个计划的具体实施不知大众能否接受。

布赖恩：很多反对者批判我是极端的社会达尔文主义者。如果提早五十年我肯定会坚持渐进式的改革路线，但是当我们在国家生存毁灭的关头，必须放下任何的怜悯与仁慈。我们现在就像黑暗森林中筚路蓝缕的原始人，周围有无数的艰难险阻，任何一丝犹豫有可能带来全族的毁灭。任何个人利益在确保种族发展延续的最终目的前都毫无意义。今天我们不除去社会包袱，明天敌人就会除去我们的精英。我们必须面对这残酷的现实。

雷尼：那么所谓"上帝之眼"计划就是政府主导的杀人计划。

布赖恩：也可以这么理解，其实它是非常科学的杀人计划，可以看作是一场切除社会肿瘤的手术。"上帝之眼"计划分为三个阶段。第一阶段：收集整理个人信息。包括每个公民的基本信息、学历、工作情况、收入、消费、贷款、投资、健康状况、犯罪记录、诚信记录，等等。这种信息细致到你每一天的工作，每一笔消费，每一次行动，甚至是每一个决定。即便是个人计划、目标乃至思想都要尽可能地纳入数据库。NDC建设了一个大型的加密人工智能系统以存储这些数据，这个系统我们命名为"第七封印"。第二阶段："第七封印"对这些海量的个人信息进行评估。NDC历时三年设计了一套完备的评估体系，通过对公民海量信息的分析，评估出公民个人对社会的真正价值。如果某公民的社会价值为负并低于某一阈值，很遗憾他就会被纳入"上帝之眼"的审判名单。第三阶段：评估工作完成后，"第七封印"将派出名为"天启骑士"的微型机器人展开判决行动。"天启骑士"锁定目标公民后，会在合适的时机，比如睡梦中，将特殊的药物注射入人体，该公民则被"判决"。随后"第七封印"会通知NDC，我们将派出"赫尔墨斯"小队回收尸体。我们预计整个"上帝之眼"计划将减少人口三千五百万至四千万。

关于你所提的大众能否接受的问题，我觉得有必要在这里解释一下。最初我们本未打算向大众公布这一计划，但在评估了当前社会性质和大众心理后，我们觉得有条件也有必要向大众做出解释。众所周知，在三十年前，随着婚姻制度的瓦解和公共抚育赡养体系的建立，美国社会进入了真正的个人化时代。每个人只对自己和国家负责，与其他人没有抚养、赡养等义务，也无情感关系。一个人的成长、发展乃至生死仅仅关系到其个人和国家。个人被"判决"不会对未被"判决"者产生实质性的不良影响，反而能节省出大量社会资源。个人被

"判决"后，他的财产清算债务后纳入专门基金，如有偿还不了的债务，也将从该基金中支出。

还有更重要的一点，十一年前宪法第十八修正案通过，标志宪法放弃对公民生存权的完全保护。政府可以立法有限度地剥夺公民生存权，哪怕该公民没有触犯刑法。

其实发自心底来说，我是非常不愿意看到目前这种情况的发生，但正如我反复强调的，这是目前国际国内形势下的无奈之举，我坚定地认为这是正确并且明智的。

雷尼：看来参议员先生认为人类社会应该像蚁群和蜂群那样高效和自律，个体完全服从于种群的发展延续。

布赖恩：雷尼你用蚁群和蜂群作比其实也并不恰当。我认为美国社会目前的发展方向是一个微观上"个人自由"、宏观上"国家专制"的社会格局。作为个人可以得到公平、公正和公开的发展条件，任何人都可以通过不断学习、开拓创新，在自己最擅长的职业上发挥自身最大的价值为社会服务，他具有一定的选择权和自主性，这与机械化的蚁群和蜂群有很大不同。但从社会的运转上来说，统一的、强制性的规划必不可少，专制是为了国家的稳定发展，是为了与那些更为专制的阵营对抗。

雷尼：出于理智，我还是部分赞同参议员先生的解释，但是也不免对自己的安危产生担忧。您觉得我这个只会耍嘴皮的人是一个对社会有用的人吧。（笑）

布赖恩：雷尼你不用怕，能制作这一期节目说明你还很有用呢（笑）。其实大家也都不必过于担心，只要是有正当职业，理性消费，没有严重犯罪记录的个人基本都不会列入"上帝之眼"名单。另外我还要强调的是，整个"上帝之眼"计划是完全保密和非人工干预的，"第七封印"是个自闭的人工智能系统，它对个人的评估结果与行动任何人都无法得知，也无法干预。也就是说，哪怕是总统被"判决"我们也毫无办法，当然啦，这是不可能的。多说一句，我们今后还将更多地利用人工智能进行决策和行动。

还有，因为"雷尼早知道"是录播，如果大家看到这期节目，那就可以松口气了，因为"上帝之眼"计划已经结束了，恭喜你，你还活着。

雷尼：没错，恭喜各位观众。在此我也得祈求上帝的保佑，我可不想辛辛苦苦几十年临退休了被判决。还得请教参议员先生，对于退休人士，嗯，对了，还有残疾人士，"上帝之眼"计划是怎样规定的？

布赖恩：目前"上帝之眼"计划将两类人排除在外，一类是未成年人，一类就是正常退休领取退休金并且无负债的人士。即便是残疾人也要纳入"上帝之眼"计划进行评估。雷尼，坏消息是今后我们可能对退休人士进行评估，计算他在工作期间的业绩以确定他的退休时间。

雷尼：您能再解释一下吗？

布赖恩：简单来说，个人工作期间的社会价值越大，他便可享受更长的退休时间，比如可以活到八十岁，而一个社会价值相对少的人，可能只有活七十岁的退休时间。

雷尼：我明白您的意思了，我想观众朋友们也应该明白了。这真是一个灰暗的未来啊。

布赖恩：对于个人来说也许是这样，但对于国家和社会的发展利大于弊。我们决定在媒体上公布"上帝之眼"计划，也是为了激励每个公民的责任感和进取心，因为我们迫切需要一个全民共进的强大社会来与邪恶势力对抗，我相信未来是属于美利坚的。

雷尼：好的，但愿如此。这一期节目就到这里，谢谢布赖恩参议员。感谢各位的收看，上帝保佑美国。

大家好，这里是 NOV 早间新闻。昨日 NDC 新闻发言人称，整个"上帝之眼"计划已经全部结束，共判决美国公民三千六百七十万五千七百八十四人，至昨晚"赫尔墨斯"小队已经全部完成了相关清理工作。"上帝之眼"计划的实施与公布在国内引起极大的反响，大部分民众表示支持这一计划，洛杉矶、芝加哥等地少数反对者举行游行抗议活动，但当 NDC 表示抗议活动会被计入"第七封印"个人评估清单后，所有抗议人群均自行解散。

另据来源不明的消息称，联邦参议员、NDC 总顾问、白宫特别计划行动组组长布赖恩·拉特纳两天前突然死亡。NDC新闻发言人随后证实了这一消息并称布赖恩参议员在家中突发心脏病，人工智能护理系统故障未能及时发现导致他不幸身亡，对此NDC代表白宫和国会对布赖恩参议员表示深切的哀悼。

但有不愿透露姓名的知情者称，布赖恩参议员并非因病去世，而是被"判决"。作为"上帝之眼"计划的首要推动者与执行者，他可能在"第七封印"的评估中被认定为反人类遭到了"判决"。

NDC新闻发言人言辞激烈地驳斥了这一消息，他表示这一荒谬的言论是对布赖恩参议员的极大污蔑，希望各媒体不要报道这一严重歪曲事实的虚假新闻。

NOV还将继续追踪这一事件的进展，请大家关注。

出乎张锐强的意料，故事讲完后是一阵沉默，大家面面相觑没人接话，也许是悲观的主题一时令大家不适应，最终还是年长者率先发言："这个，最后有点黑色幽默嘛，挺有意思的科幻，虽然听起来有些残酷，但还是明显指出了未来主要的社会问题。"

摆脱了刚才一时的迷惑，云端的注意力已经悄悄地叛逃到离奇的故事中去："我喜欢这个故事，反乌托邦，观点非常尖锐，而且表现手法也很有意思，是一篇节目访谈。我在美国也读过类似风格的小说，现在很流行的。"

张锐强得意地双手交叉抱在胸前："那啥你们知道吗，一美元纸币背面有个金字塔，上面有只眼睛，那玩意儿就是大名鼎鼎的'上帝之眼'，据说和共济会有关。哎，那是各种阴谋论呢，大家自己上网查。"

"对对，一说起共济会那水可深了。"云端本还想接着说，转头看到肖萧满脸写着不感兴趣，只好把话收住，"总之是有趣又有意义的故事。"

"是啊，要按故事里那套评估办法，"武向天叹了口气，"在下就是属于会被'判决'的那类人，低端人口啊，对社会没什么价值嘛。"

"武老师您真会开玩笑，您创造的是艺术价值啊，我才没什么价值呢，净拍些烂片，自己都看着来气。"吕辉自嘲道。

"烂片也创造了 GDP，解决了就业。"肖萧冷不丁来了一句。

"那啥，如果现在真的能实行'上帝之眼'计划就好了。清理掉那些垃圾对社会有利无害，我觉得这种方法比灭霸那种不分青红皂白灭掉一半要合理得多。"张锐强语气十分强硬。

吕辉听罢清了下嗓子："哇，老弟你这可有反人类倾向啊。人类文明之所以称为文明就是因为……"

"或者像'人类清除计划'那样，"张锐强好像没听见吕辉说话，自顾自地大声说着，他环顾了一下四周，眼神中带着凶狠与轻蔑，"让民众自己解决。这大宅子里的五个人，不对，六个人，是不是都该活着呢？你们觉得我第一个要杀的人是谁呢？"

四个人同时无语，场面非常尴尬，刚才和谐的谈话氛围顿时烟消云散。

"哈哈，开个玩笑，看把你们认真的！都吓傻了吧。"张锐强像个骗到了水果糖的孩子，拍着大腿开心地笑起来。

四个人都没有接他的话，肖萧翻了个白眼，用手肘碰了碰云端："云老师，陪我上楼取下水杯吧。"

"啊，好的，刚好我也想取我的。可别这么叫我了，太见外了，还是叫我云端吧。"

"我去趟厕所，等我回来再继续。"张锐强起身直奔卫生间。

片刻后，云端陪着肖萧回到客厅沙发落座。客厅一侧四扇巨大的玻璃窗虽然将室外的风雨隔绝开，但声音还是不可避免地穿透进来，伴随着时不时的雷鸣电闪，在空荡的府邸产生出回响。这回响仿佛也与这府邸一样，经过了岁月的侵蚀，浑浊沉闷。云端凝视着窗扇，窗子上每面玻璃都不大，但窗棂将它们以复杂的几何形式组织在一起，不禁让云端想到了自己甚为喜欢的纽约三一教堂。他缓缓回头，发现背后的一侧墙壁摆放着高低错落的矮柜，透过柜门布满灰尘的玻璃，云端隐约看到里面好像是空无一物。矮柜柜顶上随意放了一些书籍杂志，昏暗中看不清名字，但也如这家具般存在了许久似的。

云端还在打量，张锐强摇摇晃晃地坐进沙发，他不知什么时候抓来了瓶啤酒，仰着脖子咕咚咕咚地喝着。

"同志们，下一个谁讲啊？"吕辉想打破刚才的尴尬，做出非常兴奋的样子。

《上帝之眼》确实是个不错的故事，云端的思绪被拖拽入自己偏爱的领域。科学是我所爱，也是自己终生奋斗的目标。虽然不想自封为理想主义者，但我推辞了导师的一再挽留，毫不犹豫地回国，也一度让同学们钦佩和不解。无奈事与愿违，没想到进入研究机构工作在科研一线的愿望是那么难以实现，如今只能在大学做一名普通的助教，我现在后不后悔呢？不，后悔这个词应该像我刚才的记忆般被遗忘。

在刚认识的房客面前，云端不得不暂时放下内心的些许惆怅，在记忆中迅速搜寻出一个不甚新鲜的小故事。

"我也借机讲个科幻故事吧，不过内容很简单，算是个小品吧。"云端说道。

"这个，小云你也挺喜欢科幻啊，不错不错。"武向天端着茶杯喝了一口。

"我学物理的嘛，从小就喜欢科幻。这是个关于时空穿越的小故事，名字叫《彩票事件》。"

"哎呀，巧了，说起彩票，我昨天还中了五十块钱呢！"张锐强说话的语音颇高，似乎想让三楼的房东一起分享他的喜悦，然而看到大家对他的中奖并无兴致，只好耸耸肩，"海归你讲吧！"

彩票事件

王乐是个业余物理学家，说他业余，只是指他没有固定的工作。专业上他可一点也不业余，学术水平甚至比很多教授都高。爱因斯坦当年还只是专利局的小雇员呢，所谓高手在民间嘛。

关于他为什么不在科研院所谋个职位的问题，其实也很简单——原谅他这一生不羁放纵爱自由。虽然他算不上真正的富二代，但也衣食无忧，至少以前是这样。王乐并不是整天吃喝玩乐的败家子，虽然热爱自由，他仍然是一个有理想的青年。他相信，即使不靠组织，依然能实现自己的梦想。他的梦想也很简单——制造出时间机器。

为了实现这个梦想，他废寝忘食，全身心地投入研究，连自己那点家底基本上也扔了进去，结果三十多岁仍然孤家寡人，十分凄凉。不过好歹他过世的父母留下一套房产，使他不至于露宿街头。

所谓否极泰来，就在王乐山穷水尽之际，时间机器研制成功了。

时间机器组装在他的实验室——其实就是他的书房兼卧室里。在他满地书籍纸张、衣物袜子，还有各种莫名其妙的装置的书房中间。一个黑乎乎锈迹斑斑，插满管道和各色电线，好似铁柜的物体，就是时间机器了。

肯定有很多人好奇时间机器的原理，我可以不负责任地告诉你们，原理万分复杂，若有讲明白的时间，我都能写部长篇小说了，更何况我也不明白。不知大家有没有看过乔治·威尔斯那部著名的科幻小说——《时间机器》，看过的人就好理解了。总之让大家知道，王乐实现了自己的梦想。

那句名言说得好，实践是检验真理的唯一标准。时间机器有了，总得检验一下吧。王乐既然是研制者，亲身试验自然义不容辞。

我们的大科学家望着眼前这个自己捣鼓出来的玩意儿，心里也犯嘀咕，万一自己进入时空隧道被撕裂了，或是穿越到不知什么年代回不来了怎么办。不过想想自己目前的处境，也不比那样好多少，于是他横下一条心，"科学就需要献身精神。"他这样安慰自己。

他在机器上设定好时间，调在了一天后的此刻，二十四小时是这台机器最小的穿越单位了。王乐整理好自己的研究笔记，连同遗嘱一起放在了书桌上的显著位置，又翻出来一个显示日历的时钟，挂在了墙上。然后便怀着万分忐忑的心情，打开机器的舱门，如英雄赴死般，走进了机器，关闭了舱门。

机器启动，如同老旧的冰箱般一阵作响，随即又没了动静。王乐只觉得自己随着机器轻微晃动了几下，他在黑暗中等待了许久后，小心翼翼地打开了舱门。

房间里一切照旧，王乐迫不及待地望向时钟，日历显示现在已是第二天。王乐一阵狂喜，他很快冷静下来，仔细地检查了一下自己，完好无损。

泪水夺眶而出，王乐亲吻着这台破机器，如同亲吻他的爱人。

成功的喜悦并未冲昏王乐的头脑，他可是一个理性的人。正当他打算出门看看，突然听见客厅里有动静，仔细一听原来是电视节目。他小心翼翼地走出实验室，探头往客厅里张望。

王乐客厅里符合客厅功能的只有两件家具和一件电器——电视柜、沙发和电视机，其余都是实验室里放不下的各种破烂。他基本不看电视，客厅其实就是储藏室。电视面朝客厅门，正在播放双色球摇奖节目。一个人坐在沙发上专注地盯着电视。王乐看见那人熟悉的背影心里咯噔一下，那不就是自己吗？当然，是第二天的自己。

王乐心想，你小子好不容易成功了还不去申请专利，发布研究成果，竟然在这看什么双色球。他本想提醒一下自己，突然想起如果不同时空的自己直接接触恐有风险，可能引发时空混乱，于是打消了这个念头。

"还是先回去吧，穿越到一年后，看看自己混得如何。"王乐转身走向实验室。

就在这一瞬间，王乐聪明的大脑灵光一闪。

"对了，买彩票啊。"王乐一拍脑袋，"我说你怎么看摇奖呢，原来如此……我真佩服我自己。"

王乐听见电视里公布了中奖号码——红球 06 08 12 18 28 31 蓝球 03，王乐心中窃喜，默默记住号码。正准备回到实验室，激动的他不小心碰倒了走廊里摆在一起的一摞鞋盒，这也怪他家里实在太乱。

他很紧张，怕客厅里的他发现自己，急忙奔回实验室，迅速设定好时间机器，开舱门就进去。正准备关闭舱门启动机器时，听到客厅里的自己在喊着什么。

"中大奖的感觉真好。"机器里的他忍不住笑起来，"看把那小子高兴的。"

王乐回到一天前，走出时间机器第一件事就是找钱。东拼西凑，终于凑了两百元，"两百元，一百注，一注五百万，清空奖池，哈哈。"王乐兴奋地穿着拖鞋就冲出家门。

饥肠辘辘的王乐回到家，翻出最后一包泡面，狼吞虎咽地吃完。虽然还是很饿，但抚摸着手里的一沓彩票，心里无比踏实："明天老子就是亿万富翁了，先想想这钱该怎么花。"

兴奋的王乐盘算了一晚上，好不容易熬到第二天开奖时刻，他兴致勃勃地打开电视，安稳地坐在沙发里。

摇奖时段开始了，看着摇奖画面，王乐觉得这赛过任何好莱坞大片。

第一个数字开摇：05！

王乐简直不相信自己的眼睛。

第二个数字：11！

王乐的目光无数次在彩票和电视间飞速切换，每摇出一个数字，就仿佛一记重拳击打在他脸上。他全身冰凉，瘫坐在沙发里。

竟然一个数字都没中。

"怎么可能！"王乐百思不得其解，"时间机器没问题啊，我明明看到摇奖结果啊！"

王乐欲哭无泪，绝望地把彩票抛了一地，正准备起身把电视砸了，就听见走廊里呼啦一声。

王乐起身想去看看怎么回事，突然怔住。

"……那是昨天的我，就是说我的确看到了彩票摇奖啊，但为何……"片刻后王乐明白过来，赶忙朝实验室大喊："他娘的，千万别去买彩票啊！"

话音刚落，实验室里突然噼啪作响，王乐冲进实验室，看见时间机器剧烈摇晃，青烟直冒。他急忙拔下电源，但为时已晚，彩票中奖的逻辑悖论引起了时空混乱，烧毁了时间机器。

王乐痛苦地瘫倒在机器旁，泪流满面。

四

"啊？完了？"又是张锐强发问。

"啊，完了。"

"啊，怎么和吕辉讲的那个一样，有种虎头蛇尾的感觉。"张锐强挠挠圆圆的板寸头。

"王乐不是看到彩票号码了吗，为什么还不中奖呢？"肖萧喝了一口水，用腿轻轻地碰了碰云端。

"对啊，为什么？"吕辉也问。

云端故作神秘地笑笑："你们再想想，彩票号码不是彩票中心摇出来的吗，如果彩票中心能够控制中奖号码……"

"哦，你是说即使看到了未来的彩票号码，买了彩票，彩票中心摇奖的时候也会改过来？"还是聪明的吕辉悟出来点道理。

"哈哈，对对，是这意思。"

"哦，这样啊。"大家这才有点明白。

"所以说是一个科幻小品，大家听着一乐就好。"

"其实我买彩票就图一乐，从没想着要中大奖，我就知道这里面肯定有猫腻。"张锐强仍然用一种高高在上的语气发布着自己的观点，"那些大奖到底谁中了，外人根本不知道。"

"这个，彩票我没买过，不过说起时间机器，这其中有意思的事可就多了。"武向天轻轻晃着头，若有所思地想着什么，"小云，我是不懂的，你说时间穿越真的可能吗？"

“在不违背相对论的前提下，理论上只能通过虫洞进行穿越，不过能否改变历史还是未知数，毕竟目前因果论还是牢不可破的……”

“那肯定不行啊，要不怎么还没见过从未来穿越来的人？”张锐强显得比云端还要明白。

这个话题也戳到了吕辉的兴奋点上：“早在1895年威尔斯就写了《时间机器》，那可是一百二十多年前啊。关于时空穿越的电影也特别多，全世界据说快有一千部了。你这个小故事里的时间穿越是硬核的，有个明确的时间机器，有的科幻作品的穿越借助于特异功能或魔法什么的，比如《时间旅行者的妻子》《时空恋旅人》什么的……”

“不愧是导演，如数家珍嘛！”云端伸出大拇指给吕辉点赞。

“哪里，哪里。科学上云老师是专家。不过彩票事件这个故事我觉得有点BUG啊，当然这只是我的个人观点，咱们可以讨论一下。你们有没有觉得这里面有个死循环：通过时间机器看到中奖号码——买彩票——彩票公司知道号码分布——内定中奖号码——再通过时间机器看到中奖号码，好像有点说不通啊！”吕辉好像陷入了剧本的创作情景中，认真地分析着。

“没错，是个死循环。”云端点点头，“所以故事结尾说彩票中奖的逻辑悖论引起了时空混乱，烧毁了时间机器嘛。”

“噗，太扯了！”张锐强噘嘴吐了口气，显然对这个结尾很不满意。

“嗯，我也觉得有点牵强，为了结束而结束。不过用现在关于时空穿越流行的说法可以有一个比较合适的解释，就是所谓的平行宇宙或多时间线……"云端像是提前走上了讲台。

"哦，这个我知道，"张锐强提高了音量插话进来，好比要超车前必须先加速，"就是说发生了某个事情后宇宙就会分裂成几个平行的宇宙，比如王乐，啊，是叫王乐吧，买了彩票后，吧唧一下，宇宙分裂成两个了，一个宇宙里他中奖了，一个宇宙里他没中奖，对吧。"

"没错，大致是这个意思。"

三个年轻人正在兴致勃勃地谈论故事，突然一阵难以言说的响动从府邸深处不知什么地方传来，给刚显融洽的氛围带来凉意。

"什么声音？"肖萧瞪大了眼睛。

五个人侧耳倾听，努力分辨着除了风雨声外的任何微小响动。突然，一声炸雷滚入房间，听得人心惊胆战。这就好比开了夜视功能的相机，拍到突然的烟火，屏幕必然花白一片。

"啊，这个雷声好响！"也许是下意识，肖萧稍稍贴近了身旁的云端。

雷声过后，屋内又相对安静下来。

"刚才那是风雨声吧，还是树枝摇晃的声音？"吕辉说。

"才不是呢，现在这是风雨声。"肖萧摇摇头，"刚才感觉像什么乐器声，又像一个女人的哭声，"她停下来细听了几秒，"这声音从来没听见过，这会儿又没有了。"

"是不是房东在干吗呢？看电影呢？"吕辉抬头望望天花板。

"房东，哈哈，你见过他吗？我都怀疑他压根儿就不住这！"张锐强大声地说。

"嘘，"武向天示意他安静，"季先生确实住三楼，不过他很少下楼。这个，他很好静的。"

"他不会是得了什么病或是长得见不得人吧，搞得跟幽灵似的。"张锐强压低声音窃笑道。

"别说房东了，这么便宜的价钱租给你房子，你还损他，什么人啊。"肖萧不屑地瞥了一眼张锐强。

"喊，不说就不说。这么老的房子，出点声音有什么好奇怪的。"张锐强冷笑了两声，"继续继续！"

说到了这所房子，云端按捺不住好奇："这样的大宅子现在很少见啊，你们知道它的历史吗？"

"感觉像是民国时期的官邸。"肖萧说。

"对对，在当时住这儿的肯定是有头有脸的人物，不过现在还能保留下来也不容易，按理说应该算是文物了吧。"吕辉叹道。

武向天点点头："这房子是有年头了，但我也不知道来龙去脉。这个，我只知道这房子经过改造，但还有些窗子没有换过，风一吹难免会发出声音，没必要疑神疑鬼的。"

"屋里也比较空旷，另外还有壁炉、烟道，会有回声和共振。"云端接过话安慰肖萧。肖萧不再说话，把身体靠进了沙发。

"咱们房东很厉害啊，单身一人坐拥豪宅。"云端赞叹。

"喊，这房子破得掉渣还算豪宅，我都怕今晚刮大风把它吹塌喽。"张锐强似乎对自己租住的地方不甚满意。

"估计是祖产吧。"武向天猜测。

"这年头富的人富死，穷的人穷死。有房产就是好啊，收收租子就可以吃喝玩乐，咱们这些没房的只能打工挣钱养着这帮爷。现在这房价，我得垒多少行代码才能攒个首付。"张锐强自顾自地唠叨起来。

看到大家对他的抱怨没有响应，他清了清嗓子，不再说话。

"武老师，您讲一个吧。"吕辉看看武向天。

今晚的武向天显得神采奕奕，也许是在和年轻人的畅谈中，他又找回了当年的豪情。无情的岁月破碎了多少理想，也消磨了多少的斗志，如今，他不得不向现实妥协，退缩到自己的世界中自怨自艾。此刻能安慰他的，除了割舍不下的艺术，就是千百年来失意文人处江湖之远的出世情怀吧。

孔子说三十而立，四十而不惑，五十而知天命。即将到知天命的年龄，人生有些事情已成定数，既然无法改变的终究无法改变，逍遥释怀也好，自我安慰也罢，只好转向内心深处寻找一方净土悠然自乐去也。

武向天的眼睛盯着茶几上的一支烛光，又看到自己空空的茶杯，听到窗外哗哗的雨声，思索了片刻："好，此情此景让我想起一个武侠故事，按小云的说法，是个武侠小品吧。"

"武侠故事好啊！我喜欢，看着金庸古龙长大的。"吕辉拍拍手。

"可惜他们都不在了。这个故事叫作《空山灵雨》。"

空山灵雨

深秋的明净岭红叶漫山，山路上响起低沉舒缓而富有节律的声响，打破了清晨的宁静。

伴随着木屐与石阶轻触之声，一个高大伟岸的身影，稳步缓缓拾级而上。来者似与山间美景无关，更与脚下道路无关。任石阶或陡或缓，山路或弯或直，其身形始终如松柏般挺拔，其步伐始终如钟摆般规律。那比寒风更冷峻的目光，直视前方毫无旁骛；那比山石更坚毅的面容，不曾流露一丝表情。

寒风吹袭，片片红叶纷飞，在即将飘落于那件宽大的黑色罩衫之际，忽然涤荡开来，如同撞上一道无形的气墙。片片红叶翻转回旋，徐徐飘落，匍匐石阶之上，终将零落成泥碾作尘。

来者便是东本雄一，日本第一武士。

东本三岁师从荒川念流大师荒川平介，从此沉浮于山林，醉心于武学。

三年捉虫，三年捕鱼，三年猎鸟，在盛夏炎热密林中感受天地混沌之气，在严冬冰冷山涧里领悟乾坤运转之势。九年苦练让十二岁的东本洞晓天地生灵运行之道，飞鸟鱼虫于他如枕边之物，信手拈来。

十二岁方始练刀，三年削落叶，三年斩飞虫，三年悟剑道。二十一岁第一次面对真正的对手，便一刀致命。

从此，他没有输过；从此，他杀人只需一刀；从此，他的刀不曾沾血。

不沾血不是因为不杀人，而是因为出刀太快刀不沾血。

他的刀，出鞘之时便是回鞘之刻，回鞘之刻却非人死之时，人死之时他已飘然离去。

二十年寒暑如挥刀般逝去，东本也舔尝了二十年孤寂寥落，如今只身来到中原，便是为求敌手。然而三位顶级剑客接连倒在他的刀下，不免使他质疑博大精深的中原武学是否名副其实，他放下豪言，若是失败，在其有生之年，任何东瀛武士不会踏足中原。

"普缇山明净岭乌雾峰"，终于有人告诉他，绝世高手身居何处。

当第一缕阳光穿透密林将斑驳树影投射在晨露依稀的台阶上时，东本已经到达了山顶。

山顶苍松翠柏环抱着一片空地，稀疏低矮的茅草和数块嶙峋的山石点缀其间。其中一块普通的山石旁，默然伫立着一位同样普通的老者，老者银白色的须发和灰色的长衫在风中飘动，瘦小干枯的身躯微微摇晃，和蔼的微笑和平和的目光出现在那布满皱纹的脸庞上，如同盼到前来探访的多年至交。

在东本眼中，这只是一位再平凡不过的中原老人，但他明白，这才是真正的对手。

他缓步走到老者面前，躬身行礼，老者回礼。

东本解下罩衫，抛在地上，露出藏青色的武士服和腰间的武士刀。黑色的刀鞘显得冰冷异常，血红色的刀柄在金色朝阳的映照下，闪烁着迷离的光芒。

老者没有任何武器，身形表情也未动分毫，仿佛已出神入定。

东本定气凝神，右手握住刀柄，缓缓合上了双眼。

荒川念流不是一刀流，杀人不只于快，更在于觉。

感知生灵运动之道，感觉对手意动之心。

感觉对手的一招一式，一举一动，一思一念，更重要的是，找到对手的破绽与漏洞，从而一击致命，这才是荒川念流的精髓。

东本之所以能够纵横江湖二十多年独孤求败，乃是因为，任何对手，无论武功高低，出手前的套路、招式、力度、破绽早已在他的掌握之中。

直到今日。

他平静了二十多年的心脏，此刻却在狂跳。他方寸大乱，大汗淋漓，紧握刀柄的手带动全身颤抖不已。

因为，此刻，他竟无觉。

他根本感觉不到对手的存在，老者如同融化在了天地之间，无声无息，无气无场。

他无法知道对手的招式，无法探明对手的深浅，无法感知对手的破绽。

他已无法出刀。

他的刀虽快，但面对顶级高手也不能随意出手。出刀之前，万般可能，出刀之后，一切都将注定，一击不中，万劫不复。

身体的颤动逐渐停息，狂奔的心脏逐渐平静，潮湿的手缓缓从刀柄上垂下。

天空下起蒙蒙细雨，山中泛起团团雾色，模糊了万物的轮廓。

雨滴打湿了衣襟，雨水沿着僵硬的面颊、顺着细长的刀身缓缓滴落。那水滴一点一落，格外缓慢，如同时空将要静止。

他输了，输得一败涂地。

他笑了，笑得开怀释然。

其实他来中原，不只为求对手，更是为解心结。

二十多年独步东瀛，带给他孤独寂寞，也带给他心中挥之不去的阴霾。

冥冥之中，他自觉尚未登上武林之巅。每当入定炼神、万物空寂，正当他即将步入天地和谐的大统之际，心头不由升起莫名痛苦，这种痛苦超越了他忍耐的极限，如幽灵般纠缠着他，将他狠狠拖入凡尘。

他问道于恩师荒川平介，卧榻上的恩师泯然无语，淡然一笑，手指中原，仙逝而去。

如今，他终于领悟了武学至高境界。

他睁开双目，老者仿佛不知道发生过何事，仍然微笑着望着他。

他本想要问些什么，然而又不知道该问些什么，刹那间又知道了该知道些什么，最终又忘记了该知道些什么。

东本揖躬到地，再起身时，老者已如秋风般遁去，无影无形。

正当东本诧异之时，他忽然从梦中惊醒。

他发觉自己身处闹市中一小酒馆，周围人声嘈杂，熙熙攘攘。

他这才想起，自己来到这酒馆喝酒小憩，不知为何昏然睡去。桌上的一碗烧酒还在眼前，酒香扑鼻，用手一摸，酒竟尚温。

屋外也下着雨，雨水侵入这破旧的小酒馆，忽大忽小的雨滴落在东本身上。

东本抬眼，对面坐着那位熟悉的老者，一面喝酒，一面拿着只拨浪鼓与膝头的孩童嬉戏。

老者依然微笑着看了看目瞪口呆的东本，轻轻摆了摆手，一口喝干碗中酒，缓缓把空碗放在东本面前，抱起孙儿，撑起一把油伞，翩然离去。

清醒过来的东本转瞬又忘记了一切，忘记了为何睡去，忘记了为何来到这小酒馆，甚至忘记了为何来到中原。他同样一口喝下碗中酒，仰天大笑而去。

波涛暗涌的海面上，飘着一艘木舟，舟头岿然矗立着一个高大伟岸的身影。他仰望夜空，若有所思。正当月光刹那间透过絮状的乌云洒向海面，映照出他脸上不易察觉的笑容时，腰间那把佩带了三十年的武士刀在空中划出一道弧线，悠然入海。

从此，东瀛少了一位杀人武士，多了一位禅宗大师。

"真棒，A Touch of Zen。"吕辉拍了拍手，"我只知道《空山灵雨》是胡金铨非常著名的电影，故事本身就很有禅意。六祖慧能的那个偈子，'菩提本无树，明镜亦非台，本来无一物，何处惹尘埃'，哎，四大皆空啊。有意境，有意境。"

"是啊，这个武侠故事很新颖，虚无的力量。"云端也不住点头。

"意念中的决斗，老谋子的《英雄》里就用过嘛。"张锐强倒是不以为然。

"不是说每个中国男人都有一个武侠梦吗？"作为金庸古龙的忠实粉丝，吕辉对此话深有体会，"就像美国人都有超级英雄梦。"

"这个，哈哈，对对，哪个男人不想练就一身绝世武功，行走江湖行侠仗义呢？竹杖芒鞋轻胜马，谁怕？一蓑烟雨任平生。快哉！快哉！"武向天点点头，他将了将灰白的长发，在烛光中颇有几分大侠的气质。武侠的世界或许很复杂，但江湖中从没有怀才不遇之说，这，也许就是从古至今追求理想的人们最为向往的吧。

草木零落，美人迟暮，作为一个上了年纪的画家，自己不能不有深深的挫败感。这是一个不需要也不会产生梵高的时代，没有人真正关心你的创作。不混圈子拒绝社交，也就意味着自己彻底被画坛所抛弃，只得龟缩在这与我同样破败的老房子里孤独终老。好在如今还有这样一个栖身之所，不至于在风雨夜无家可归，倒也不算凄苦寥落。自己虽然不是东本雄一般的顶级高手，但仍可虚怀若谷，四大皆空，于是，这幽深府邸便是自己的心中那片桃花源，足以采菊其中，自我沉醉。

武向天不再想多谈自己的武侠故事，好像这又会触碰到他内心的苦痛。虽说眼下只能濯足避世，但在他的内心深处，仍希望自己有朝一日能够名扬四海。他停止了思索，转而望向唯一的女性："小肖，最后该你啦。"

肖萧放下手机，喝了一口水："好啊，不过你们讲的这些科幻、武侠什么的我不太感兴趣，我讲一个文艺点的吧，就怕你们会觉得无聊。"

"不会不会，就是要讲各个类型的才好，我也找找创作灵感。"吕辉仍显出非常有兴趣的样子。

肖萧刚要开讲，茶几上的烛光跳动了几下，感觉似乎就要熄灭。肖萧吸了口冷气，联想到今晚的风雨雷电和房间内的怪声，心里又泛起不安。自从搬进这幢府邸，总有一些难以言说的奇异感觉包围着她，似有似无的怪声，突如其来的阴风，还有那个只存在于传说中的房东，一切都让她感到不安与疲惫。伴随她度过漫漫长夜的，经常是痛苦的失眠和焦虑。这种焦虑，与她的职业无关，而是来自内心深处的某种莫名的惶恐。

屋外的风声雨声时大时小持续不断，烛光下一丝淡淡的伤感氤氲在肖萧的心头，记忆中那个忧伤的故事浮出脑海，尽管时隔多年依旧如此地清晰。

"好，这个小故事的名字，叫作《飞翔》。"

飞　翔

昏暗死寂的舞台，聚光灯射出一束凄冷的白光，照在一张同样惨白的脸上，衬托着空洞的双瞳、血红的双唇格外醒目。这张脸面无表情，似乎一切人类的情感都与之无关。脸的主人修长的身形上罩着一件深色长衫，在白光的映照下，氤氲出一层阴沉的雾色。

他在翩翩起舞。

这是鬼魅般的舞蹈。躯干看似机械的运动带起长衫飘逸的摆动，呈现出的却是空灵洒脱的律动。

那双手，如同一对蝴蝶上下翻飞，轻灵妩媚，或聚或散。聚之如胶似漆，散之交相辉映。细长的双臂，在双手的带动下，极富韵律却又木讷地摇摆着，或伸或缩，时而高举头顶，时而低垂于地，时而长舒边际，时而环抱胸前。

那双脚，踏着灵动而神奇的舞步，或如眷恋大地般在舞台上逶迤，或如摆脱重力般在空中摇曳。修长的双腿带动起长衫下摆如长裙般地舞动，好似一朵黑色郁金香在舞台上绽放。然而，那黑漆漆的空洞眼神，那惨白面颊衬托的血红的双唇，在跃动身姿的映衬下，弥散着诡异无常的气氛。

虽然寂静无声，但那舞步和形体间，始终弥漫着萧索阴翳之气，观者恍惚中似乎听到一曲凄凉幽怨的音乐，这臆想中的乐曲宛如幽灵，无影无形，无声无息，飘荡入耳，潜袭入心。

舞着、蹈着，精灵般的身形渐渐舒缓、渐渐停息。舞者孤立在舞台之中，低头凝视着自己的身体。他慢慢抬起右手，目光沿手臂而上，那是一条细细的长线，径直向舞台上方延伸。在惨白的灯光中，忽隐忽现地晃动着数根发亮的细线，它们默默地低垂，无情地连接着舞者的躯干、四肢和虚空的天际。

提线木偶静静地注视着这些闪亮的细线，木讷的面庞不曾出现任何表情。他又缓缓地舞动起双臂，挪动起脚步，只是这一次，姿态是那么的僵硬，动作是那么的干涩。

提线木偶再次停止舞动，他静立于寂静的舞台许久许久，突然仿佛下定了什么决心，猛然抬起右手奋力扯去左手上的细线。

"你要做什么？"舞台上空一个严肃的声音传来。

提线木偶顿了片刻，抬头望去，上空漆黑一片。

"我想飞翔。"他坚定地说。

"我可以让你飞翔。"那个声音说。

木偶突然腾空而起，四肢蜷缩，略显滑稽地飘荡在舞台上方。

木偶拼命扭动身躯，挣扎返回地面。

他执拗地摇摇头："我想自由地飞翔。"

天空的声音停顿了片刻："你可知道，没有这细线你将无法活动！"

木偶沉默了，回答上空声音的，是左手细线的断裂。

左手无力地低垂下来，微微地在身边摇摆。

"自由是需要付出代价的！"那个声音又响起。

右脚的细线断裂，他身体一晃，只用一只脚顽强地伫立。

"你不要后悔！"原本威严的声音却有些颤抖。

他的右手又抓住了左脚的细线。

细线断裂，他身体再次摇晃，然而这一次，他无法站立。

他的右手坚决地伸向头部，瞬间，原本高昂的头颅低垂下来。全身除了右手外都蜷缩在深色长衫下，倒在舞台上，如同一枝枯萎的花朵。

舞台寂静无声。

聚光灯打在那只伸出的右手上，细线发出冷冷的寒光。那只右手机械地移动，一顿一挫地来到他面前。

最后一根细线被咬断，他终于摆脱了桎梏，挣脱了束缚。当然，他再也不能移动分毫，只能倒下、死去、冷却。

一阵急促的电话铃声将他从梦中唤醒。

他睁开双眼，循声望去。床头破旧的小桌上，黑色的话机发出焦躁的声响。那只提线木偶倚靠着电话，随着话机的振动微微晃动，原本倾斜的头颅在摇晃中更加低垂。

月光从狭小的窗户外投射进来，月色比梦中的聚光灯更加惨白，无情地倾洒在木偶身上，木偶身上那一根根格外明亮的细线，在这寒冷寂静的深夜，绞割着他的心灵。

他还没有从刚才的梦境中完全清醒。揉了揉迷离的双眼，吃力地坐起身来，他极不情愿地伸出僵硬的右手接起电话。

"你个死鬼，白天干吗去了，怎么都找不到人！害得老娘这么晚还得给你打电话！"一个尖厉的声音刺出话筒。

"我去演出了，刚到家没多久。"

"你骗谁啊你，现在谁还找你演啊，你那个破木偶戏还有人看啊！"那个声音毫不留情。

他沉默了。

"呵呵，无话可说了吧。我找你就是问你，该交的抚养费你多久没交了，啊，离婚协议上写得明明白白，每月3号前交齐。你什么时候给我？"电话中的声音快速而聒噪。

他的回答明显底气不足："我最近有些困难，你能不能再宽限几天？"

"我就知道你没钱，早就劝你改行你不肯，不让你借钱投资你也不听，被坑了不是，哼！幸亏和你离了，我看你这辈子也不会有什么出息。你个穷鬼没钱交不了，我就大人不记小人过不再计较了，说实话我也不差那点钱。不过你以后也别想再见到玲玲，像你这种人也不配给人当爹，她以后也没有你这么个爹！"电话中的声音强硬无情。

"你不要这么绝情，玲玲是我女儿，我为什么不能见她？"他痛苦地追问。

"你想见她就得交抚养费，老娘还要睡觉，不和你啰唆了。"

他还想争辩，电话里已经传出了一阵忙音。

缓缓放下电话，他随手拿起木偶。

木偶黑漆漆的双眼在他呼出的白气中显得愈发空洞，他静静地抚摸着木偶的脸颊、发髻和身躯。再一次地拿起木杆，操纵着木偶在小桌上翩翩起舞，他的思绪，也像被人操纵着，一遍一遍地回忆起这段时间从黑色话筒中发出的可怕声音：

"穆先生啊，我是你房东。你终于在家了。你已经欠我三个月房租了，我呢，就是靠房租吃饭的，你这不是断我生路吗，啊？你要么赶紧搬出去，要么就把钱交了，再拖我可报警了啊！"

"天翔啊，我是李辉。哎，我找你实在是迫不得已，就是上次我借给你的钱，啊，我倒是没什么，我老婆不乐意了，好长时间了，我儿子今年上初中还得用，呵呵，你要是方便抓紧还我吧。"

"穆先生啊，我是康能财富。你的那笔投资恐怕收不回来了，你要明白，现在经济很不景气，你投的那几家都是做制造业的，今年关停了不少厂子呢，说实话我自己也赔了不少。现在文化娱乐业挺火的，你看能不能再投几笔，我给你推荐几个项目。"

"穆老师，我是友佳剧院。实在抱歉，我们不得不和您终止合同了。其实我们也很无奈，您的木偶戏确实不错，可是现在真没人看了，观众反映不好，上座率低。咱得面对现实不是吗？要不您试试和相声魔术什么的结合一下，现在不是时兴混搭嘛！"

"老穆，我是老陈。哎，你上次问的那事啊，很难办。现在木偶剧团编制早都满了，关系不硬根本进不去。就是临聘的那种都排着大队呢，嗯嗯，我拿你节目录像给他们看了，他们都说不错。可是，哎，这你是明白的。对了，你前妻的舅舅不是调到文化局了嘛，让他给说说呗。"

"穆天翔，我是永安资产。你做抵押贷款的房产，经我们调查发现那是你前妻的，我警告你赶紧把贷款和利息还了，否则我们会采取行动。咱们先礼后兵，你明白我们这种公司都有什么手段吧。"

众多的人声纠结在一处，复合成了刺耳的噪音，这噪音在他的脑海中震荡，使他头痛欲裂。他强迫自己把思绪拉回现实，不愿再思考不堪的境遇。缓缓放下木杆，平静地凝视着木偶，他轻轻点点头，仿佛在倾听木偶的诉说。

拉开小桌的抽屉，他翻出一把生锈的剪刀。剪刀沉重冰冷，只有刀口在月光中依稀闪动着银光。他注视着手中的剪刀，好像在等待着命运的判决。突然，他一把抓过电话，伸出剪刀，电话线应声而断。

淡淡的笑意浮现在脸颊，他好像卸去了千斤重担。

他再次拿起木偶，忘情地抚摸了一遍又一遍。突然间他再次拿起剪刀，那一根根控制了木偶多年的细线纷纷断裂，在月光的见证下缓缓垂荡下来。

打开狭小的窗扇，刺骨的寒风瞬间涌入，严寒使笑容在他脸上冻结。窗外高楼林立，灯火阑珊。他低头，稀疏微小的车灯排成不连贯的长蛇，缓缓地在黑压压的大地上涌动。他抬头，月光穿过黑絮般的片片乌云，正在冷冷地看着自己。

他孤寂地坐在窗台上，抱起木偶，如同怀抱婴儿般紧紧倚在心头。

在这寒冷的冬季，在这凄凉的月夜，在这悲情的城市，在这苦痛的高楼，他轻轻一跃，将自己融化于天地。

双手托起木偶，他轻轻地说："我们都自由了，飞翔吧。"

五

听完了这个忧伤的故事，大家又陷入一阵沉默，好像沉默是今晚的第六位房客。

"是不是有些伤感？还是有点无聊？"看到大家都不作声，肖萧略显尴尬。

"伤感是有些，很凄美的一个故事，我喜欢。"云端说。

"对啊，挺文艺的，刚才我一直在回味呢。"吕辉接过话说。

武向天扶了扶眼镜，若有所思："这个，很好，很好，失落的艺术家，深有体会啊。"这个故事再次引起了他的共鸣。

"在残酷的现实面前，艺术往往是脆弱的。哎，希望他死后能够成名。"吕辉也好似有了感触，"像我这种没骨气的人只能选择屈服，哈哈，武老师才是真正搞艺术的。"

"哎，没有什么真不真假不假的，我也只是坚持自我，但有可能这种坚持本身就是错的，哎，这个，不说这些啦。"武向天摆摆手。

"武老师什么时候给我们看看您的作品啊？"肖萧一直想看武向天的画。

不知为何，武向天从未向他们展示过自己的作品，对自己的创作更是只字不提。他经常一连几天把自己反锁在房间里创作，这甚至让大家感到不安。但是，当他走出房间，却又一如既往地从容与沉稳。

"这个嘛，"武向天淡淡一笑，"等我有满意的作品了再给你们看也来得及。"

云端以为武向天在开玩笑，也想提出看画的请求，但吕辉的一个眼神让他打住了念头。

"呀，这才刚过九点半，"吕辉看看手机，"我们讲得也太快了。"

"嗯嗯，都是短故事嘛。"云端点点头。

"大家的故事都很精彩啊，还有记忆力都不错，哈哈。"吕辉再次提议，"要不再讲一轮呗，这次讲稍微长点。"

"好啊。"云端再点点头。

武向天和肖萧也没有意见。

大家把目光投向了张锐强。

张锐强的脸还充盈着手机屏幕的亮光，听到吕辉在叫他，这才把目光转向大家，露出一脸的不解。

"我们再讲一轮怎么样？"吕辉问他。

"哦，行行，我没意见，反正我手机马上没电了，也不用费那流量了。"张锐强把手机扔在一边。

叮叮叮，一阵不甚明显的响动从天花板上传来，敏感的肖萧立马抬头张望："你们听！"

"怎么了，什么声音？"吕辉也抬头看着。

天花板上只有吊灯灯座那个黑洞默默地注视着大家，周边那些白天随处可见的龟裂现在消失于阴暗中，吕辉抬头凝视，感觉却像凝视着深渊。

"有种好像楼上玩弹珠的声音，听了让人发毛。"肖萧略显紧张。

"是吗，刚才吗？我没听见啊。"吕辉仔细回忆着，低头看了其他三人，"你们听见了吗？"

武向天摇摇头："可能是我老了，耳背没听见什么。"

"哎，某些人一直疑神疑鬼的，神经衰弱，幻听了吧！"张锐强双手交叉枕在脑后，安然地倚靠在沙发靠背上望着天花板。

"我好想听到了什么，但不确定。"云端耸耸肩，"你们以前没听到过什么吗？"

"是不是房东在三楼干吗呢?"吕辉仍怪罪于房东。

"不不,是二楼,不会是三楼。"肖萧非常肯定。

片刻的寂静中,只有风雨声在空荡的室内回响。

叮叮叮,那阵若有若无的声响再次如暗香般袭来又迅速消失,肖萧触电般地抓住云端的胳膊:"你们听到了吗?"

"对对,是这声音。"云端抬头望着天花板。

吕辉好像也听到了什么:"哎,没错,好像弹玻璃球的声音。"

武向天和张锐强这一大和一小仍然一脸的茫然。

"好奇怪啊,这会儿二楼明明没有人啊。"肖萧下意识地晃了晃云端的胳膊,"总之这房子经常有怪声,太吓人了。"

"刚才武老师说得对,这老房子年久失修,出点什么声音很正常。"吕辉挠挠后脑勺,"别说你一个女生,我有时候心里都发毛。这就是住这种大宅子的代价吧,哈哈。"

"你俩平常听到的是三楼房东的动静吧,房东真是个奇葩。"

"嘘,小点声,别让他听见了。"武向天示意张锐强。

云端不再盯着天花板,转头看看肖萧。二人目光相遇,肖萧这才意识到自己的右手还在紧抓着云端的左臂,于是赶紧松开。

"这种声音呢,如果是在现代的普通公寓里应该不奇怪。"云端看看大家,"但这种老房子,嗯嗯。"

"老房子怎么了?"吕辉追问。

"如果是现代预应力钢混结构的住宅,时间久了钢筋生锈后会与混凝土产生一定的空隙,偶然间在预应力的作用下钢筋可能在空隙中回弹,产生这种奇怪的响动。但咱这房子应该不是这个结构啊。"云端摇摇头。

"哎呀，有点声音怎么了，又没吵到你，不想住别住啊，真是事多！"张锐强显出一脸的鄙视，"不是说继续讲故事吗，又疑神疑鬼起来了。"

"你吼什么吼，就你胆大！"肖萧瞪着张锐强刚想发火，云端轻轻拽了拽她的衣角，她哼了一声，气恼地靠在沙发里不再言语。

当当当的响动再起，大家紧张的心头又是一颤。当听出这是座钟的报时后，五个人都松了口气。

"这钟真抽风，九点钟的时候怎么不响！"张锐强骂道。

"刚才响了吧，可能你没注意。"吕辉说。

张锐强摇摇头："肯定没响，这动静我还能听不见。"

武向天和云端犹豫起来，似乎也不能确定。

"九点明明响了啊，某些人不是耳背就是脑子不好使！"肖萧像是故意发泄怒气。

"你骂谁呢你！"张锐强从沙发里直起身来。

"算了算了，都是成年人了嘛，啊，这点小事不至于。"武向天看了看围坐在沙发上的四个人，"这老房子年久失修，出点声音不奇怪，那钟也上年头了，有问题很正常。"

"话说那钟什么年代的，值不值钱？"张锐强的舌头舔了舔嘴唇。

"要是老物件还是有些价值的，别说这些啦，刚才我说咱们再讲一轮故事，咱们继续吧，谁先说？"吕辉想把大家的思绪拉回故事。

看到肖萧、云端、张锐强都不说话，武向天起身舒展了一下身体："坐半天了，要不咱们先歇会儿，我去倒杯茶。"

"好好，咱们先歇会儿。"吕辉点点头，"我刚好也想去方便一下，大家顺便想想讲什么故事。"说罢便匆匆上了楼。

张锐强伸懒腰打了个哈欠，刚才的争执仿佛对他没有丝毫的影响，他灌了几口啤酒后，舒服地在双人沙发上躺下，一双大脚搭在扶手上，安然地望着天花板发呆。张锐强有着一个90后独生子的显著特征———切以自我为中心。他并不在乎别人的看法，也不关心他人的想法。从某种程度上来说，他或许是五个房客中思想最为单纯的人了。吃喝玩乐中顺便上上班，而游戏编程这个工作既是他所擅长，工资也算过得去，对于其他四人，不能不说是非常幸福的了。他一直否认自己是个宅男，但事实就是如此，除了上班，他几乎寸步不离自己的房间，那一大一小两块屏幕，占据了他九成以上的时间。今晚千载难逢的停电，才像墨菲斯般强行把他从网络世界中解放出来。

奇怪，张锐强暗自揣度，手机刚没电的时候像犯了毒瘾魂不守舍的，现在反而觉得轻松许多。话说回来真得感谢供电局的，要是三天两头停电我们这行也混不下去了。说实话今晚听听这几个老年人讲的白痴故事倒也算是种乐趣，哼哼，可惜他们都太能装，什么怀才不遇，什么寻找灵感，嘁！还有这个臭娘们儿，还真把自己当公主了，太烦人！也不撒泡尿照照自己，这三个老男人总惯着她，老子就不待见这样的！我要不要说个荤段子开开心？对，至少来个重口味的。

云端看到身旁的肖萧沉默不语，没话找话地说道："吕导对讲故事这事真是执着啊，我都不知道讲什么好了。"

肖萧还在生闷气，只是微微点点头。云端起身走到窗边，望着窗外的风雨和摇曳的树枝，也许是潜意识中感慨自己未身处户外，心中突然产生一种安全感。

"这座城市经常会下暴雨吗?"他突然问道。

"很少,"一个声音在他耳边响起,吓了他一跳,"我来这十多年了,从来没见过这么大的雨。"

也许是他刚才看雨看得过于投入,未曾注意到肖萧走到了他的身边。云端微笑着点了点头:"那我还很幸运,刚来两天就遇到了。不知道这老房子会不会漏雨。"

"不知道啊,要漏也是三楼房东那儿漏雨吧。"

"你也没见过房东吧。"

"呵呵,我们谁都没见过他老人家。"

"啊,连武老师也没见过?"

"没有,他只和房东电话联系。"

"Oh my God!"

"要不是交通便利、房租便宜加上这府邸的格调,我才不想在这住呢。"肖萧压低了声音,"我觉得这房子好像不干净,总是有怪事,还有这个神秘兮兮的房东。"

"哦,都有什么怪事?"云端轻声问道。

"各种怪声,刚才你都听到了。还有……还有我的东西有时会挪了地方,我明明记得放在我房间,不知为何就跑到客厅或是厨房去了。"

"哎,那是你记错了呗。"

"不会吧,我又没有得老年痴呆。还有次我记得锁了门,但是……"

"但是发现门没锁上。"

"对对。"

"这很正常,我以前在宿舍也有记错的时候。"

"哎呀，现在我觉得自己记性真是不好了，有时候都忘了自己刚才干了些什么，好像记忆消失了似的。"

"你们做金融的是不是压力很大啊，还是得放松放松，别太紧张了。"

"是啊，你说姐我还没嫁人呢就老了。"

云端借着窗外微弱的亮光看到肖萧那双略显妖媚的杏仁眼，长长的睫毛忽闪忽闪地仿佛两只黑色的蝴蝶。红润的面颊不知是否上了淡妆，那饱满的双唇无疑是涂了唇彩，在昏暗的光线下依然散发出一种难言的风韵，虽然距离普遍意义上的美女还有一定的距离，但在这风雨夜，也足以在血气方刚的单身男人心中引发一场核裂变。和众多理工男一样，云端很少接触女性，哪怕在校园风气开放的美利坚，不过他不是毫无情感的科学怪咖，更不是压抑已久的色情狂，他不愿过多地与女性接触，只不过觉得她们过于感性，甚至不可理喻。

云端不敢与她的双眼对视，他微微低头，不经意间注意到肖萧睡衣领口微微显露出的事业线。

"哪里……哪里老啊，"云端紧张起来，"你应该比我年轻吧。"

"哈哈，谢谢哈，姐可是奔四的人了，肯定能当你姐哦。"说罢肖萧用右手轻轻拍了拍云端的肩头，"帅哥你有女朋友了吗？"

"啊，我……"

几声短促的咳嗽打断了二人的对话，云端回头，看到烛光中张锐强双手抱头枕在脑后，瞪着一对圆眼正在望着自己。尽管光线昏暗，云端仍然能看出那眼神中的不怀好意。

"小吕还没回来吗？"武向天端着茶杯走出房间，瞬间化解了云端的尴尬。

云端急忙一边回应着武向天，一边走回沙发："没呢，没见着他呢。"

肖萧瞪了一眼张锐强，跟着云端回到沙发坐下。

张锐强满不在乎地冷笑起来，慢悠悠地坐起身来，看了看肖萧，再看看武向天，又干咳了几声："这位大哥刚才心急火燎地要讲故事，这会儿怎么又没了动静。"

武向天正在吹着茶叶，听了张锐强的抱怨，看看云端说："小云，麻烦你上楼看看小吕干吗呢？"

"哦，好的。"云端二话没说拿着手机起身上楼。三步并作两步，他来到吕辉房门前敲了敲门，"吕哥，吕哥，你完事了吗？"

房间内没有任何回应。

咚咚咚，云端使劲敲了几下门："吕哥，吕哥干吗呢？"

仍然没有回应。

云端又走到浴室门口刚要敲门，发现浴室的门开着，他还是敲了敲门："吕哥？"

浴室内寂静无声。

云端进去，用手机手电扫视了一圈不大的浴室。

里面空空荡荡。

"小云，怎么了？"楼下传来武向天的声音。

云端走出浴室大声说："二楼好像没有人啊。"

当云端走下楼梯，三道惊讶的目光齐刷刷投向他。

"小吕不在楼上吗？"武向天问。

"他房间没有回应，浴室里也没人。"

"不会是睡着了吧，他那人可是不靠谱！哼哼，跟只猫一样，上个厕所还只去老地方，哦，楼下不是就有。"张锐强翻了个白眼。

"不会吧，我敲门很大声啊。"

肖萧像是想起了什么："是不是咱们刚才聊天的时候咱没看见他下楼啊。"

"哈哈，你的意思是他在和我们玩躲猫猫吗？"张锐强冷笑道。

"没……没看见他下楼啊。"云端回忆着，"再说他干吗躲着咱们呢。"

"小吕，"武向天刚高声喊了一句，突然想起三楼的房东，连忙起身，"咱们别喊了，不要吵到季先生。还是四下找找吧，哎呀，我把手机落屋里了，我去取下。"说罢起身回屋。

"我的手机没电了，黑咕隆咚的我就不找了。这哥们儿不知道哪抽筋了，怪事！你们先找，我眯一会儿。"张锐强接着躺进沙发不再动弹。

"我去厨房看看。"云端径直向厨房走去。

肖萧起身跟上："我去倒杯水。"

二人进了厨房，手机灯光下，厨房空无一人。

肖萧倒了杯凉白开，转身倚靠在橱柜上："我觉得他还是在房间里呢，估计是睡着了。"

"那他睡得可够死的，你刚才听见了吗，我敲门声音多大。"

厨房外传来脚步声，声音来到门厅，随即是大门打开的声音。

"小吕，小吕，你在吗？"随着屋外吹入的风雨声传来的是武向天的呼唤。

"武老师还要去屋外找吗？难道他出去抽烟了？"肖萧无奈地摇摇头。

云端好像刻意与她保持着距离，他站在窗边向外观望，屋外仍是风雨如故。

"我回去了。"肖萧感到了云端的不自在，拿起水杯走出厨房。

屋外朦胧的景物中，云端好像依稀辨认出一个人影，他把脸凑近玻璃，仔细观察着。

"啊！"客厅传来了一声惊叫。

那是肖萧的声音。

这叫声着实吓了云端一跳，他也顾不上窗外似是而非的人影，急忙冲出厨房。

肖萧站在沙发边，右手握着水杯，左手搭在胸口，不停地喘着气。

武向天也从屋外回来，紧张地问道："怎么了？怎么了？"

肖萧一指沙发："你吓死我了！"

云端顺着肖萧的手指看去，烛光下沙发中一个身影转头向这边望着，正是吕辉。

吕辉坐在自己的位置上，可谓是丈二和尚摸不着头脑。他也被肖萧的尖叫吓了一跳，盯着肖萧看了半天没有说话。

张锐强的美梦也被肖萧惊醒，他起身看去："怎么了，谁喊呢？吕辉你刚去哪了？"

武向天和云端此时也围在了吕辉身边："小吕，你刚才干吗去了？"

吕辉莫名其妙地望着大家，像不知道自己闯了什么大祸的孩子："我……你们这是怎么了，我刚才不是说去方便一下吗？"

"刚才小云上楼找你你听到了吗?"

"啊,找我,没有啊。"

"你刚才在哪?"

"我就去方便了一下,顺便抽了根烟。下楼你们都不在,就他躺这儿睡觉。我就看看手机,谁知道肖萧过来一见我就大叫,吓了我一跳!"

"是你吓了我一跳,我们找你半天你没个动静,突然在沙发里冒出来,我现在心还咚咚直跳呢,刚才差点把杯子扔了。"肖萧这才坐下。

"我刚才敲你房门你没听见吗?"

"没有啊,我在屋里就抽了根烟。"

武向天也坐下来,低头看看手表:"这都十点二十了,你上个厕所抽根烟要这么久。"

"啊,是吗?"吕辉看看手机,挠了挠后脑勺,"奇怪啊,我真没干啥啊。"

"哥们儿,你肯定是在房间里睡着了,睡着就睡着呗,也不是什么见不得人的事,干吗不承认,你看我就大大方方地在这儿睡觉。"

吕辉看看四人,一脸的无可奈何:"不是,我……哎,我真没睡着啊。"

"没关系没关系,我们主要是怕你出什么事,小云你坐下吧。"武向天招招手,"今天晚上还真是有意思,哈哈。"

"哼哼,我还说呢,你这个故事召集人怎么自己先跑了。"张锐强跷起二郎腿,斜眼看着吕辉。

吕辉从裤兜里套出那个小盒子,倒出一颗润喉糖放在嘴里。四个人的眼神和表情使吕辉困惑:他们不像是在开玩笑,但是我明明只是上了个厕所，抽了根烟，前后最多五六分钟，怎么莫名其妙地过去近二十分钟呢。所谓十年修得同船渡，在这上千万人口的大城市，几个人能够成为邻居实属缘分。然而平时洋楼中的四个人却如同在公寓里，仅仅保持着最低强度的接触。真是芬兰人灵魂附体！武向天和我关系最近，但他似乎心中压抑着什么秘密，对他的经历和作品总是避而不谈。其实肖萧的容貌撑不起她的高冷，张锐强更是一个没教养的混蛋。说来也奇怪，金融、IT、影视，存在于这三个相互鄙视的圈子中的他们居然共同生活在一个屋檐下。但我吕辉并没有行业之见，我希望大家都能成为朋友，哪怕只是出于礼貌。云端这人真是不错，一表人才，文质彬彬，一看就是高素质高学历的精英。作为一个喜好聊天的人，今天借着停电这个难得的机会，好不容易召集五个人坐下来交流，怎么突然间就显得不可信任了呢？真是怪事。

当了这么多年的副导演，谁不想做回导演正经拍部片子？眼下吕辉正在琢磨一个悬疑惊悚题材的剧本，无奈写到一半没了思路，他想出讲故事这个主意，也是为了找找创作灵感。

吕辉叹了口气："哎，那要这样真是抱歉了。可能是我糊涂了，真睡过去了，让各位担心了。"

武向天摆摆手："没事，这算是一个有意思的小插曲嘛。"

肖萧表情极不自然地低声说："今晚可是发生了不少怪事，这房子是不是有……"

"今晚的事真有意思哈，"云端有意打断了肖萧，"足够写个小说了，吕哥要不你写个剧本。"

吕辉这时摆脱了心头刚刚飘过的阴云，让思绪的列车驶入正轨。

"哈哈，是啊，确实给我不少灵感。对了，大家继续讲故事啊？"

他逐一看了看四个人的神态："好，既然大家没意见，我还是先来一个。这个故事我是听一个编剧讲的，说的是一个制片，哈哈，我们圈内经常黑制片。"

此 人

又刷了一遍朋友圈，喝下了半杯果茶，该来的人还是没到，江明辉不耐烦地放下手机，把身体埋入沙发，跷起二郎腿无聊地打量起四周来。

咖啡厅这种地方不知从何时起突然多起来的，连锁的、独立的、个性的、奢华的，大大小小开了无数。咖啡这种古怪的植物果实粉末也变着法地出现在各种饮料中。喜欢喝的、不会喝的，有事的、无聊的，都来咖啡厅凑凑热闹。要说老舍笔下百年前的茶馆还承载着即使破落仍留韵味的中国文化，那么当下的咖啡厅，则到处散发着伪文青们的装×气息。

江明辉不喝咖啡，他实在不明白这种苦涩的饮料为何如此流行，在他眼里，咖啡就是种难喝的豆浆而已，口感实在不如板蓝根冲剂。然而每次合作伙伴谈业务就喜欢定在这里，所以他喝遍了所有不含咖啡的饮料。每当对方向他推荐某种现磨咖啡如何如何，他总是苦笑自嘲道："本人土鳖，喝不惯这洋玩意儿，呵呵。"

这家咖啡厅不大，两百平方米上下的样子，装修得倒还过得去，现代风格的店面四平八稳，简单平实，这就是所谓低调的奢华吧。每张桌子上方有一盏射灯，仅仅照亮不大的桌面。除此之外，其他灯火阑珊，所以店内光线昏暗暧昧，这也是江明辉唯一喜欢的一点。现在是工作日工作时，此地也不是繁华地段，所以店里只有个把顾客，有男有女，分散在各个角落，自顾自地沉浸在自己的精神世界里。

江明辉是个影视制片人，虽已不算年轻，但还没步入大叔的行列。如果让他扪心自问，他也会承认自己事业不算成功，按他话讲："混口饭吃，过得还算体面。"然而在这行待久了，江明辉也自认阅人无数，做事看人还是非常准确。所以一有空闲，他喜欢观察旁人，琢磨他的背景经历，编出些许故事。"或许我适合做编剧。"他不止一次这样想过，然而若是真坐在电脑前写些什么，就突然没了思绪，如同回到当年高考语文现场。

正对江明辉不远的，是个二十岁上下的年轻女生，上身灰粉淡色交织的长袖T恤衫，下身白色带褶的过膝裙，穿着双蓝色匡威高帮帆布鞋。长得不算漂亮，更何况还戴了副黑框塑料圆眼镜，梳了个马尾高高地系在头后。"长得普通得可以。"江明辉的评价。她正坐在沙发里，目不转睛地盯着身前桌上的苹果电脑，两手啪啪啪地打着字，身边座位上还搁着个橘红色大书包。

"八成是个网文写手，哎……"江明辉心底泛起一丝鄙视。作为制片人，他也看过不少所谓的网络小说。自认为还翻过几本大部头名著，有相当文学修养的他，当然不把这些网络小说放在眼里。"什么玩意儿！"这是江明辉看完网络小说后最常说的话。尤其是青春爱情小说，江明辉更是深恶痛绝，虽说作为制片人他也不一定非得读完原著，然而工作态度严谨的他，还是挤出时间一丝不苟地读完，不过他最痛恨的也是如此。

江明辉向来不喜爱情小说，尤其是女性作家写的爱情小说。张爱玲、三毛"算是有些许气质，闲暇时还能一看"，其余作家则"无聊、空洞、乏味，字里行间弥漫着做作的腔调"。近年流行的青春爱情小说，更让他忍不了。无奈时下影视圈流行此种类型，免不了要与一些作家合作，不过这种事他一般都交给别人，自己能躲多远躲多远。

他端起茶杯又喝了一口，尖刻的目光始终没离开那个女生，脑子里则是另一番天地。

"哼哼，这帮女生，一个个自认才华横溢、妙笔生花，恋爱还没谈过两次就写爱情小说。内容无聊至极，翻来覆去三角恋、出国、打胎那些破事儿，浮华娇情的文笔不过是像绣了花的裹脚布，最终包裹的还是那双变了形的臭脚。搜肠刮肚找来些养眼的词汇，绞尽脑汁琢磨些似懂非懂的语句，拿着这些烂瓷砖拼拼凑凑就敢盖大楼了。"江明辉放下茶杯，不禁哑然失笑。

"初看上去仿佛多么有文采，多么有深度，几十万字读完，丝毫没有任何的感动，没有任何的共鸣。那些看似深刻的话语，实际还不如朋友圈里泛滥的心灵鸡汤引起的涟漪更持久。还有那些烦人的连载，后面的没看完前面的内容早就忘记了，刚明白是怎么回事又请看下期了。更可气的是这帮从小娇生惯养的女生，不知哪来的那么好的自我感觉，个个认为自己写了举世无双的世界名著比肩简·奥斯汀和杜拉斯，微博、朋友圈里各种自恋，点击量高点儿就忘乎所以，点击量差点儿就吐槽自己怀才不遇。若我能率性而为，真想把那些矫揉造作的文章撕碎了摔她们脸上，让她们拌着咖啡喝下去。

"不过话说回来，现在年轻人就好这口。找几个大明星来演还真一众粉丝捧臭脚，哎，国门不幸啊。"江明辉自认为是有理想有抱负的制片人，一心想做有深度、有内涵的商业大片。

"就说眼前的这个女生，打扮得清纯如许，除了逛街吃饭每天也没有正事可做，无聊了就来咖啡厅，打开苹果本码码字，享受一下点餐时说出卡布奇诺时的舒畅。回去转个微博、朋友圈，分享一下自己今天的装×经历。隔三差五和小男生搞搞暧昧，那不过是骗他们几顿饭而已，最终会对他们撂下一句，你太不成熟了，转身投入大叔的怀抱。哎，不过看你长得也就那样，能找个大叔也算三生有幸了。"

看够了正对着的女生，江明辉又把目光投向右前方角落里的年轻人。此人不过三十岁光景，西装革履，正襟危坐在椅子上，点了杯咖啡却始终不喝，看一会儿手机便抬头四下张望，看来也是在等人。"现在也就中介和卖保险的还穿成这样。"江明辉心里暗自嘲笑。他仔细地打量此人，板寸头，一张看似朴实忠厚的国字脸，浓眉大眼，一身西服并不十分合身，黑色皮鞋与西裤间还露着一截白色袜子，身边放着一个黑色的单肩电脑包，手里攥着一个屏幕巨大的手机。

"凤凰男！"江明辉的判断。

江明辉虽说家境一般，但他还是喜欢自己出生成长的城市。比起官二代和富二代，江明辉更反感凤凰男。

"这帮生在农村，靠着勤奋刻苦考进大城市的人，其实骨子里仍是农民，只不过是有些文化的农民。无论他们身居何位、身家几何，还是农民。"这是江明辉一直以来的看法。

"这帮人含辛茹苦走出农村、来到城市，也迅速被城市文化吞没，他们不甘心在这里居于人下，而又无依无靠，只能不顾一切地往上爬。他们不愿再回到农村，他们要不择手段地留下来。他们继承了中国农民坚忍顽强的特点，能够在任何环境下忍气吞声地存活下去。"

那人抬头张望一下，目光刚与江明辉相对，便迅速低头看起手机。

"哼哼，他们的首要目的是生存，其次是在家乡人前的面子。他们会接受任何条件的工作，只要这工作还体面。他们会为了能够在繁华地区写字楼里上班而欢欣雀跃，丝毫不会顾忌这样只能住在城郊，每天要在拥挤的地铁里耗去大部分时间。他们即使冬天在地下室裹着被子打哆嗦，也要享受过年回家时吹嘘在城里吃西餐时的满足感。

"他们不知疲倦，夜以继日地工作，如同蜂巢里的工蜂。他们从来不懂什么是享受生活，什么是休闲度假，什么是品味情趣。他们只知道赚钱、赚钱、赚钱。他们会穷尽一切手段，动用一切方法朝着自己的目标奔去。如果此生不成事，他们就会把一生全部的希望寄托给下一代，仿佛孩子就是自己的转世。"

江明辉说过，世界上有三种笨鸟：一种勤奋的、先飞的，一种破罐子破摔不飞的，还有一种下个蛋把希望寄托在下一代上的。

"如果成事，他们就继续上演千百年来中国政治那一套。他们会把自己的出身忘个一干二净，成功地加载统治阶级的思想，迅速地融入利益集团中来。看如今多少下台的贪官巨腐都是贫苦出身，这帮人一旦得势则是变本加厉，不知廉耻。"

江明辉越想越气，把杯里的果茶一饮而尽。

"咔嗒，咔嗒。"随着店门打开，一阵清脆的高跟鞋声打破了沉静，江明辉的目光不由自主地转向来人，刹那间脑中原先的思绪迅速蒸发，取而代之的是瞳孔放大、心跳加速等一系列男性生理反应。

曼妙的身材，凹凸有致的曲线，白皙的肌肤，乌黑的秀发，三两步间女神范便充盈了整间咖啡厅。江明辉坐姿纹丝不动，然而目光和思绪已被征服，如同迷失太空的宇宙飞船，无可救药地坠向眼前的黑洞。

美女没有点任何东西，径直走向了江明辉左前方不远处的沙发。她摇曳着自己婀娜的身姿，凌波微步间翩然落座，随即一条修长的美腿优雅自然地搭在另一条同样迷人的腿上。刹那间江明辉的目光不禁沿着双腿曲线的指引向短裙深处望去，虽然一无所获，但仍浮想联翩。江明辉舔了一下略微发干的嘴唇，拿起手机随意翻弄以掩饰自己那仍未从黑洞中逃脱的目光。

美女将挎在手肘的名贵皮包放在膝头打开，从包中拿出一面小镜子，借助室内不甚明亮的光线仔细端详了片刻便放回包中，继而取出手机翻看起来，其间根本没有抬头看一眼周围。

作为制片人，江明辉也接触过不少女演员，然而平心而论，确实漂亮的也不多。镜头其实是个神奇的存在，不少屏幕上美丽动人的脸庞在实际中真让人失望，尽管如此，影视圈仍是美女云集之地。不过这位，单论外貌，也是百里挑一的完美型，即便是"整"过，也算很"正"的了，江明辉心想。

当然，他不可能只想这么点儿。

窈窕淑女，君子好逑。无论是否君子，男人们总是孜孜不倦地追求美女，并冠以追求美好心灵的堂皇借口。然而最终目的，不过是觊觎肉体的欢愉。美女在男人心里究竟有多重要，若说男人真是由下半身思考的话，那确实非常重要。即使某美女在他心里不过是个人尽可夫的婊子，供他茶余饭后戏弄唾骂，只要她肯打开房门，男人便会义无反顾地爬进她的床帏。

江明辉虽说是个不算成功的制片人，但偶尔也会有不知名的女演员投怀送抱。无奈老婆监管得太严，加之这些女演员的质量实在是低于平均水平，使得江明辉也没有了冒险的动力。当然，若是真有对面美女这般水平的，他定然会奋不顾身。

现在呢，只是想想。

江明辉是个聪明人，深知这样的美女想想就罢了。

"哼哼，一个个说得天花乱坠，什么寻找真爱，什么等待有缘人，都是扯淡，谁都知道这帮婊子们最后都傍的是什么人。"江明辉心里又发起牢骚，"在她们眼里，男人不过分两种，有钱的老男人和有钱的年轻人，没钱的根本不叫男人。她们此生的目的，比泥土中的工蚁还要单纯；她们每天所做的，比花园中的雄蜂还要简单。尽一切可能获得土豪的青睐，如同手机Wi-Fi般，在众多信号中选择条件最好的那个连接。即便是做小三小四，也要使出浑身解数榨得宿主一身油水。"

江明辉仍然倚靠在沙发里玩着手机，其实目光肆无忌惮地蹂躏了对面的美女一遍又一遍。"看现在女神般地坐这儿，目中无人不可一世的劲头，呵呵。其实不过是在等待某个男人的召唤，而那个男人，每晚玩她玩得想吐，而这个绿茶婊，还指望有朝一日能够修成正果嫁入豪门。那些搞财经的男人都不傻，这种收益随时间直线下降的产品，投短期玩玩即可，谁还跟你做长线交易。

"也许是我想多了，没准儿这就是个外围女，卖卖皮肉，赚赚快钱。想来这也算是暴利，两腿叉开一晚赚得比我一个月都多，干几年轻松攒个百万身家，哎。等到将近人老色衰之际，找个老实的凤凰男接盘，安度晚年去了。"想到这里江明辉又望了望右前方角落里那个年轻人，轻蔑地笑了笑。

这时美女突然把手机放回包里，又拿出镜子照了照，放回镜子后挎上包，缓缓起身，轻轻迈开大长腿，"咔嗒、咔嗒"径直向门口走去。

"去接客了哦。"江明辉的目光随之移动，目送她走出大门。

正当此时，他的视线无意间扫过一个人影，这人影他一直都未曾注意。待美女彻底从他的视线中消失，他这才回头向人影望去。那人坐在咖啡厅最深处灯光昏暗的角落里，面部轮廓模糊不清，但仍可辨别出此人是个不到四十岁的大叔，正在悠闲地喝茶。

江明辉扶了扶眼镜，又仔细打量了那人一番。此人穿着淡粉色的休闲短袖衬衫，藏蓝色的九分裤，赤足蹬一双米黄色的休闲皮鞋，正倚靠在沙发里，高高跷着的二郎腿一颤一颤，似乎也正向自己这边看过来。

江明辉不禁哼了一声，不耐烦地再看了一眼手机，然而还是没有期待的消息。他十分不屑地再次瞥了一眼角落里那人，百无聊赖中心里又嘀咕起来。

"看他那吊儿郎当的样子，如同那些拿了奖的艺术片导演一般自以为是，其实在制片人眼里屁也不是。估计这人八成是做投行的，要不就个臭律师，要耍滑头，夸夸其谈，在众多利益集团的夹缝中刮点油水。自以为是高级白领，在平民面前装腔作势冒充成功人士，骗骗涉世未深的懵懂少女，其实就是个跳梁小丑，不过是上流社会的工具罢了。嘁，这么说都是高抬他了，这上班时间泡咖啡厅的人哪有什么正经事做。说不定就是个皮条客，给刚才那种外围女拉拉生意，自己顺便揩揩油。"

想到这里，江明辉焦急的心情瞬间放松下来，随手把手机放在桌面上，舒展一下身躯，伸个懒腰，惬意地倚靠在沙发里，悠闲地闭目养神起来。身体放松了，心里可没闲着。

"嗯，对了，覃明业那小子跟这人外形挺像，整天无所事事、吊儿郎当的熊样，自己有俩臭钱了那个狂哦。

嘿嘿，从小父母离异不学好，天天打架逃课的主儿，从小学上到初中竟惹到我头上来了，那次被我揍个半死。老天爷真没长眼，这小子家里走了狗屎运，拆迁拿了补偿款。就这号人有了钱那还了得，真把自己当富二代了，别的不提了，买个破宝来改装一下就以为是法拉利了，去掉消音器，拉上个'杀马特'的小妹，大半夜还在马路上呜呜那个开哦，真想再揍他一顿，唉，越想越来气。老子辛辛苦苦干活挣钱，这小子靠房租吃喝玩乐，什么世道。

"当然了，那人不一定是覃明业一般的暴发户，但也不会是什么好东西。首先肯定是从小父母离异，在学校受同学欺负，被老师轻视，没人疼没人爱，心理扭曲。不幸的是智商还不低，野心也不小。勉强考上个不错的大学。早熟的他看透了人世的虚伪，深知自己无背景无关系，所以上学期间就曲意逢迎，苦心钻营。巴结老师，讨好同学，所谓马屁人人爱，高帽人人戴，谁都被他的面具所蒙蔽。当然，如果关系到切身利益，他会毫无顾忌地背叛你、出卖你、抛弃你，无论是老师，还是看似关系很铁的哥们儿。上学期间也会谈几个女朋友，那不过是一时的消遣，女人对他来说不过是发泄性欲的工具，而朋友，更不过是达到目的的阶梯。毕业后，他发现现实的社会比他想象得更加无情，他只有打起精神，削尖脑袋往上爬。当然，他这样的物种不止一只，同类相遇，厮杀更加惨烈。物竞天择，几番搏杀，终于取得了一定地位，有了些许嚣张的资本。然而他知道大城市的水深水浅，他知道自己在社会中的位置，他知道上面的人随时能让他坠入深渊。所以，他最多也就在这咖啡厅里装装×，同时随时准备好各种面具。

"这种人或许能在乱世中浑水摸鱼捞一把，然而小丑就是小丑，没有那个背景就不要有那种野心，否则随时可能成为他人的替罪羔羊万劫不复。人啊，活这一世不易啊……"

正在胡思乱想，江明辉的思绪忽然被自己的手机声打断。他立即睁开眼睛，拿起手机翻看。"妈的，怎么不早说！"江明辉骂道。原来他等的人发短信通知约会取消。一时间江明辉把脑中能想到的所有恶毒词汇都奉献给了此人。无奈他有求于这位大佬，一切得看此人脸色，唉，这下连看脸色的机会都没有。

江明辉悻悻起身，恼怒地拿起身旁的皮包，无意间环顾了一下四周。"网络女"还在电脑前啪啪敲字，"凤凰男"依旧那个姿势坐在椅子上，还偷偷地瞧了江明辉一眼。江明辉叹了口气，把手机揣进裤兜，快速往门口走去，眼角余光瞥见阴暗角落里的男人也向这边走来。江明辉不禁向那边看过去，然而他却瞬间呆住，惊讶着向来人方向走了两步，之后就再迈不开双腿。他静静地站在那里，半天没有缓过神来。

在他眼前，一个活人也没有，不远处的墙壁，是一面镜子。

六

"又是一个结局没想到啊，哈哈，"武向天哈哈一笑，"这个，社会讽刺小说嘛，有点欧·亨利的味道。"

"讽刺什么了，这个故事想表达什么？见谁批谁的愤青自己也傻？不知所云！"张锐强觉得吕辉是在影射自己，十分不悦。

吕辉耸耸肩没有接话，张锐强翻了个白眼不再言语。

"不仅结尾出人意料，制片人的意识流也挺有意思。看来自我评价总是很难，这就是人性的弱点吧。难怪苏格拉底要说认识你自己。"云端不住地点头。

"不过吕导，你这个故事里对女性可不怎么友好哦。"肖萧好像是故意找碴。

"是吗？嗯，你不说我还没往这方面想，不过，嗯，故事也就是在批判这种直男癌的思想吧，啊，哈哈，要是有冒犯那对不起了。"吕辉双手合十做道歉状。

"没什么，就是对某些歧视女性的臭男人不满。"肖萧微微一笑，斜眼瞟了一眼瘫坐在沙发里的张锐强。

张锐强似乎没有注意，两眼望着天花板发呆。

"小吕讲了个他们圈里的，那我就讲一个画家的故事吧，我觉得这个故事也挺有意思，有点幻想的色彩，你们年轻人应该喜欢。"平日武向天一贯早睡，但今晚非常兴奋，"名字我记不清了，故事和主人公的左眼有关，我就叫它'左眼'吧。"

"左眼，是不是有部电影叫《左耳》？"肖萧说。

"对对，前两年的一部青春片，五阿哥拍的。"

"五阿哥？五阿哥不是那个还珠格格里的……"武向天搜寻着记忆。

吕辉笑得合不拢嘴："对对，您说得没错，就是那个演了五阿哥的人拍的。"

"他都能拍电影了？拍得怎么样？"

"这个嘛，我就不评论了。反正当下只要有名气拍个电影都不是事。"吕辉习惯性地捏捏右手小拇指。

肖萧回答得很干脆："不怎么样！"

"哦，那不管他，我讲我的故事。这个故事有点长，有的细节我都淡忘了，那我就挑主要情节讲讲。"

左　眼

高凡是个画家。

这么介绍似乎是恭维他了，准确来说，高凡只是一位默默无名的青年艺术工作者。

打心底里来说，高凡是热爱油画的，否则，他毕业后也不会一直坚持走艺术创作的这条不归路。美院那帮同学，要么去做了设计，要么干脆改行，目前还在搞纯艺术的，寥寥无几。

高凡的油画题材，主要是都市和都市中的人。他的作品想表达的都是现代都市典型情境中人们的孤寂与疏离。画幅不大，而画面通常是灰蒙蒙的，如同笼罩着经久不散的雾气，人物也无精打采，毫无生气。不幸的是，他的事业，也如同他的画一样，未见天日。

同学聚会，高凡难免成为众人揶揄的对象。

"高凡，你不会生前一幅画也卖不出去吧！"

"死后也未必卖得出去吧！"有人幸灾乐祸地调侃。

大家一阵哄笑。

高凡只得跟着傻笑两声，低头继续喝闷酒。

也有人假装关切："那你现在靠什么过活啊？"

"我在给许家昌做助手，有时候帮别人画些室内壁画。"高凡不好意思地挠挠头。

好事者揭人老底："许家昌，哦，那个画家我知道。徒有其名，不过挺有钱哦，很会自我炒作的。"

"对，高凡，我店里重新装修，你帮我画两面墙呗，我好几年没动笔，手都生了。"一个改行开餐厅的同学笑嘻嘻地问。

"嗯嗯，好说，好说。"

"对了，以前总跟你一起的那个小弟呢，低我们一级的那个？"

"哦，莫何啊，现在我们一起在陈庄那里租了个小院。"

"挺好挺好，一对好基友，哈哈……"几句调侃后大家终于对高凡失去了兴趣，转向其他话题。

众人推杯换盏，高凡如坐针毡，他敷衍一阵后便匆匆离开。

暮色将至，我们的主人公走在郊区城乡接合部坑坑洼洼、污水横流的小巷内，心中如头顶杂乱无章的电线般纠结。想想如今自己一事无成，积蓄所剩无几，好友莫何也要离去，悲苦和惆怅便泛滥起来。这心情和他家隔壁废品收购站的臭气熏天、吵闹嘈杂一起，共同陪伴了他凄苦的三年时光。

进了院门，莫何在屋里看到高凡，急忙出来。

"高哥回来了，一直等你呢。"

"东西收拾好了？"高凡笑笑。

"差不多了，哎。我还剩点钱买了两瓶牛二，晚上咱们喝了。"

"好好，我去炒两个下酒菜。"

最后的晚餐终是难以下咽的。几杯酒过后，兄弟二人无语凝噎，唉声叹气。

莫何回头惆怅地看了一眼堆放在画室左边自己的十几张大大小小的油画，潸然泪下。

"哎，这些画我就不带回去了，老哥你有空就帮我烧了吧。"莫何深深叹了口气。

"你说什么呢，那都是你的心血，是艺术，我一定给你留着，万一哪天出名了……"高凡自己都未必相信。

"老哥啊，我是真没什么才华。也许我老爸说得对，我也就是玩玩而已。我看这行出头太难了，要不跟我回家做生意吧。"莫何声音哽咽。

"兄弟的好意我领了，但我可不是那块料，我这人只想，也只能走这条道。"高凡坚定地说。

莫何灌了一大口酒："可是走不通呢？"

"那我也认了，这就是命！"高凡一拍桌子，震得小半盘花生米蹦了出来。

兄弟二人又举杯相碰，莫何很激动："老哥我真是佩服你，你有才华，又有恒心。你放心，等我挣了钱就来资助你，给你办画展，帮你宣传。"

高凡听罢脸一沉："那不行，兄弟你要那样做可是看不起我，我只靠作品说话，不靠别人，更不靠那些溜须拍马的旁门左道。我相信，是金子……哎，不说这个了。"高凡摆摆手继续说，"其实我更佩服你，离开那么有钱的老爸出来画画过苦日子。"

莫何的眼圈红了起来："我这也不是坚持不住嘛，老爸说我再不回去就断绝父子关系。我走了你一个人能行吗，房东是不是又涨房租了？"

"没事没事，来来，喝酒，别搞得生离死别似的。"高凡又启开一瓶啤酒。

天下没有不散的筵席，莫何还是走了。他这一走，一年多都没有音信。高凡还是老样子，勉强维持着生计。

前几天画廊李老板打电话带来好消息，高凡在画廊里的两幅油画被人买走了。虽然卖价不高，高凡欣喜若狂，这可是一个美好的开始，他的画终于得到了认可。

这天，他带着新近完成的两幅大作，走进了李老板的画廊。

画廊老板李明国，四十出头，肥头大耳，大腹便便。经常穿着一件松松垮垮的土黄色亚麻布伪唐装，足蹬一双黑色撒口老布鞋。硕大的脑袋可以说是直接连在肩膀上的。如果那里还叫作脖子的话，上面挂着一大串念珠，两只肥嘟嘟的手腕上也缠着各种珠串，十只手指戴满了大大小小的金银玉戒指，恐怕只恨自己指头还不够多。不知道的，会以为他是潘家园开杂玩儿店的。

李老板原本是个小混混，祖上积德因政府拆迁拿到补偿款，早些年便在这艺术区买了间厂房，本意想开间酒吧，但不知经何人撺掇，对艺术一窍不通的他居然开起了画廊。几年下来，竟然经营得有声有色。有人问他诀窍，他嘿嘿一笑，满脸的横肉微颤："其实跟开酒吧差不多嘛，哈哈。"

高凡本不想跟这种粗人打交道，但是李老板与他给打工的那位画家是发小，经由发小推荐，好歹李老板愿意在画廊里卖两张高凡的画。

再说高凡一走进画廊，就看见李老板坐在画廊外间的圈椅里跷着二郎腿喝茶。圈椅前是一张硕大的原木茶海，茶海上摆满了各色茶具，其中一只茶壶烧了开水，呼呼直响。圈椅旁蹲着一只大金毛，时不时拿头蹭蹭李老板的小腿。

李老板看见高凡进来，皱了皱眉，勉强点点头算是打招呼。

高凡强装恭敬，努力地在脸上挤出笑容："李老板，忙着呢？"

李老板肥厚的大手里攥着指甲盖儿般大小的茶杯，不紧不慢地送到嘴边啜了一口，斜眼瞟着高凡："怎么，又来卖画啊？"

高凡赶紧向前走了两步："是啊，我那两张画上周不是卖出去了吗，这两张我更满意，麻烦李老板再费费心。"

"你这两张够大的啊。"李老板不耐烦地看着高凡拿来的两幅包好的油画。

"是比我上两张大点儿，但也不算很大吧。"高凡说着用手指指墙上挂的几张大幅油画。

"哼，"李老板霍然把茶杯搁到茶几上，仰脖瞅瞅墙上的画，一撇嘴，"这些都是大师作品，十几万一张，你也好意思跟他们比。就说你这两张画这么大，我哪有地方挂。"说罢低头拍拍金毛的头。

高凡气得七窍生烟，心里连连咒骂，但脸上依然保持笑容："李老板，我那两张不是卖出去了吗？说明我的画还是有一定价值的，这两张说不定还能卖高点儿呢。"

李老板抬眼瞅瞅高凡，伸手挠挠他那如同卤蛋般的大光头，脸上的横肉挤作一团："你小子还挺自信，丫的还真以为遇见伯乐了，哼，要不是……"李老板摆摆手，"哎，算了，行，你就先搁我这儿吧，等有买主了我告诉你。"

高凡心里十分纳闷，自己的画卖了出去，虽说价不高，但总是个好兆头，这姓李的怎么还这个熊样。

"李老板，要不您先看一眼。"他伸手去拆画的包装。

"别拆了，就搁那吧。"李老板指指柜台后面。

高凡强压心头的怒火："要不李老板您看挂哪方便，我帮着挂上去。"

"哎，告诉你搁这儿就行了，你怎么这么事儿，你这画也用不着挂，卖出去了我告诉你不就行了。"李老板非常不耐烦，从茶几上的烟盒里摸出了一支烟塞在嘴上，掏出打火机按了几下却都没出火。

这下可伤了高凡"艺术家的自尊"，高凡把画贴墙一搁，径直坐在李老板对面的椅子上："李老板，你以前说我画的是垃圾，不会有人买我的画，我认了。现在终于有人买我的画了，虽然不值大价钱，但还是说明有人认可我的作品，再说您也抽了五成利，我的画以后升值了这不对大家都好吗，您这不挂我的画算是怎么个意思?"

李老板立马火了，随手把香烟和打火机往茶几上一摔，两只鱼泡眼瞪得溜圆："嘿，你小子给鼻子上脸了哈，卖了两张破画就当自己是毕加索了。呸，我现在还是说，你画的那就是垃圾。"他腾地站起来，吓得趴在脚边的金毛一哆嗦，"我按规矩抽你点钱怎么了，你那画挂我这儿那么占地方，才卖那点钱，五成我都抽少了。你丫的赶紧把画拿走，好像谁他妈稀罕卖你的画似的。我这儿等人呢，没心情跟你废话。"

高凡也不甘示弱，立即站起来："我也不会在你这儿卖了，只要是真正的艺术，在哪里都会体现价值的。你这种人……怎么会懂艺术!""渣"字还是没说出口，他拿起画便往门外走。

"哎哟，你小子真狂啊，你以为你那灰不啦唧的画真是艺术啊，你知道是谁买了你的画吗?"李老板大声吼着。

高凡心头一动，转过身："谁买的?"

"哼，就是以前跟你一起瞎混的那个叫莫什么的，不知道怎么有钱了，专门跑来买你的画，还不让我告诉你。嘿嘿，怎么，不说话了，也就那种傻子才会买你的画，你还不如跟他学学，干吗不好，非做这大师梦。"李老板一脸轻蔑地淫笑，不耐烦地摆摆手，"我也不跟你一般见识，你赶紧拿着你的画给我滚蛋!"

高凡根本记不得之后是如何回家的，他失魂落魄地坐在画室的沙发上，望着自己的十几张油画潸然泪下。

晚上，高凡从旁边的废品收购站拉来了个黝黑的大铁皮桶搁在院里，又四处捡了些木柴，在铁皮桶里生起了火。

黄色的火焰纵情跳跃，火光映照着黑夜里高凡憔悴的面容。火是暖的，心却是冷的。高凡拎着一瓶廉价的二锅头狂灌几大口，再把剩下的徐徐倒入铁皮桶。铁皮桶内火焰腾身纵起，把这冷清的小院照得分外明亮。

高凡神情漠然，机械地把自己十几张画拿到院中。他微微颤抖的双手卷起一张没有装入画框的油画，犹豫片刻后愤然投入铁皮桶中，火光闪烁，颜料燃烧的焦味弥漫开来，这气味并不刺鼻，但却刺痛着高凡的心。

片刻后，高凡一大半的画作已在熊熊火焰中化为灰烬。就连为数不多的几个画框，也被他三两下劈开扔进了桶中。

望着桶中渐渐卷曲焦黄的油画，高凡如同罗丹雕塑中吃掉自己儿子的乌戈林，愤怒、悔恨、无奈纵横交织，痛苦不堪。

泪如泉涌，也不知是心中的阵痛还是油烟的刺激，透过泪水迷糊的双眼，高凡突然看见桶中那两幅因卷曲而分离的画作间竟然还夹着一张小画。他努力靠近火苗仔细一看，啊，那是上学时画的一张人体。画中一位美女玉体横陈在一张小床上，含情脉脉地望向前方。

这些年来高凡似乎都忘记了这幅画的存在，画中的模特，是高凡曾经也是唯一的女友，如今睹物思人，往事如闪电般劈入他的脑海。高凡又记起那个燥热的夏夜，在校园旁边的小旅馆，自己哆哆嗦嗦地支起画架，小心翼翼地帮助女友脱去衣衫，摆好姿势。这张不大的画，倾注了高凡当时所有的感情和心血。女友早已离他远去，远去的同时留下了这张画，留下了这份忘却的纪念，纪念他的初恋，纪念他的青葱岁月。

当炙热的火焰使高凡从回忆中清醒过来时，那张他最满意的人体作品渐渐扭曲变形，即将被烈火吞噬。高凡失去了青春，失去了爱情，失去了事业，甚至失去了尊严，他不想再失去这仅存的纪念。高凡不顾一切地将右手伸进火桶，想要从火魔的利爪中抢回此生最美好的回忆。

然而吞噬了多张油画的火焰兴致高涨，怎会轻易放手，炙热的火苗如同多头的毒蛇，上下舞动，呼呼作响，高凡的右手被咬得疼痛难忍。他迅速抽回右手，又闪电般地伸出左手，身体侧身前倾，与火魔进行最后一搏。这次出击干净漂亮，左手食指和拇指成功地夹起了画页，就在高凡过电般地抽回左手那一刻，一团火焰被画页带起，火苗直扑高凡的面部，高凡大叫一声，急忙后撤，可惜晚了一步，高凡只觉得左眼一热，随即便是火辣辣的疼痛。

他紧闭疼痛的左眼，用右眼察看，画作虽然有些卷曲焦黄，周边也被烧损，好在画面中心主体基本完好。

高凡长出一口气，撇下还在熊熊燃烧的火桶，小心翼翼地把画作送回画室，随即就去厨房冲洗眼睛。几番折腾下来，高凡渐渐觉得左眼舒服了许多，睁眼看看四周，因刚才按压冲洗的缘故，视线还有些模糊。

他又拿起那张发黄变形的小画，在灯光下细细观看。

当年青涩的笔触尚显幼稚，堆砌的色彩略显轻薄，“可惜现在无论如何也画不出当年的气息了。”看着看着，他的思绪又被带回多年前那个心潮澎湃的夜晚。

这时，画中的美女居然皱了皱一对柳叶眉，眨了眨一双杏仁眼，舒展一下娇媚的身躯。高凡大吃一惊，连忙揉揉双眼，仔细观察。没错，美女冲他倾城一笑，妩媚多情。高凡失口叫道：“小曼！”女友小曼面如桃花，微噘双唇，嗲声喊着：“真讨厌，画好没有啦。”

高凡环顾四周，这才发现，他又回到那个燥热的夏夜，身处那个狭小的房间，眼前是那个破旧的画架。他顾不上惊讶，放下手中的画笔奔向女友，一把抱住娇弱的胴体：“小曼，真是你，小曼，我好想你！”

“哎呀，你怎么了，弄疼我了都。”小曼无力地捶打着高凡的后背。

高凡亲吻着女友的脸颊：“小曼，不要离开我，我好爱你。”

“你说什么呢，我怎么会离开你呢，你到底画好没有啊，我都累了。”

“不不，你一定会离开我，将来我成了一个没有名气、卖不出画的穷画家，你就会离开我。”高凡望着小曼美丽的大眼睛，伤心地说道。

“你今天怎么了，净说傻话。你这么有才华，怎么能不成功呢？只不过你的创作过于理性，做人又过于感性，要改一改哦。”小曼咯咯笑着。

“可是……可是……这不可能，怎么会这样？”高凡还在困惑中，但怀抱中的女友，却是那么地真实。

女友温柔的眼神凝视着高凡，她伸出右臂，温暖湿润的小手抚摸着高凡的面庞，手指轻触到他的左眼："放心吧，你会成功的。"

高凡还想说些什么，可怀中的女友逐渐僵硬，逐渐冰冷。高凡又一次大惊失色："小曼！小曼！"他想搂紧女友，然而发现手中仅有的，不过还是一张油画而已。

"小曼！"高凡呼喊着从睡梦中惊醒。

高凡睁开双眼，但被一片金光所刺痛，他用手遮挡光线，眯着眼睛环顾四周。他发现自己还是身处那间狭小杂乱的卧室，阳光已透过肮脏的玻璃窗透射进来，慵懒地照在破旧的小床上。

高凡觉得满身大汗，心脏突突直跳。他默然起身，呆坐在床边，低头出神地凝视着坑坑洼洼的水泥地，脑海中却如同看电影般把昨晚的梦境放了一遍又一遍。片刻后他挣扎着站起来，释然地摇摇头，随即伸了个懒腰，长吁一口气，迈步走向画室。

然而，坚定的脚步却在画室门口停住，高凡诧异地四下张望，甚至伸出双臂，仔细打量着两只被颜料侵蚀得变了色的手。他再一次紧闭双眼，并用双手揉搓按压。当他睁开眼睛时，头脑一阵眩晕，身体不由自主地摇晃，以至于必须紧紧扶住门框，才没有跌倒。

这并不是因为低血糖或其他什么病症，而是因为，现在高凡左眼所见的，竟是一片光怪陆离的奇异景象。他惊慌地捂住左眼，幸而右眼看到的世界一切正常，他颤抖的双手又捂住右眼，这一次他再也无法抑制内心的震颤和恐惧，一屁股坐到了冰冷的地面上。

若不是在此生活了多年，高凡怎能认出眼前这扭曲变形的诡异空间就是他的画室。屋里虽然杂乱破败，但横平竖直的地面和墙壁起码还是保持了基本的建筑结构使其不至于坍塌。然而此刻，高凡就像走进了卡里加里博士的小屋，眼中竟然找不到一条欧氏几何中的水平线或者垂线。整个房间好似发生了十二级大地震，不断地震颤扭曲，又如同一个巨大的气泡，毫无规律地收缩膨胀。各个物体的轮廓线也如同着了魔，发疯般地抖动变幻，使得固有的形状分崩离析，难以分辨。近大远小的透视关系也不复存在，物件们好似暗夜精灵，一个个扭动跳跃，随意地转变着外形和体积，同时又如同着了立体画派的魔，狂躁地把各个外表面一股脑儿地呈现在高凡眼前。

　　更为恐怖的是，疯狂起来的不仅只是物体的外形，还有它们的颜色。"印象""野兽""表现"以至众多毫无美感的现代画派，都不足以形容这瑰丽的奇景。在这里，物体固有色的概念早已消失不在，赤橙黄绿青蓝紫，各个色系已经组建了自己的军队，在这不甚宽敞的空间内攻城略地。每个军队均有为数众多的亡命之徒，它们你争我夺，相互纠缠，时而各自为营，时而兵戎相见，房间中的每件物体，就是各个颜色大军的杀戮战场。绚丽多彩的颜色在物体表面汹涌澎湃，翻腾激战，令高凡眼花缭乱，目不暇接。

　　原本五步开外画架边的一支小小画笔，突然飞闪在高凡眼前，瞬间变作扫帚般大小，如同一条七彩蟒蛇，翻腾扭曲。而一人多高的画架，却扭成了奇怪的麻花，在五颜六色的天花板上跃动舞蹈。沿墙摆放的两米见方的油画，已然缩为邮票般大小，彩蝶似的在屋里上下翻飞。

高凡如同来到了另一个星球，不不，来到了异度空间，在这里，经典物理体系烟消云散，人类百万年来的视觉经验土崩瓦解，恐怕量子世界中也不会出现这样疯狂的图景。

疯狂的图景也使看见它的人变得疯狂，高凡再一次捂住左眼，另一只手抓着门框，慌慌张张地挣扎起来，踉踉跄跄来到大门口，哆哆嗦嗦地打开房门，然而向外只看了一眼，便触电般地关上房门。这些简单的动作却使得还未到而立之年的高凡气喘吁吁，头晕目眩，他无力地靠在门板上，身体渐渐下滑，最终再次坐到地上。用最后的气力，高凡使劲捏了一下大腿，清晰的痛感提醒着自己，这一切并不是梦境。

倚靠着门板，紧闭双眼，不知呆坐了多久，高凡渐渐冷静下来，他反复告诫自己，不要慌张，这不过是眼睛出问题了，没什么可怕的。瘫坐了许久，他终于感觉自己恢复了七八成的气力，便摇摇晃晃地站起身来，手扶门把，鼓起勇气，睁开眼睛，打开了房门。

这是怎样的一幅图景啊！

太阳已经高高升起，它也成为高凡左眼中最先辨认出来的物体。原本的一轮红日化作一团怪异的毛线，颜色不断变换，外形不断扭动，线条不断抽动，位置不断移动，无论颜色如何转变，这个如同诡异生物胚胎般不断蠕动的物体，始终激荡着炽烈的气息，向外散发着缤纷多彩的光芒。太阳活动的场所——天空，却仿佛刻意与它作对，始终保持着与太阳颜色极不协调的补色，整个天际如同儿童五颜六色的调色板，一切仿佛回到了上帝创世前的混沌。高凡低头看着自己熟悉的小院，小院及其周围的围墙，已经成了莽荒之地即将喷发的火山口，震颤、旋转、躁动，每一块红砖都仿佛有了生命，极力地试图跳出原有的阵列，飞升到混沌的天际中去。院中那只铁皮桶，正如怪兽张着血盆大口在院中上蹿下跳。院墙外的几株毛白杨，业已燃成五光十色的银花火树，飘来飘去，忽大忽小，时远时近。

这地狱般的景象吓傻了高凡。他呆立片刻后迅速逃回房里，顾不及关上房门，便紧闭左眼，翻箱倒柜。一番折腾后，高凡终于发现了目标。这是一副他上学时候戴过的，款式早已过时的廉价太阳镜。捏着太阳镜，他又冲进画室，翻出一管儿象牙黑立即涂在左边镜片上。

几乎每天的这个时候，高凡都会坐在这个陪伴他多年的画架前沉浸于自己的艺术世界。然而此时此刻，在这间冬冷夏热的小小画室中，我们却看到一个戴着怪异的太阳镜，如失败的杀手般木然地坐在折椅中一动不动的颓废男子。透进画室的和煦阳光，慢慢爬上他僵硬的身躯，又逡巡至一旁的画架和画箱，但它不愿留恋于任何凡间物体，只是缓缓地在画室中移动，终于照在了原本摆放着十几幅画作的一个阴暗角落。那些画作，如今已经化为浮尘，飘散于天地。

若不是光线自顾地挪动，我们甚至都忘记了时间的流逝。

清早高凡便戴上太阳镜匆匆出门。医院里人头攒动，熙熙攘攘。高凡发现想靠自己挂号是痴心妄想，只好咬咬牙从票贩子手里高价买了专家号。

高凡坐在洁净的眼科诊室里，忐忑不安地向对面的医生叙述着自己的病情。他一面吃力地挑选词汇、组织语言，费劲地试图客观地描述自己左眼之所见，一面仔细观察医生的反应，生怕医生以为他在胡言乱语。

医生不置可否的目光透过厚厚的老花镜片打量着高凡，使得高凡心里一阵发毛，而那一如既往的淡定表情又使高凡更加茫然。耐心听完了高凡的叙述，又问了几个无关紧要的问题，医生便不再注视高凡，只在电脑前啪啪点击着鼠标，片刻后打印机吐出几张单子，医生随手扯下递给高凡，面无表情地说："先做检查吧。"

在缴费处高凡傻了眼，他甚至怀疑是否自己耳朵也出了问题。病得看，钱也得花，这薄薄的几张化验单，几乎花去了他所剩的全部积蓄。高凡吞下这一肚子的苦水，垂头丧气地走进眼科检查室。

真没想到，一对小小的眼珠子，竟然需要这么多稀奇古怪的仪器检测，一项项做下来，高凡头昏脑涨，腰酸腿疼。两个小时后，高凡又坐在医生面前。

医生左手托起眼镜，右手把检查单一张张地塞到眼皮底下，眯缝着双眼一一看过后，这才又戴好眼镜，抬眼看看高凡："嗯，没什么问题，各项检查都很正常。工作生活上压力大吗？"医生瞪大了眼睛，又把高凡从头到脚打量一番。

"还好吧，如今谁都有压力。您的意思是……大夫，您可得相信我，我没有骗您。"高凡心里咯噔一下。

医生脸上露出不自然的微笑："啊，这个嘛，没有不相信你的意思。不过从检查结果来看，你的眼球没有任何器质性的病变，如果不是神经系统出问题的话，很有可能是精神压力所致。"

高凡沉默了，因为他心中确实苦闷，但他又不相信自己竟然会产生幻觉，而且是这么彻底、这么离奇的幻觉。

看到病人默然呆坐，医生尴尬地咳了咳："这样吧，你回家好好休息，放松放松心情，再观察一段时间，如果没有好转，建议你去神经外科再检查检查。"

高凡机械地点点头，戴上太阳镜，起身往诊室门外走，这时医生又咳了两下："嗯，那个什么，你也可以去先看看心理医生，疏导疏导嘛。"

当垂头丧气的高凡走进巷子，他隔着脏乱的废品收购站，看到自家破旧的门前停着一辆艳红的跑车。高凡吃了一惊，摘下太阳镜，揉揉眼睛，生怕右眼也出了问题。睁眼仔细一看，跑车还在那里。

"嘿，这收废品的发财了啊，但也不能停到我家门口啊。"边走边寻思，高凡来到了门前。

砰的一声，跑车车门突然打开，车里钻出一人，飞快地来到高凡面前，一把抱住他："高哥！"

武向天的语调忧伤而低沉，仿佛是在讲述自己的伤心过往，他喝了一口茶，看了看窗外的雨夜，加快了语速："原来是莫何来找他，还带着自己的女友，莫何如今已是个大老板了。高凡将自己的情况告诉了莫何，莫何想带着高凡再去看眼病，女友好奇于高凡的左眼，并建议高凡把所看到的画出来，这一下倒是提醒了他。"

"后来呢，"武向天咳嗽了几声，"故事比较长，这里我就简单介绍一下，后来高凡真的将左眼所见画了出来。加之莫何花钱请人运作，高凡就出名了。他搬了家，有了自己的工作室，很多展览都邀请他参加。这天他在旧房子里收拾东西，院里响起了敲门声，初恋情人小曼突然出现。高凡欣喜不已，拿出那幅人体油画向小曼诉说衷肠。"

武向天此时的语调轻松了不少："小曼对他说，你现在成名了，不需要我了，她碰了碰高凡的左眼后就消失了。高凡醒来，发现这不过是一场梦，但他的左眼又恢复正常了。此时又有人来访，高凡以为是小曼，然而开门一看，竟然是画廊老板李明国，他厚着脸皮把高凡吹捧一番，目的是向高凡讨画，高凡用两张旧作打发了他。好友莫何来看高凡，发现他的眼睛恢复了正常……"

　　莫何这才注意到高凡并没有戴墨镜，很诧异："高哥，你的眼睛？"

　　"哦，正想给你说呢，我的眼睛突然又恢复正常了。"

　　"啊！"莫何一时语塞，不知道该恭喜呢还是该安慰。

　　"没关系，没关系，这就是命啊。"事到如今，高凡也看开了。

　　莫何反而很是惆怅："不过，高哥你以后……"

　　高凡微微一笑："我还是会继续画下去的。刚才李老板提醒我了，既然成了名，我就可以大胆地寻找新的艺术风格嘛。我以前作画太理性，做人又过于感性，现在真是改变了不少。"

"对对，高哥，你别说，这混蛋虽说人不咋地，想法还是可以的。"莫何也会心一笑，"对，我看当今画坛也就这样，高哥反正你现在是知名画家了，画什么是什么。咱们走吧！"

高凡环顾四周，慢慢地说："你先去吧，我想一个人再待会儿，在这破地儿过了这么多年，没想到要离开还真有些舍不得呢。"

"好吧，那我先过去等你，晚上咱们痛快喝一顿。"

"好，我一会儿打车回去。"高凡拍拍莫何的肩膀，送莫何走出院门。

他关上院门，回身环视着这个巴掌大的小院。坑坑洼洼的地砖缝隙里杂草丛生，一棵枯死多年的苹果树耷拉着光秃秃的枝干，突兀地站立在小院的黄金分割点上，树下搁着自己亲手由废铁架改造的烧烤炉。污秽的院墙依然十分坚固，墙角堆放着房东遗留的锈迹斑斑的废铜烂铁。而占据院子中间最显眼位置的，还是那只破铁桶，如墓碑般默然矗立，祭奠着那些逝去的画魂。

高凡缓缓地走过铁桶，不由自主地往里窥视。黑洞洞的内壁仿佛黑洞般将他的灵魂向内撕扯，迫使他再次想起那个痛苦而悔恨的夜晚。高凡急忙将目光撤回，无奈地摇摇头，长叹一声走进了屋。

画室、卧室、厨房，高凡转了又转，看了又看。

这不是依依不舍，因为他早想离开这里，这里曾经渗透着他的苦涩，书写着他的屈辱，承载着他的不甘。

这却是依依不舍，因为他并未离开这里，这里曾经寄托了他的理想，记录了他的奋斗，见证了他的成功。

101

扑哧一声，高凡又坐在了沙发里。这张破旧的沙发早已承托不了如今的高凡，他深陷其中。

最后一抹夕阳消失在了墙角，房间里渐渐暗淡。我们的画家，现在终于可以这样名正言顺地介绍他了，他孤寂地凝视着窗外，怅然若失抑或是踌躇满志。

这时，窗外再次传来清晰的敲门声，高凡心里又是一颤。

七

"完了？"张锐强又问。

武向天还没接话，肖萧听不下去了："你咋就会问这句！"

张锐强冷笑一声："呵呵，不是我抬杠，你们的这些故事……怎么都好像讲了一半就给截了呢，没啥正经结局吗？"

"你懂什么，这个结局哪里不正经了，这叫开放式结局好不好，"肖萧又送给张锐强一个白眼，"给读者留下想象的空间，对吧吕导。"

在昏暗的光线中，张锐强好像并没有留意肖萧的表情，他咂咂嘴，满不在乎地晃了晃高高跷起二郎腿的大脚："我看电影听故事就想知道个确定的结局，我可不想要什么想象的空间，这都是编剧犯懒。连个好的结局都想不出的作家算什么作家。得得，算我OUT啦，我不说了，你们聊。"

"高凡——梵高，嗯嗯，算是隐喻吧。故事虽然荒诞，主题还是挺扎心。哎，没错，如今想要成名还真是得有噱头，你看最近那些写书法的，用脚的、用鼻孔的、用刀的、用针管的……都是炒个噱头。"吕辉一会儿点头一会儿摇头，表情中三分的讽刺，七分的无奈，"我们这行真难啊，还是你们有真才实学的好，云端教书搞科研，锐强开发游戏，美女投资理财，都是凭本事踏踏实实赚钱，武老师和我这些搞艺术的，哎，最后都被艺术搞喽。"

"哈哈，没错是这样，都搞得我孤家寡人，这个，半截身子进棺材喽。"武向天看似玩笑的话语里流露着几丝激愤。

肖萧把手里的水杯放在茶几上："其实各行都有各行的恶心事，家家有本难念的经，我们都是给别人打工的。"她突然用手捂了捂肚子，显出不太舒服的神情。

"是啊，是啊，成年人的生活哪有容易两字。万贯家财的老板们也有自己的忧愁。"吕辉不住地点头。

"怎么了，不舒服吗?"云端小声问肖萧。

"心烦着怎么把钱花出去的忧愁吧。我愿意替他们分担。"张锐强揶揄着。

"看来大家都觉得这个故事讽刺了圈里的某些规则，"武向天不紧不慢地说，"没看出点别的?"

"没什么，我去厨房烧点热水。"肖萧报以微笑。

"我去吧。"云端说。

"不不，我自己就行。"

"哦，不就是说那个医生应付病人呗，做一堆没用的检查也说不出个所以然来。"张锐强把头枕在沙发靠背上，双眼望着天花板。

"其实我倒觉得医生没什么问题，按流程看病，知之为知之，不知为不知，还提出了自己的建议。"吕辉说。

张锐强一动不动，鼻子里哼了一声。

"我觉得还有就是讽刺画廊老板那类小人，"肖萧刻意把重音落在"小人"两字上，"粗鲁肤浅，外强中干，有俩臭钱就装×，最后不又像只哈巴狗点头哈腰讨食吃，哎，无奈的是生活里这种人多得是，绝对达到了百分之二十。"肖萧说完，起身走向厨房。

那只大脚停止了晃动，张锐强抬起头瞪着两只豹眼直视肖萧的背影："干吗含沙射影啊，有种你直接说我名字啊，你要不是女人我早就招呼上去了！"

没想到肖萧并没有激动，她边走边说："哟，又没说你，你激动个啥劲的，自作多情！"

张锐强刚要发作，武向天大声插话道："这个，你们只注意到了人物，其实，我想说的是，高凡的左眼出问题后，他只是将他所看到的奇观画出来，这是艺术吗？"

"嗯？怎么不是了？从古至今很多画家不都是这样吗？只不过他们看到的是他们认为的真实情景罢了。"吕辉似乎也不想让肖萧和张锐强发生争执，赶紧接话。

"但是什么是真实呢？大部分人眼中之所见就是真实吗？艺术到底是主观的还是客观的？"武向天继续问。

"我们眼中的世界，不过只是可见光构成的一个表观世界，而且还经过了大脑的加工，而艺术家又要对脑中的意象进行二次加工。"许久没说话的云端突然开口，"从另一个方面说，现实的真实与艺术的真实肯定不同，现实是真实的，投射到艺术中却未必显得真实，而艺术中的真实在现实中可能会显得不可思议。至于艺术是主观还是客观的问题，目前我真的很难回答，但我觉得每个人由于自己的文化教育背景和生活环境等都会有自己的审美习惯，但从宏观上来说，会形成一个共性的趋势。好比量子力学中，每个粒子的行为很难预测，但大量粒子会以概率波的形式运动，是可以预测的。"

武向天微笑着点点头，张锐强哼了一声再次把头靠向沙发背："不愧是海归博士，说的啥都听不懂。"

吕辉双眼盯着烛光点了点头，好像明白了什么："嗯嗯，我大概明白了云端的意思。"他跷起大拇指，"厉害厉害，高端人才就是不一样。你们有没有觉得，就像今晚发生的事，想一想怎么可能呢，不像是生活的真实，完全是在小说里感觉嘛。"

"那吕导拍个电影呗！"云端说。

"嗯嗯，这个可以有。"吕辉环顾四周，压低了声音，"五个陌生人被困于一个封闭空间，按照悬疑片的套路，大家在相互的猜忌和争执中，一个一个地接连死去。"话音刚落，一个炸雷响彻天际，老旧的大屋里似乎也嗡嗡作响，大家像坐在一个大钟里面，被老天爷敲得心惊胆战。

雷声过去，四个人才喘了口气，重回话题。

"你们看刚我这话配的音效多好，正在点上。"吕辉想缓解一下紧张的气氛。

"吕导你说的这是《无人生还》吧，按照套路，刚才你不见的时候就应该是被……"云端用右手在脖颈划了一道。

"煤气灶好像不太好使了，你们别说这些吓人的好不好，刚才那个雷好吓人，我差点儿把水壶给扔了。"这时肖萧从厨房回来，坐在云端身边。

吕辉耸耸肩："嗯，那看来我是不甚重要的小配角，第一个领便当的。"他看了看其余四人，"那么下一个死的是谁呢？

究竟谁是凶手呢？"

"我们要是死了，凶手肯定是房东啊，妈的一天连个影都不见，绝对有问题！"张锐强大声说，"哎，要不咱们玩杀人游戏吧。"

"天黑请闭眼吗？这里够黑的，吹了蜡烛就能玩了。"吕辉突然起身迅速吹灭了蜡烛。

房间里迅速陷入黑暗，四个男人无人作声，只有肖萧发出一声尖叫。

"啊，快把蜡烛点上啊，我的手机呢？啊，谁啊！"

几秒钟后，一片刺眼的光亮起，云端用手机照亮了身旁的沙发："怎么了？"

惨白的屏幕亮光使得肖萧的脸更加惨白，她在恐慌中四处摸索："哦，找到了。"又一片光亮起。

片刻后橘红色的火苗终于出现，映照出吕辉的笑容满面。他点亮了蜡烛："哎，光线真是破坏氛围啊，其实故事和黑暗更配哦。"

"吕辉你真坏，刚才是你拍我肩膀呢吗？吓死我了！"

吕辉一脸无辜："我在这儿一直没动地方，只能是你旁边的云端啊。"

云端摇摇头："我可没有。"

吕辉望向对面，武向天安然地坐在独座沙发中："小吕不要装神弄鬼啊。嗯，小张呢？"

大家把目光齐齐投向壁炉那侧的沙发，沙发上竟然空无一人。

"肯定是他，摸黑跑到我身后拍我肩膀，臭流氓！"肖萧愤然起身向自己沙发背后望去，"张锐强你给我出来！"

沙发后空空如也。

"张锐强！张锐强！"吕辉大声喊起来。

"小吕小点声，别吵到季先生，锐强可能去卫生间了。"

"黑咕隆咚的他偷偷摸摸去上厕所啊？"吕辉并不相信，"不过他速度也太快了吧，蜡烛才灭了多久啊，一转眼就不见了，那么大一坨，他是练过轻功吗？厉害厉害！"

云端好像也感觉到异常："是啊，一点儿声音都没听到，好像是凭空消失了，我去他房间看看。"

云端借着手机光亮来到张锐强门前，敲门后并无动静："张锐强，你在里面吗？"他伸手一转把手，门没锁，轻轻推门进屋。

武向天也坐不住了，拿起手机去另一侧的浴室查看。

二人在一楼搜寻了一圈并无发现，四个人面面相觑。

"上楼了？"吕辉自言自语着，"不会啊，这楼梯一踩就响，刚才没动静啊，再说他上楼干吗？"

肖萧的脸色更加惨白："刚才你也是这样，莫名就消失了，找了你半天。今晚真是见鬼了！"

"你和小张不是暗地里开什么玩笑吧！"武向天端着茶杯望着吕辉。

吕辉头摇得如同拨浪鼓："没有啊，我什么都不知道，说实话关于我的事我现在都糊涂着呢。"

莫名其妙中吕辉走到门厅点燃一支烟大口抽着，武向天回到沙发坐下，云端和肖萧各自看着手机沉默不语。

香烟抽了一半吕辉就不想再抽，他打开房门把烟头弹向屋外，刚要关门，一阵猝不及防的狂风夹杂着雨水瞬间而至，吕辉赶忙关上房门。

"嘁！这鬼天气。"在黑暗中吕辉摸了摸微微沾湿的衬衣。

"吕辉，蜡烛又灭了！"肖萧又叫起来。

呜呜呜，燃气灶上的水壶响了起来。

吕辉就近走进厨房，关了燃气灶。他一转回客厅，三束手机光芒顿时直射过来。

吕辉叹了口气："没事，我马上点上。"

啪嗒啪嗒。

楼梯上传来脚步声。

肖萧触电般地再次拉住云端的胳膊，四个人三束光径向楼梯投去。

"谁啊？"武向天一贯平稳的语调中流露出些许的不安。

啪嗒啪嗒。

楼梯上出现一个高大的身影。

"我呗，还能有谁。"

四个人松了口气。

张锐强趿着人字拖，一步三摇地走下楼梯。

"都这半天了怎么蜡烛还没点上？"

吕辉迅速点上蜡烛。

烛光中，张锐强注意到了四人异样的目光。

"喂喂，都怎么了？我脸上有故事吗？"

"你刚才干吗去了？"吕辉问。

"上厕所，怎么，还得向你请示？"

"那你干吗去二楼？"

"一楼厕所没窗，黑咕隆咚的，二楼有窗啊。"

"这天有窗没窗不都一般黑。"吕辉好像并不信。

"先坐先坐，"武向天招招手，"小张你借个手机不就好了。"

"不用，我这人一向不求人。"

"你刚才是不是趁黑拍我肩膀来着？"肖萧厉声问道。

张锐强在沙发里坐下："嘁，谁稀罕拍你，谁离你近谁干的呗。"

"你敢说不是你？"

"我直接上楼了好不好，爱信不信。"

"你上楼怎么那么快，而且一点声也没有。"吕辉不解。

"是吗？有动静啊，谁知道你们在想什么没注意吧。"

"好啦好啦，又是一个小插曲，哈哈。"武向天招呼吕辉坐下。

吕辉一边纳闷一边坐下，抬头看见一旁的云端也在若有所思地看着自己，两人目光一碰，相互微微一笑。

"如果按照《无人生还》的套路，刚才挂掉的就是你了。"吕辉转头望向张锐强。

"什么无人生还？哼哼，你意思是单独行动的必死吗？怎么，刚才不是说玩杀人游戏吗？"

"我可不玩，刚才吓死我了。到底谁拍的我啊，都不承认！"肖萧还在为这事生气。

"刚才水开了，肖萧你不是要喝热水？"云端起身走向厨房。

肖萧赶忙拿水杯跟上。

"这里明明有个保温壶的，怎么没了？"厨房里肖萧不解地说，"对了你困吗，喝不喝咖啡？"

云端摇摇头："我也喝不惯那洋玩意儿。"

肖萧扑哧一笑："亏得你还是海归呢。"

给肖萧和自己倒了水，云端向厨房外问道："你们谁喝热水，武老师您添水吗?"

"不用啦，都不用了，谢谢。"武向天答复。

二人回到客厅，武向天示意他们赶紧坐下。

"要是大家不困，还是继续讲故事吧。"武向天说道，"要不肖萧你再讲一个，放松一下。"

三个男人没有异议，齐刷刷望向肖萧。

在自我暗示中，肖萧平复了一下刚才紧张的心情。接连不断的怪事一次次刺激着她脆弱的神经。若不是云端的出现，她真想搬出这座府邸，当然，这只是一时的想法。除了低廉的租金和贵族般的环境，在她的潜意识深处，似乎感觉到这座府邸还有什么东西深深吸引着她。也许，也许很快就会有答案。

不在生理期，但今晚腹部却有一阵阵的隐痛，让肖萧心烦气躁。她喝了一口热水，放下水杯，仔细听了听房里的响动，抬头看了看漆黑的窗外和四周阴暗的墙壁。烛光映照不出壁纸上繁复的花纹，但依稀可以辨认出若干比底色略淡的方形痕迹。曾经见证了这座府邸辉煌的那些画作早已不知去向，只在各处墙壁上留下这些痕迹以表纪念。一种悄然而至的移情在不知不觉中让肖萧联想起自己的境遇。自己并不是独身主义者，在她略显强硬的女权外表下，掩饰的其实是一颗孤独柔弱的内心。即便陈旧，但不可否认这座府邸经历过辉煌，而她自己呢，竟未品尝过真正爱情的滋味，而婚姻，更是一个可望不可即的梦想。青春小鸟是否真的一去不回，是抓住青春的尾巴迅速找个可以依靠的老实男人，还是继续独立潇洒下去。女人啊，当你抛弃了脆弱，似乎也抛弃了爱情。

听着窗外的雨声，她春江一般的思绪中浮现出一首小诗，一首忘却了出处的小诗：

> 无眠的夜，
> 无声的你，
> 无情的雨将梦惊醒。
> 哦，那不是无情的雨，
> 哎，那是无言的泪。
> 然而，无声的你依然无处寻觅，
> 所以，无助的我只愿长梦不醒。

这世间的男人终是无情，或许，或许是她自己期望得过多。忘了是哪国的谚语说——女人一生最大的愿望就是有人爱她。然而她这株空谷幽兰，似乎等不到属于自己的春天了。

"好吧，刚才的事我就不追究了。不过你们谁也不能再和我开那样的玩笑了。"肖萧坐直身子，显出几分严肃，"我讲一个女性视点的故事吧，你们这些故事主人公都是男人。"

"哦，是啊，"吕辉抬头看看天花板，捏了捏小拇指，脑海中回溯了一下刚才的几个故事，"你不说我还没意识到，还都是男人。"

肖萧伸手指了指门厅里的穿衣镜："刚才我一直看着那面镜子，突然想起了这个故事，我的也是关于一面镜子。这个故事我非常喜欢，读了好几遍所以印象很深。"

"我的那个故事也有镜子哦。"吕辉插话。

"艺术作品中镜子一般都是欲望的投射。"武向天好像也严肃起来。

"武老师说得不错。我这故事的名字叫作《犹在镜中》。"

犹在镜中

林紫怡默然地凝视着倾泻在室内凌乱地板上的惨白月光。虽是盛夏，她却被挥之不去的凄冷之气所缠绕。临近午夜，最难将息。

在声声慢般的哀怨中，林紫怡缓缓起身来到窗边，蛾眉再蹙，泪痕再湿，心恨再起。

恨谁呢？恨同居三年的男友另寻新欢始乱终弃，还是恨相貌平平的自己人老色衰无甚魅力。

换了工作，租了新房，搬了新家，在经过一天劳累后，她终于有了一个暂时属于自己的小小港湾。然而奔波疲劳怎能抹杀记忆？夜深人静时，那个人的身影再次浮现心头。

她的目光不经意间扫过白墙，再次被那面硕大的穿衣镜所吸引。她仔细注视着厚重象牙白镜框上缀满的巴洛克风格的繁复雕花。抚摸着镜框，林紫怡的指尖传来一股丝滑而冰冷的感觉，上面各式复杂的雕花由蜿蜒缠绕的枝蔓所连接，其间还点缀着几只蝴蝶。

一种难言的典雅与高贵之气暂时冲淡了悲伤，林紫怡诧异于这面装饰奢华的衣帽镜竟然在这小小的出租房内出现，其在房间中与清一色宜家风格的家具摆在一起显得那么违和。她觉得自己仿佛是欧洲中世纪遭人遗弃的怨妇，独自在幽深的城堡中自怨自艾。

据中介所言，这是身在美国的房东遗留下来的唯一物品。林紫怡好奇于这面镜子的来历，但她更感谢这位不曾谋面的奇怪房东。也许，自己的悲惨遭遇得到了命运女神的怜悯，也许，是上帝给予她些许的补偿。总之，她的条件符合了房东定下的种种苛刻要求，令中介也感叹于她的幸运。

她把目光从镜框转向镜中的自己，不出意料，镜中的自己憔悴凄迷。爱情究竟是精神鸦片，还是新世纪的无聊消遣。在这不开灯的房间，林紫怡的思绪在一点一点沉淀。

魔镜魔镜告诉我，世界上最美丽的人是谁？

她缓缓脱去睡衣，凝视着镜中的自己。

难道女人过了三十青春就一去不归吗，她摘下眼镜靠近镜面仔细打量。那张自以为清秀的脸庞或许因月光的映衬而显得苍白阴晦，一双不大的眼眸仿佛也失去了当年的神采，而略微浮肿的眼睑和发暗的眼圈完全暴露了挥之不去的疲倦，眼角似乎也泛起了几道细纹，与干涩的嘴唇一起，彻底宣告了与少女时代的诀别。

时间的烙印不止镌刻在脸上，林紫怡戴上眼镜，忍不住将目光向下游弋，尽管不想承认，但是原本令她引以为傲的胸部也失去了当年的锐气，没有了内衣的承托，乳房失去了抵抗地心引力的力量，如同过了盛花期的玫瑰，萎靡之态溢于言表。淡粉的乳晕也无可救药地污浊起来，还有那愈发隆起的小腹，仿佛一道道利箭，刺痛着林紫怡本就脆弱的内心。

"最是人间留不住。"林紫怡低声叹道。

"朱颜辞镜花辞树。"一个轻柔温婉却清晰的声音飘入她的耳朵，声音不大，但在这寂静的月夜不亚于耳边的一声惊雷。林紫怡打了一个寒战，紧张地向四周张望，怀疑过度的悲伤使自己出现了幻觉。

"林紫怡，是该梦醒时分了。"充满磁性的声音再度响起。当林紫怡可以确定此声并非幻觉时，一道电流从她的头发梢刹那间一直劈入脚趾尖，全身的血液瞬间凝固下来，只留下心脏狂跳不已。

镜中的她悠然地垂手站立，缓缓转头望向自己微微一笑："不要怕，我不会伤害你的。"

林紫怡眼睁睁地看到镜中的自己说了话，那淡淡的笑靥，那开合的嘴唇，真真切切映入她的眼帘。她呆呆地站在镜前，木然地望着自己的镜像。

"林紫怡，不要怕，我是一面有魔力的镜子，"镜中的林紫怡并不顾及真实的她如何反应，不慌不忙地说着，"我只是帮助那些需要我帮助的女孩，我能让她们变得更完美。"

林紫怡如梦初醒般"啊"了一声，如遭人迎面痛击般倒退了几步，然而当她看到镜中的自己依旧安稳地站立在眼前，她再也克制不住心中的恐惧，两腿一软瘫坐在了地上。

镜中的她并不惊讶："林紫怡，看来我们非常有缘，谢谢你唤醒了我。"这个声音似乎很像林紫怡自己的，但更加地温柔和深沉。

温柔的声音仿佛带着魔力，释放出莫名的安全感，使林紫怡平静了许多。她抬头小心翼翼地望向镜中那个既熟悉又陌生的自己，目光交汇的一刹那，林紫怡好像突然被注入了勇气，慢慢从地板上站了起来。

"你怎么知道我名字，我……我这是在梦里吗？"林紫怡站在原地不敢靠近，小声地问。

"你非常地幸运，我了解了你的一切，我可以帮助你。容许我做个自我介绍，"镜中的她不紧不慢地说，"我诞生在路易十四治下的法兰西帝国。伟大魔法师普雷利创造了我，并将我赠送给了他的恩人让·皮耶尔伯爵。在我的帮助下，四百年间皮耶尔家族有七位小姐嫁给了公爵，十三位小姐嫁给了侯爵。十九世纪末以来皮耶尔家族多年没有女孩出生，我也被渐渐遗忘。二战前我被带到美国，不久后我便被卖给了一个华裔富商，十多年前他的后人将我带到了中国。"

女人的好奇心终于占据了上风，不知不觉中她逐渐靠近镜面："那我能问一下，你是怎么帮助女孩出嫁的呢？"

"我能提供衣着打扮、行为举止的建议，以及取得男人喜爱的方法。"

此时林紫怡已经放下戒心，听到这里不禁摇头："几百年前法国贵族那一套对现在没什么意义吧？"

镜子依旧淡然地说着："不要小看魔法的力量，随着社会的发展我也是在不断学习的。虽然我无法直接改变男人的情感，但我可以对女孩进行一些小小的改造。"

"什么改造？"

镜中的她神秘一笑："简单说吧，让你更加年轻漂亮。"

"魔法整容吗？"女人的天性让林紫怡暂时忘记了忧愁。

"也可以这么说吧，但只是细节上的调整。"

林紫怡心头一动，刹那间联想起自己的境遇，容颜的逝去带给她的是凄楚的不安全感，使她担心幸福是否还会将她眷顾。

"男人，都是视觉动物，"看到林紫怡陷入沉思，镜子接着说，"一朝春去红颜老，花落人亡两不知。只有永葆青春，才能留住男人的心。"

林紫怡并没有继续谈论这个话题，转而问道："你不是法国古镜吗？怎么知道这些中国古诗词？"

"我的中国主人可是位传统文化爱好者。"镜子似乎察觉到了林紫怡心中的悸动，轻声问道，"怎么样，想不想尝试一下。"

变，还是不变呢？林紫怡看似平静的外表下其实心潮澎湃。结束恋情，辞了工作，是不是应该以一个崭新的面貌迎接新的生活。

"如果你觉得无法接受，我可以随时把你变回来。"

"好吧，那我试试。"

"很好，"镜中的林紫怡微微点头，"请取下眼镜，闭上双眼。"

林紫怡忐忑不安地拿掉眼镜闭上双眼，还没来得及多想什么，就听见魔镜那充满磁性和自信的声音说："可以睁开了。"

当林紫怡清晰地看到镜中的自己，她的心顿时狂跳起来。没错，这是自己，但是，却又不是自己。

首先让她眼前一亮的是睡衣下的那两条大腿，双腿纤细又白又长让她惊喜不已。原本那四个月大的肚子又平坦如初，腰间的赘肉也全然不见了踪迹。她情不自禁地伸手摸了摸略微显形的"马甲线"和明显变浅的肚脐，而当她的双手托起丰满挺拔的双乳时，脑中竟然产生一种奇怪的不真实感，似乎自己是在蹂躏他人的肉体。在惊喜与羞愧中，她的目光转向了镜中自己的容颜，而此时这张脸似乎也具有了魔力，她缓缓地靠近镜面，半晌呆立不动，出神地凝视着镜中的面孔。

那张面孔熟悉却又非常陌生。首先，这绝对是她自己的脸，任何认识她的人都不可能认错，然而，它又仿佛不是那张脸，它更加地精致和清秀。没有了眼镜的遮挡，一双清澈的大眼惊讶地注视着自己，原本不甚明显的卧蚕清晰起来，与长长的睫毛一上一下衬托得双眼炯炯有神。几年前文过的眉形已没了痕迹，代之以更加秀美舒展的双黛。眉眼间的鼻梁通直挺拔，以完美的弧线终结于俏丽小巧的鼻头，似乎带着几分欧美风韵。鼻下双唇饱满红润，嘴角、眼角都微微上翘，显出几分的调皮可爱。原令她不满的略微臃肿的下颌，现在也似抽脂般显露出优雅的 V 字曲线。伸手轻轻触碰面颊，肌肤也细腻光滑许多，隐藏在眼角的细细鱼尾纹已经彻底消失，而本不甚明显的法令纹则更加无影无踪。

"感觉如何？"镜中美丽的自己微笑着问道。

林紫怡顿时觉得自己苍白的言语根本无法表达内心复杂的感受，她沉浸在莫大的兴奋中，如同那个自恋的那耳喀索斯般在镜前一遍遍地端详自己。

美丽已经来临，幸福还会远吗？让昨夜星辰化作昨夜风，明天将是一个新的开始。

林紫怡还在憧憬于未来，魔镜温柔地说道："很晚了，早点睡吧。我们法国有句老话：充足的睡眠是'美丽'的乳娘。"

林紫怡这才看到手机上的时钟已经跳到十二点。哎，时间真不早了，一想到明天将要面对新的工作，她激动兴奋的心境不免又笼罩上些许的不安。

"好吧，我先睡了，真是谢谢你了！"

林紫怡还在琢磨魔镜说了什么，就发现镜中的自己已经恢复成为单纯的镜像。

她突然觉得仿佛做了一场大梦，懵懵懂懂中脱衣倒进被窝，怀着复杂的心情入了眠。

数天后的一个夜晚月朗星稀，然而这次惨白的月光仿佛失去了原本的萧索之气，无力洞穿林紫怡小屋薄薄的窗棂。

看，当时的月亮，曾经代表谁的心，结果都一样。天后略带感伤的天籁丝毫未能影响听者愉悦的心情。

螓首蛾眉，巧笑倩兮，美目盼兮。原本一介凄楚可怜的弱女子在命运女神的垂青下，蜕变为楚楚动人的"硕人"。诗仙所谓云想衣裳花想容，春风拂槛露华浓，也许才能呼应林紫怡此时的心境吧。

拉了拉晚装的前襟，挺拔的双峰呼之欲出，拽了拽长裙的下摆，修长的美腿若隐若现。林紫怡拿起手机拍了又拍，仿佛此刻的美丽转瞬即逝，如不记录就会遗憾终生。

魔镜魔镜告诉我，世界上最美丽的女人在哪里？她又情不自禁地对着镜子喃喃自语，此刻她已成了纯洁的白雪公主，等待着王子的到来。

我愿顺流而下，找寻她的踪迹。却见仿佛依稀，她在水中伫立。邓丽君幽婉缠绵的歌声飘来，激荡起林紫怡深深的代入感，她顿觉自己好似待嫁闺中倾国倾城的绝代佳人，有朝一日必将醉在君王怀，梦回大唐爱。

"这件长裙不错，很适合你。"魔镜突然说话了。

来自神秘力量的赞扬使得林紫怡心花怒放。

"真是太谢谢你了。你一般什么时候出现呢？好几天没听到你的声音了。"

"魔法世界自有它的规则，很难解释，在合适的时间我自然回来找你。"魔镜淡淡地说。

"哦。"美丽的麻瓜不敢再问，转移了话题，"魔镜，我明晚要参加一个晚宴，你觉得我这样OK吗？"

镜中的林紫怡嫣然一笑："所谓一日不见，如隔三秋。看来你所改变的不仅仅是容颜啊。"

镜外的林紫怡更加笑意盎然："啊，我前些天不是换了新工作嘛。"

"介意跟我说说吗？"

"好啊，那是家著名的网络公司，我本来竞聘的只是普通财务——那我就从头说了啊——上班第一天我怕迟到就去得特早，到了公司就匆匆忙忙进了电梯，没发现那里的电梯是要刷卡的。我正发愁呢，电梯里有个帅哥就帮我刷了卡。到了人事刚办完入职，财务主管正带着我去工位呢，迎面就碰上了电梯里的那个帅哥——真的好巧——他原来是公司的副总裁——我后来才知道，他老爸是一家跨国公司的CEO——"林紫怡对着镜子飞快地说着，完全注意不到自己那因兴奋而绯红的面颊，"他正好分管财务，巧的是他的助理前两天刚离职，就问我愿不愿意当他的助理，所以，现在我就成了副总裁助理了。"林紫怡一口气说了这么多，停顿了一下看了看魔镜的反应。

镜中的她依然平静自若，不悲不喜，只是轻轻地点点头："看来美丽的容颜真能带来好运呢。"

林紫怡略带羞赧地将了将头发："明晚他要带我去参加一个晚宴。你觉得我这样还行吗？"

"你的眼光不错，这件长裙很适合。问题是你这双鞋的鞋跟有些低哦，六厘米只适合日常工作，重大活动八至九厘米才合适。"

"好吧，我明天中午再去商场试试。"

"还有你最好穿隐形文胸，这件虽然不是完全露背，但是肩带容易显露出来。"

林紫怡摸摸内衣肩带："好像是啊，哎，明天去试试吧，我还从没穿过。"美丽所需要的付出使她心累，更使她欣喜。

若说"懒起画蛾眉，弄妆梳洗迟"是因无人欣赏，而"绣罗衣裳照暮春，蹙金孔雀银麒麟"则为心有所属。

"最重要的是自信，相信自己是最美的，记住要时刻保持警惕，注意自己的仪态。晚宴对于女人来说，如同是男人的战场。"

林紫怡瞪大了眼睛："啊，这么严重！有什么要争的。"

镜中的她叹了口气："难道你还是不谙世事的少女吗？女人所争的，不就是男人吗？"

林紫怡若有所思地皱皱眉："男人……"

"女人通过征服男人而征服世界。现在你有了可以炫耀的资本，但凭你的出身想要嫁入豪门还有很长的一段路要走。"

听到这直白的话语，林紫怡竟感到莫名的紧张，三十年来平平淡淡地度过，没想到偶然间就来到了人生的激荡时刻。

什么是幸福？不，这个问题太深奥，还是把它留给思想家好了。我，还是去实现那自己能够觊觎的小小愿望吧。

"要想赢得男人的爱，抓住男人的心，"魔镜看到林紫怡沉默不语，继续说道，"除了要保持美丽的容颜、出众的气质，还要善于巧妙地拒绝与迎合男人。"

深奥的言语使林紫怡越听越糊涂，她出神地望着镜中的自己陷入沉默。魔镜似乎也料到了她的反应，语重心长地说："看来如何做一个好女人，我还得慢慢教你。"

突如其来的手机铃声打断了师徒的对话，林紫怡这才从沉思中惊醒，慌慌忙忙地顺着声音从床上找出手机。

原来是闺蜜的微信语音："Hello，我要是没猜错，大美女这会儿还在试衣服呢吧。发张自拍给我看看。"

林紫怡命运的短暂起伏似乎并没有给她们的关系带来影响。

"我正好要找你呢，明天中午你有事没，再陪我去下商场。"

"还去啊……"

"我觉得我这双鞋有点低，我想试试九厘米的。"

"得嘞，我就舍命陪君子吧。你也是，偷偷做了微整形都不叫我，逛商场倒是抓着我不放。"

"明天的晚宴对我很重要，人生第一次参加上流活动，可不能出状况。"

"看来那个刘总真对你有意思哦，哇，嫁入豪门指日可待了，我看好你哦！"

"去去，我是他的助理，那是个商业晚宴，我陪他去很正常啊。"

"林大助理你就别装了，讨了便宜还卖乖，你这拉仇恨呢啊。"

往事不必再提，人生也不再有风雨，不堪的记忆已抹去，林紫怡此刻只想让明天好好继续，她哼了一声，不耐烦起来："得了得了，明天十二点老地方见啊。"

"没问题，等你做了副总太太可别忘了我。唉，对了你看新闻了没，以前咱们学校文学系的一个女生，上个月突然失踪了，好像就在你那边。"

"是吗，我现在自己的事都顾不过来，哪有时间管那么多闲事……"

好不容易对付完了闺蜜，关了语音把手机扔到一边，林紫怡再次回到镜子前，眼睛着了魔似的反复打量着镜中的自己，脑子里憧憬着明天自己在晚宴上的风姿绰约。

足下蹑丝履，头上玳瑁光。腰若流纨素，耳著明月珰。林紫怡既无玳瑁光，也无明月珰，手边只有一条金链勉强撑门面，不知可否纤纤作细步，精妙世无双。

林紫怡抬头一瞥新买的宜家挂钟，时针分针马上就要重合。想想明天还要上班，她不得不命令自己卸妆洗漱脱衣上床入睡。

不知是否还是因为镜子的魔力，在忐忑不安中，林紫怡沉沉入梦。梦中的她在晚宴上罗衣飘飘，气质若兰，灿如桃花，娇似皓月。

几天后的又一个深夜，月亮在暗红的夜空中再次展现了她妩媚的全貌，把如丝如烟的柔美光线无私地洒向灯火阑珊的大地。

并非每扇明亮的窗棂都愿意接受这无私之光，若没有窗帘的拒绝，这悄无声息的月光所带来的，也许是希望，也许是温馨，也许是忧伤，也许是平淡。

然而照进林紫怡现实中的，是绝望。

月光倾入屋内，如同寒冬窗缝泻入的萧索之气，无声无息地在室内蔓延，冻结了意识，冰冷了灵魂。

似此星辰非昨夜，为谁风露立中宵。可叹昨夜星辰已坠落，为谁业已不再重要。

镜中依稀映照出林紫怡憔悴的面容，甚至比那月光更加惨白。面颊上的数道泪痕裹挟着妆容，与那红肿但空洞的双眼、凌乱的长发一起，如幽冥鬼魅般令人不寒而栗。

听啊，苦痛在唱歌；听啊，悲伤在唱歌，歌声是这么残忍，让人忍不住泪流成河。歌声混合着疑惑与不甘，如万箭穿心，绞杀了一切希望和信仰。

林紫怡站在镜前，站着，站着，直到天荒地老。

"他抛弃了你？"那极富磁性的声音突然出现打破了天荒地老中的死寂。

沉默，沉默。

没有爆发，只有毁灭。

"为什么？"低声的控诉冲破嘶哑的喉咙直奔镜面，"为什么……为什么？"林紫怡神经质地叨念着，脸上依旧是茫然无措。

接下来又是一片寂静，寂静得连那月光似乎都在沙沙作响。然而凝固的时之坚冰终将破碎，林紫怡的意识也被拉回了现实。

"为什么？"林紫怡死命地盯着镜中的自己，那个又回到从前的自己，依旧问着相同的问题。

"为什么！"魔镜重复了伤心人的絮语。

"对，为什么？为什么我又成了这个样子？"激动中的林紫怡没有意识到，她的身体在瑟瑟发抖。

镜中的她依旧是端庄高贵、平静如水的模样，似乎林紫怡的境遇与她无关。"你本来不就是这个样子吗？"

"不，不，为什么，为什么，既然你给予了我一切，为什么又将它夺走？还不如从来就没给过我！"林紫怡声泪俱下。

镜中的她嫣然一笑："忘了提醒你了，魔法不是万能的，你容貌的改变会在你和所爱的人第一次亲密接触后失效。所以……"

"不！"林紫怡掩面而泣，"为什么你不早告诉我！"

"人生若都只如初见，秋风又如何悲画扇。其实早晚又有什么分别吗？女人啊，终是过不了这一关。这样，你不也看出他是否真心了吗？"

林紫怡无语凝噎。

"我知道你在想什么。没错，男人首先在意的是女人的外表。你似乎是失去了一个最重要的资本。"

"我失去了一切！"

"好吧，其实我还有一个办法让你永远美丽。"

林紫怡混沌的眼眸闪出一线光亮："真的？什么办法？"

"若你愿意进入镜中世界，这里魔法的力量无比强大，我可以对你进行彻底的改造。当你再出去时，你的美丽就不会消失。"

新的希望之火又在林紫怡的心中点燃："是吗？那么，那么我怎样才能进去呢？"

"很简单，首先，你心里要真的相信存在镜中世界。然后我会问你是否愿意进来，你回答'我愿意'后，你就放心走向镜面吧。"

林紫怡拨弄了一下长发，平复了一下心情，点点头："好吧，我相信真的存在镜中世界。"

镜中的面容露出了一丝难以捉摸的微笑："既然你相信我，爱丽丝，你愿意进入镜中世界吗？"

林紫怡深呼一口气，在一刹那的迟疑后说道："我愿意。"

"好的，大胆地向前走吧。"

林紫怡小心翼翼地迈步向前，两小步后便已贴近镜面。她下意识地抬起右手，轻轻向前探去。

她感到她的手仿佛触碰了三月的春江水，冰凉中又蕴含着些许的温暖。也正是这只手，如同投入平静湖面的石子，在镜面上激起一圈又一圈的涟漪，镜中的影像也在这涟漪中变得梦幻和荒诞起来。

她闭紧双眼，鼓起勇气迈步继续向前。全身在经历了同样略显怪异的感觉后，她慢慢睁开了双眼。

眼前的景物似乎并未有什么变化，月光依然透过落地窗落在堆满衣物的双人床上，衣柜与书桌安静地伫立在各自的角落里。

然而隐约的不安浮上林紫怡的心头，一丝说不出的诡异令她汗毛倒竖。刹那间，她意识到，这个房间里的一切，都是相反的。

窗户、睡床、衣柜、书桌……它们都处在了相反的位置上，难道，这就是传说中镜子里的世界？

林紫怡立即回头望去，那面古老的镜子依然在身后没有丝毫的变化。她看着镜子对面的房间，哦，那边才是真实世界，这里，不过是个镜像！

天啊，我真的来到了魔镜里！

奇妙的镜中世界暂时驱散了悲伤，也分散了她的注意力，片刻惊奇过后当她将视线转向镜中自己的身影，期待自己的容颜再次改变，然而自己的双眼之所见却给了她毁灭的一击。

镜中那个身影，并不是她！

此时，眼前与她相对而视的，竟是一个陌生的年轻面孔。一张略显婴儿肥的圆脸上没有一丝血色，蓬松的短发久未打理四散开去，一对不大的杏仁眼直勾勾地盯着前面，薄薄的嘴唇露出似笑非笑的诡异表情。

在一瞬间的迟疑后，林紫怡倒退两步，"啊"的一声喊出声来。

"你是谁？是人……还是鬼？"

"林紫怡，不要害怕，我不是鬼。"陌生的面孔显露出那熟悉的表情，镇定、从容、自信。

看到曾经自己脸上显现的神态，林紫怡略微放松了心境，小心翼翼地问道："是你吗魔镜？这就是你本来的样子？"

镜中女子并没有回答，她神情严肃地慢慢说道："林紫怡，你现在已经接替了我的位置，来到镜中世界接受惩罚，希望你可以改过自新，早日重返自由。这是你的不幸，但恐怕也是你一生最大的幸运所在。"

林紫怡心急如焚，她上前一步抬手伸向镜面，镜子冰冷坚硬，不禁使她怀疑刚才她是否从中穿越而来。"这到底是怎么回事，我怎么能回去？"

镜中女子轻轻摇摇头："你回不来了，至少现在回不来。"

"什么？不，为什么？"

"你不要急，听我慢慢解释。"女子环顾四周，喜悦之情溢于言表，她转头再次注视着林紫怡，不紧不慢地说，"虽然我在镜中等了许久，但也不在意多待一会儿。我和你一样，也是这个冷漠城市中一个平凡的上班族。偶然中——当然，现在我知道这不是偶然——单身的我租到了一套便宜的房子——并不是现在这套——你眼前的这面镜子，同样悬挂在我的房间里。

"其实接下来你应该能知道发生了什么。我没能抵挡魔镜的诱惑，同意它对我的改变。哎，时至今日，我仍然喜欢那个美丽的我啊，谁不喜欢呢？我没有抵住一个有钱男人的追求，很快投入了他的怀抱。和你一样，在第一次后，我又回到原先这副模样。"

女子停顿下来，疲惫的双眼盯着一镜之隔的林紫怡，四目相对的瞬间，林紫怡的心陡然狂跳。

"哪个女人不希望自己拥有美丽的容颜，能够找到一个可依靠的男人托付终身呢。但是，没错，看到我真实的样子，他立即离开了我，没有一丝的留恋。"

"然后你就……"林紫怡低声叹道。

女子苦涩地一笑："我信了魔镜，以为来到镜中便能永远改变自己。"

这熟悉又陌生的房间中，仿佛存在着一种难以言说的极度深寒。林紫怡感觉全身如同包缚了厚重的紧身衣后沉入冰河，而紧身衣在严寒中逐渐收紧，一点一点挤压着自己的灵魂。"难道……难道你就一直困在镜子里？"

看着林紫怡绝望的表情，女子缓缓点点头。

"不，不，这不是真的，我要出去，放我出去！"林紫怡不再抱有任何希望，她发疯般冲向房门，拼命拉扯门把，无奈房门如同墙壁般纹丝不动。

"让我出去！让我出去！"气喘吁吁的林紫怡再次撞向镜面，房间里的一切似乎成了永恒，她不能改变分毫。情急之下林紫怡抓起座椅向镜面掷去，伴随着巨大的声响，镜面上居然出现了几道裂痕，这似乎给她的身体注入了莫大的力量。她双手紧抓椅腿，用椅背一次次砸向镜面。

镜面的裂痕像一张蛛网迅速扩张，七八下重击后便爬满了整个镜面。然而镜中那个破碎的面容，依然是那副从容淡定的神情，似乎这一切都在意料之中。

经过无数次的努力后，林紫怡终于用尽最后的力气，筋疲力尽地扔下座椅，瘫倒在地上。当她略作喘息转头望向镜子时，却在绝望中发出了一声惊呼。

"啊——不！"

镜面诡异地恢复如常，好像什么都没有发生。

林紫怡彻底地扑在地板上，失声痛哭。

"你现在所处的，是一个异度空间，在这里你感觉不到饥饿与困顿，"女子看到林紫怡平静下来，继续说道，"唯一能够走出来的方法——就是像现在的我这样——找到一个接替自己的人。这是对你的惩罚，也是对你的磨砺。"

静默了片刻后，林紫怡站了起来走到镜前，紧紧地注视着女子的双眼："为什么？我到底做错了什么？你为什么要骗我！"

"哎，"女子摇摇头，"你比我当初还傻。其实，你只是犯了一个每个女人都可能犯，却不该犯的错误。"她略微停顿，用一种历经沧桑的眼神仔细打量着镜中的林紫怡，"以为凭着姣好的容颜便能找到一个托付终身的男人。我是骗了你，但也没骗你。因为当你走出魔镜，你确实发生了改变，不是容颜的改变，而是灵魂的改变。"

镜中的林紫怡已经完全平静下来，她缓缓地抬起头，望向镜子的眼神苦涩中又带有些许的不甘。

"我知道你在想什么，"镜外的女子以一种超然的姿态注视着镜面，好像看着自己的过去，"你觉得世上总有男人会爱上你的灵魂，没错，也许是这样。是这样又能如何呢？难道女人生活的目的就是得到男人的爱吗？难道女人一生的意义就是嫁人生子吗？"

林紫怡暗淡的目光中闪现出点点微光，她嘴角微微抽动，但却无言以对。

"在镜中的这段时光可以让你静下心来思考，女人应该怎样度过自己的一生。爱情、婚姻、家庭固然重要，但不应以丧失独立的人格为前提。女人，也有自己的选择，自己的人生。"

冷月无声。

但它偷偷地移动昭示着时间仍然在正常流淌，终于月光以不易察觉的速度悄然爬上林紫怡的眉梢。林紫怡转头看看房间，眼神中终于流露出希望。

"雾失楼台，月迷津渡。虽然你一度迷失了自己，但我相信你会重新找回初心。就算曾经失落失望失掉所有方向，为了成为更好自己再次上路，拼搏努力吧，哪怕平凡是唯一的答案。"

镜中的她安静地点了点头，片刻后终于再次出声："谢谢你告诉我这些。但是我在这里，我的父母、我的工作怎么办？"

"你放心，不用多久你就会出来的。这面镜子会出现在一个新的房间，很快会有一个新的租客。有关她的信息，会出现在书桌上。你要像我一样，寻找适当的时机和她聊天，许诺给她梦寐以求的改变。当她走进镜子之时，便是你走出之日。出来后，你可以说自己长途旅行去了，但千万不能说出魔镜的秘密。"

女子转身环顾了四周，随即向房门走去。

"还没告诉我你的名字？"

女子回头一笑："相逢何必再相识呢，我们的名字都叫女人。"

镜中的房间寂静无声，此时林紫怡的内心却是五味杂陈。女人，应该怎样度过她的一生。她疲惫地倒在床上，不久后便在内心焦虑而又情怀初释的复杂心境中沉沉睡去。

当林紫怡幽幽梦醒，她惊讶地发现，镜中的世界竟然变了模样。房间的大小、格局，家具的式样都发生了不大的变化，唯有那面古镜仍然默默地悬挂在墙上，等待着新的主人。

林紫怡困惑自己睡了多久，因为窗外仍是月朗星稀的朦胧夜色。月光无意间显露了书桌上一张白纸的出现，她心头一颤，伸手拿起轻薄的纸张读了起来。

当林紫怡再次站在镜前时，内心已平添了几分从容与自信。云破月来影弄人，镜中，一个丰满的身影正在孤芳自赏。林紫怡长出一口气，望着镜中的人影，如同望着昨日的自己。

她清清喉咙，缓缓地说："谢欣然，你好，我是一面有魔力的镜子……"

八

"很美的故事，这脑洞挺大啊，"吕辉显然非常喜欢，"当然了核心还是女权主义，改编一下可以拍成电影！"

"好长的故事，听得我都犯困。照着这么说女人不结婚不依靠男人就是独立喽？"张锐强并不以为然。

"跟你这种直男癌没什么好讲，将来谁嫁给你谁倒霉。"肖萧一脸的鄙夷。

看到张锐强似乎要和肖萧理论，一直保持沉默的云端赶紧插话："一个故事嘛，用不着上纲上线划清敌我的。这个故事我也挺喜欢的，好像有部电影就叫《犹在镜中》吧。"

"对，英格玛·伯格曼的，电影的情节倒是和这个故事关系不大。"吕辉捋了捋头发。

"这个故事的结局也是很出人意料，"武向天说，"看来这面魔镜的目的是为了解放妇女的思想啊，哈哈，不过手段有些残忍啊。"

"哼哼，净瞎编，一个大活人消失了那么久不会引起怀疑？她家人朋友不报案？警察不会调查房东？这故事倒是和我们目前的情况有相似的主题——神秘的房东。我看三楼那位也想把咱们关在这里吧，都他妈的不是什么好人。"张锐强一口气说了一串。

"拜托你有没有好好听我讲，哼，我都懒得和你啰唆。"

"我记得故事里有个伏笔是新闻报道过一个女孩失踪了。"云端十指交叉放在胸前。

"其实每个女孩也没被关多久吧，出来后大不了说自己出去旅行了。故事嘛，不用当真，刚才我们不是还讨论艺术的真实吗？"吕辉眉飞色舞地说着。

"镜子在中外文艺作品中可是常见的元素，"一直在聆听中的武向天终于拉开了话盒子，"我刚才说镜子代表了人的欲望，比如《红楼梦》中的风月宝鉴，还有白雪公主里王后的魔镜，其实镜子在我国传统文化里还有一重隐喻，就是自我的观察和反思。"武向天喝了一口茶，看到大家兴致益然，便不疾不徐地接着说："大家都知道司马光编纂的《资治通鉴》吧，'鉴'就是镜子，'资治通鉴'这几个字就是说治理国家要以史为鉴，拿这部史书作为镜子以自省。还有曾国藩写的《冰鉴》，这面镜子不是照自己，而是照别人，《冰鉴》的内容就是写如何识人、相人的。"

"武老师好渊博啊。"肖萧感叹。

"见笑见笑，对了，就说西方油画里也有不少设计巧妙的镜子，比如扬·凡·艾克的《阿尔诺芬尼夫妇像》，委拉斯凯兹的《宫娥》，爱德华·马奈的《酒馆女招待》，有兴趣的话改天一起研究研究，很有意思的。"

"武老师的话启发我了，我觉得我的作品中也可以加入镜子的元素，嗯嗯。"吕辉若有所思地说。

"吕导你一直说要出自己的作品，可别让我们等太久，成了永远的中美合拍《西游记》。"肖萧的语气一本正经，但明显让人感到她是在调侃吕辉。

吕辉略显尴尬地点头笑笑。

"好啦，下一个谁讲？"武向天问道。

云端环视了其他人："现在都快十二点了，是不是有点晚了。"

张锐强撇撇嘴："我过的是美国时间，这会儿才刚来精神头呢。不知道年纪大的同志怎么样？"

"啊，我没事，没想到听故事听得这么兴奋，"武向天捋了捋胡子，"还没听够呢，现在还没到且听下回分解的时候吧，哈哈。"

云端转头望向身旁，肖萧耸耸肩表示可以。

"我那儿有咖啡你们谁要喝？"吕辉问。

大家摇摇头，张锐强突然起身："我喝咖啡倒是越喝越困，我再拿瓶啤酒，你们等下。"

片刻后，张锐强拿着两听啤酒回到客厅。

云端这时似乎是想起了一个故事，正要开口，张锐强的大嗓门抢在了前面。

"啊，对对，我刚拿啤酒的时候想起来一个带劲儿的故事，适合深更半夜讲，哈哈。"

"不许讲鬼故事！"肖萧严肃地说。

"嘁，鬼故事那么假，我才不稀罕讲呢，这还是个科幻故事。"

"没兴趣！"肖萧撇撇嘴。

张锐强咕咚咕咚灌下几口啤酒："哼哼，你不爱听可以不听。"他转头看看身后，"哎，都过十二点了，这破钟怎么不响了，还挺智能啊。"

"能不能不说钟了，喜欢我明天送你一个。"肖萧翻了个白眼。

"不说就不说了，您别客气……"张锐强刚要开讲故事，突然反应过来，"哎，你骂我，我给你送钟好不好？"

还是武向天开口掐灭了火源："好啦，都是开玩笑嘛，小张你讲故事吧。"

张锐强哼了一声，继续开讲："我这个故事还是个科幻，名字叫作《审判》。"

审　判

"怎么样，还不错吧？"

134

"太棒了，不不，太真实了，真实得不可思议，真实得我都差点儿不敢下手。虽然我平时不怎么玩游戏，但你这个游戏真是太过瘾了。"

"和 *The Hero* 相比呢？"

"不能那么比，完全是两个类型，*The Hero* 完全是基于电影的，而你这个可以说是 *Trueman's World* 的变态版。"

"这么说你是不喜欢喽？"

"不不，情感上说很喜欢，确实很过瘾，哈哈，解了我心头之恨。但在理智上还是接受不了，简直是勾起了人内心的阴暗力量嘛。不过我得承认你太厉害了，把 *The Hero* 和 *Trueman's World* 的创意结合起来，一个人就能开发出这么夸张的大型游戏……"

"这其中也有你的功劳！"

"哦，你是说前段时间我帮你做实测的事啊，嗨，那不过就是在你这儿戴着头环坐了个把小时而已嘛，顺便还能玩玩。哈哈，对了，还要谢谢你送我的头环，虽然我平常也没什么时间玩。要说你这个新头环是 SUBY 的最新型号吧，感觉比你送我的那个纤细了一些，手感更顺滑了，这个得多少'刀'啊？"

"对，这是 3 月新发售的 XL130，官网九千八百八十美元。"

"哇哦，这真是……你上次说的什么来着，对，民用最高端科技啊，还好我不是游戏玩家，这种烧法我可玩不起。对了，你这个新游戏准备什么时候推出？"

"很遗憾目前不能上市。"

"啊，为什么呢？这么刺激的游戏市场潜力巨大啊，你们老板有病吧！"

"这完全是我背着公司自己开发的。"

"哦，对对，所以你需要我帮你做实测，但是为什么呢？你是想自己开公司单干还是想干脆把游戏直接卖出去？"

"都不是。"

"嘿嘿，我怎么感觉你在下很大一盘棋呢，真是看不透你啊。眼下这种虚拟现实游戏火得要死，你别说你下这么大功夫开发个游戏就是自己玩玩？老实交代你到底有什么企图，哈哈哈！"

"上次我说过这个游戏我盗用了 *The Hero* 的部分代码。"

"哦，哦，我好像明白了，所以这个游戏其实是 illegal 的喽？发售会被人起诉侵权？怪不得你要我私底下帮助你开发这个游戏，呵呵，我其实就是只戴着头环的小白鼠啊。"

"没错，所以我要谢谢你，这种 SVR 游戏一个人开发不了。"

"老同学一场你跟我客气啥，哈哈，虽说咱俩失散了二十多年。哎，上次在饭馆可是太巧了，不过你眼力真好，我胖了那么多你还能认出我，咱们的毕业照我给我老婆看，她根本就找不着我。不过你也是变化很大，不提名字根本认不出来。我记得你那会儿个子也不高，脸也没有现在……"

"那会儿我们还小。"

"嗯嗯，对对，十来岁的小屁孩，人长大总会变的嘛。要说咱俩那会儿多好啊，成天在一起瞎胡闹。你还记得没，初二时候咱俩去北新街称了一斤半毛片藏你床底下，体育课翘课去你家看，哈哈哈。"

"你不说我还忘了。"

"其实那也算性启蒙吧，要不那会儿咋懂啊，生物课也不讲那玩意儿，哈哈，哎，咱们看片那会儿苍老师都还小呢，哈哈。现在我跟朋友说小时候毛片按斤卖，他们谁也不信。对了，你家那房子还在不？那可是正宗学区房吧，就在学校隔壁。"

"那房子父母去世后就卖了。"

"呀，抱歉抱歉，你父母走得挺早，我妈去年也去世了。哎，你说你也不娶个老婆，记得你那会儿不挺淘的嘛，真没想到你现在竟成了个游戏宅男。这人啊说来也奇怪，从小到大能翻个个儿。我那时候一放学就往游戏厅跑，什么《街霸》《拳皇》《恐龙岛》都玩遍了，《合金弹头》三个币就能通关。哈哈，我爸每天晚饭前就到游戏厅里逮我去，找到就一顿暴打，但我就不长记性，第二天照去不误。嗨！就奇了个怪的了，结果，结果我现在反而对游戏没什么太大的兴趣。小时候坏得要死，现在反倒成了所谓的'乖老公''好员工'。你小子倒好，小时候不玩游戏，现在居然在开发游戏，这就叫什么……对对，命运的捉弄吧，哈哈。"

"It's just a job，只不过我的工作恰好是游戏开发而已。"

"话说现在这游戏发展得确实厉害，前些年还什么……什么 R、VR 来着，戴个大眼罩怪傻的。现在好家伙，一个小小的头环就能把海量信息直接输入人的脑袋，一切还都那么真实。要说《黑客帝国》里还得在后脑勺留个接口呢，这个头环都免了。第一次来你家玩的就是 *The Hero* 中的'黑客帝国'，简直把我吓傻了，如果不是我熟悉电影场景，简直分不清那是虚拟还是现实。哎，再说你们公司开发的那个 *Trueman's World* 吧，你别生气，我倒觉得没多大意思。太写实了，跟自己日常生活没什么区别啊，平时过日子就够闹心了，在游戏里还得过一回。不像 *The Hero* 里拯救世界，那多过瘾。"

"*Trueman's World* 里也能当上 CEO，迎娶白富美，登上人生巅峰之类的啊。"

"嘁，那有什么意思，不过是一枕黄粱！再说这种模拟人生的游戏缺点就是和现实太像，容易混淆虚拟与现实的距离，游戏结束后发现自己终不过还是'屌丝'一枚，那心理落差得多大，不如这种大片般的游戏让人始终有间离感，玩起来还过瘾，即使挂了也能读档重来。"

"你说得还挺有道理。"

"你也这么觉得吧，哈哈，还有啊，现在游戏做得这么真实，尤其是你自己开发的这个，玩久了不会把自己搞糊涂了吗，搞不清自己是在游戏里还是在真实世界里？就像那个，那个小李子演的那个电影叫什么来着，对，《盗梦空间》，就是搞不清自己是清醒的还是在梦里。你这个游戏里有陀螺能分辨吗？哈哈。"

"那还不至于，目前我觉得还是可以分辨的。"

"是吗，反正我是挺迷糊的。尤其是刚进入游戏那会儿。和我生活工作的地方好像啊，还有我的老板、同事、朋友什么的，做得跟真人一模一样，我都差点儿以为来你家玩游戏是一场梦呢。当然在细节上与实际还是有区别的，要不我可就按部就班地在游戏里过下去了，哈哈!"

"实测中我借用了你的记忆构建了部分游戏场景。"

"啊，嘿! 好小子，这就是你不地道了，你这不是窃取我的隐私吗？你也不告我一声! 你不会知道我的银行账号和密码了吧。你还知道了我的什么？"

"别紧张，仅仅是你的生活工作场景和人物而已。"

"好好，我就信你一回，还好你这游戏不会上市。你就不能自己设计场景吗，那样也不用借用别人的记忆，玩家也不会把游戏与现实搞混了。"

"现在只是测试而已，自建场景费时费力。"

"好吧，那以后你可得把我这部分给删了。哎，这种SVR游戏还有一个缺点，就是太耗神，玩两个小时简直跟跑了个马拉松似的，累死我了。不过为什么在现实中玩了两个小时而已在游戏里却过了一天呢？"

"游戏里不受物理定律的限制，游戏速度取决于思维速度。"

"哦，我明白了，这说明我思维速度还挺快嘛，哎，怪不得我现在脑袋还发涨呢，待着不动啥也不想干。"

"我给你拿罐红牛清醒一下吧。"

"啊，那敢情好。你说这种游戏是不是更容易上瘾啊，这可苦了那些学生家长喽，他们对你这种人肯定是恨之入骨……咦，我手机搁哪儿了？哦，在这儿呢。如今这手机简直就是人体的一个器官，根本放不下，一会儿不看心里就不踏实。哎，其实也没什么重要的东西，不就是群里那些叽叽歪歪和朋友圈里无聊的鸡汤……嗯……你看这个新闻，近两个月来我市发生三起恶性凶杀事件，至今仍在侦破中。警方怀疑这三起凶杀案是同一犯罪分子所为，望广大市民提高警惕。嘿嘿，这不是连环杀人案吗，哈哈，居然就在咱这地方。哎，发现碎尸的这个慧园小区离我家还不远呢。"

"给你红牛，我已经打开了。"

"谢谢啦……哇喔，你这红牛什么味啊，新产品吗？不过感觉还不错。对了，你这个游戏除了我别人还玩过吗？"

"没有。"

"哈哈，那我算是你的第一个客户了。其实你这种游戏做成网游才最好，大家一起斗智斗勇、互相伤害呗。你怎么不自己开个公司，你要是开公司让我也入点股嘛。"

"这我倒是会考虑考虑。"

"以你的本事，绝对能做大了，到时候让我也体验一把做上市公司董事的感觉，哈哈。这都快六点了，哎，我该回去了。"

"再坐会儿啊。"

"不了，老婆还等我回去吃饭呢，我可没跟她说来你家玩游戏。改天去我家玩啊……不对劲啊，我怎么觉得这么困呢，头晕眼花的。哎呀，我这是怎么了……好晕……好难受……不对，红牛里你放了什么……"

连环杀人犯挑战公安 上传杀人录音至网络

中讯网 5月12日 震惊全国的新晋市连环杀人案目前有了新的进展：5月11日晚，知名的几家网络社区、贴吧出现匿名游客名为"审判"的帖子，发帖人不仅承认对近半年来发生在新晋市的六起杀人碎尸案负责，还上传了一段据称是犯罪过程中的录音。发帖人还声称将继续"审判"，并嘲讽公安机关无能。

目前相关帖子已被删除，据新晋市公安局新闻发言人称，警方已经展开深入调查，但目前尚未发现有价值的线索。就记者问及录音中提到的游戏开发者和被害人初中同学身份的问题，发言人称，经调查录音中涉及的有关人员均与本案无关，警方怀疑以上均为嫌疑人故布疑阵。

警方希望广大市民不要恐慌，加强防范。

早在今年2月23日，新晋市公安局就发出悬赏通告，对提供连环杀人案有价值线索的奖励人民币十万元。

另据不愿透露姓名的犯罪心理学家称，通过录音和目前掌握的凶手杀人手法，该凶手或属患有严重精神疾病的高智商罪犯，其在虚拟现实游戏的诱导下完全混淆游戏与现实，并且犯罪动机不明确，犯罪目标不固定，具有高度的危险性。

"哈哈，我讲完了，够劲儿吧，我特别喜欢这个变态，嘿嘿，把那人流的血收集起来再输进去，哈哈。"张锐强把罐子里剩下的啤酒一股脑地灌进口中，眉飞色舞地说着。

与他神情正好相反，其余四人还是沉默不语。

"怎么了，你们都听傻了吗?"

"嗯，这个，"吕辉咂咂嘴，"你从哪听来的这故事?"

"啊，故事我记得挺牢，来源我可忘了，怎么了?"

"没事，话说故事倒是像那么回事，嗯，挺重口，就是，就是三观不正、血腥暴力啊，至少改编电影肯定没戏。"

"嘁，那是你的事，我喜欢就好了，再说三观哪不正了?血腥暴力就三观不正了?"

"不是不是。我意思说人家就是在游戏里发泄发泄，单凭这个就把人家给杀了?手段还那么残忍，这也太变态了。谁玩游戏不是图个痛快，你在游戏里没有随便杀过人吗?"

"杀啊，我最喜欢在《侠盗猎车》里拿各种武器灭路人了，哈哈!"

"对呀，为了这个就真把人给杀了?那一半的游戏玩家岂不是都得死?"

"故事嘛，有意思就好，不是说连环杀手嘛，都是变态，你较什么劲儿?总比你讲的那什么黑盒子里变钱的破事有意思吧!"

"嘿，你……"

"这个故事还是挺有创意的，连环杀手的梗和高科技结合，而且小说里基本全是对话。"云端打断了吕辉，"不管怎么说，这种直接接入大脑的VR游戏肯定是将来的发展方向，但场景太真实了会使人迷失，分不清虚拟与现实的区别，甚至迷失在虚拟世界中。"

吕辉没有回话，又掏出一颗润喉糖塞进嘴里。

"这种故事太膈应人了，再别讲了！"肖萧翻了个白眼。

"女人懂什么科幻，胸大无脑！"

"你个流氓！"肖萧本想用杯里的水去泼对面的张锐强，但云端好像知道了她的意图迅速把她的胳膊拉住。

"好啦，少安毋躁，小张好好说话不要人身攻击，大家天南海北地聚到一起都是缘分，好好相处嘛。"武向天终于说话。

"得得得，夸她胸大算什么人身攻击。接下来你们讲吧，我不说话了。"张锐强瘫在沙发里闭上眼睛。

"下面我来讲一个。"云端想要缓解一下气氛，"本来呢我想讲一个我在美国读书时看到的科幻故事，故事写得特别精彩，但就是很长，今天不早了以后有机会再说。我想起一个短故事，是关于作家的，故事发生的时间和现在差不多，所以故事的名字叫作《夜》。"

"夜？夜什么？"瘫在沙发里的人问道。

"哦，黑夜的夜。"

夜

夜已深，万籁俱寂。

悬疑小说家孟黎终于完成了他最新的一部作品，关上了电脑。

他疲惫地伸了个懒腰，微笑着凝视窗外寥落的灯光，似乎对自己很满意。

突然，耳边传来几声奇怪的响动。

声响好像是从对门住家传来的。

孟黎透过门镜向外张望。

透过这个门镜，他一次次地窥视过对门那个富商和他年轻貌美的妻子。

门外如常。

"看来确实有响动，因为走廊的灯亮了。"孟黎心想。

孟黎轻轻打开房门，小心翼翼地走到对门门口，扒在门上倾听。

门内传出几声莫名的响动，随后就悄无声息了。

孟黎下意识地推了下房门，房门竟然无声无息地开了。

孟黎犹豫了片刻，壮壮胆，弓着身子走了进去。

屋里亮着灯，门厅里没有人。

孟黎蹑手蹑脚地穿过门厅，进入客厅。

眼前的一切让他全身冰凉。

那个他从猫眼中窥视过的富商，此刻就躺在客厅中。

不过他倒在破碎的茶几上，鲜血顺着谢顶的脑袋浸染了身下的地毯。

孟黎瞬间感觉时间凝固，脑中一片空白。

这个情景，他已经想象过无数遍。

现实中，哪怕经历一遍，也是震撼人心。

后悔早已来不及，孟黎拼命地命令自己冷静下来。

此刻，以前看过的、写过的，无数的情节在脑海中飞快地闪现。

怎么办？

跑。

他猛然转身，想往门外冲去。

在他转过身后那一刹那，一把尖刀刺向了他的咽喉。尖刀后是富商妻子那美丽而又恐怖的脸。

孟黎惊醒，大汗淋漓。

原来是一场梦。

床头柜的闹钟显示着2:35。

孟黎心情久久不能平复，拿起闹钟旁的水杯，灌了几口水。

突然，几声奇怪的响动在寂静的深夜回荡。

孟黎的心跳猛然加速，后脊梁冷气直冒。

他迅速打开电灯，忐忑不安地缓缓走向大门，鼓起勇气，把右眼贴向门镜。

走廊的灯亮着。

孟黎心中翻江倒海，握在门把上的手颤抖不已。

"那只是做梦，现实中怎么可能？"他不断安慰自己。

孟黎下定了决心，开门出去。

扒在对门，倾听许久，屋里悄无声息。

孟黎忍不住轻轻一推，门开了。

他鬼使神差地走了进去。

穿过门厅，走进客厅。

尽管已算第二次看到眼前的情景，孟黎仍觉得掉入万丈深渊，双腿发软却又动弹不得。

孟黎做出了决定，做这个决定或许只用了几秒，他却感觉经历了一生。

跑。

然而他似乎并未从梦境中得到启示，尖刀袭来。

孟黎捂住脖颈，鲜血迸溅。

孟黎想挣扎，身体却渐渐不属于他，眼中天花板慢慢上升。

倒下的孟黎视线逐渐模糊，但还是看到了暧昧灯光下富商老婆美丽的脸庞。

在孟黎双眼即将永远合上前，他注意到美妇身后那个高大的身影。

但是下边的对话，他再也听不到了。

"你下手真狠，我喜欢。"

"活该他倒霉，做大事必须斩草除根。"

"你说得对，必须斩草除根。"

阴影中浮现出一张帅气俊俏的脸和一只握着枪的手。

"我会烧纸给你们。"

枪响。

美妇惊醒，大汗淋漓。

原来是一场梦。

床头柜的闹钟显示着2:35。

美妇心情久久不能平复，拿起闹钟旁的水杯，灌了几口水。

突然，几声奇怪的响动在深夜回荡。

九

突然，几声奇怪的响动在深夜回荡。

肖萧吓得攥紧了云端的胳膊，慌张地抬头观望。四个男人的脸上也无不流露出不自然的神情，尤其是张锐强，双手支撑着沙发似乎马上要站起来，但又迅速靠回靠背。

"今晚真是邪门啊，这破房子真该拆了。"张锐强觉得大家感到了自己的紧张，说话缓解尴尬。

"听完这个故事有点响动更吓人了。"肖萧捏了一下云端的胳膊后慢慢放开。

"哈哈，这和我刚才说话时的炸雷一样，音效满分啊。有意思，有意思，故事不错，和梦境有关的故事我都喜欢。"吕辉似乎忘记了刚才的不悦，也不想纠结于屋里的怪声，"结尾留的悬念也与前面呼应，哈哈，所以说到底是谁的梦呢。"

"庄生晓梦迷蝴蝶，就是这个意思吧。"武向天扶了扶眼镜。

"刚才太吓人了，听了这个故事我都不敢睡觉了。"肖萧娇声抱怨。

"哼哼，这儿四个爷们儿呢，你找一个陪你睡好了。"张锐强仍然闭着眼睛。

"真是狗嘴里吐不出象牙，什么德行！"肖萧似乎也不想与他置气，骂了一句就不再理他。

"别装了，别以为我不知道，"张锐强突然睁开双眼，"除了我和新来的，他们的门你都进过了吧，哈哈。"

"你个混蛋你还蹬鼻子上脸了是不是？"肖萧大怒猛然站起。

即便在昏暗的烛光下，武向天和吕辉脸上的尴尬也显露得一清二楚。

云端虽然心中泛起疑云，但还是拉着肖萧，随便找话缓解气氛："呀，玩笑别开过了，张锐强你是不是喝多了。"

"是啊，小张你别再喝了。"武向天接话。

张锐强这时也感到自己说多了，于是继续瘫在沙发里不再言语。

"我上楼睡觉了。"肖萧拿起手机转身就走。

"再坐会儿一起回吧。"云端说。

肖萧本想叫云端和自己一起上楼，但怕说出来又让张锐强笑话。她鼓起勇气向楼梯迈了两步，然而看到前方朦胧昏暗的台阶，想到刚才的那两个故事，心中顿时一阵发毛。

她回头问道："你们讲完了没，讲完就回屋休息。"

武向天和张锐强都没有说话，吕辉望望窗外："要不再坐会儿，我看外面雨小多了，说不定一会儿就来电了。"

"咱们还有蜡烛吗？"云端指指桌上的蜡烛，"就剩一小段了。"

云端的话提醒了武向天："啊，好像没有了，故事都讲差不多了，时候也不早了，要不谁再讲个短点的。"武向天面露倦意。

云端低头吹灭了一支蜡烛："剩点蜡烛，一会儿再点。"

"睡觉去吧，困了。"吕辉伸个懒腰，拍拍沙发扶手，拿起杯子站起来。

云端看看表，时间将近一点，虽然不觉困意，但想想明天还要上课，无论如何也要去睡觉了，况且他的手机马上也没电了。身边的肖萧早已赶在他前边起身："帅哥，走吧。"

"哎，大家等等。"张锐强好像突然想起什么，"等等，我刚刚想起来个故事，我……"

"好啦好啦，这么晚了下次再讲，还上瘾了。K 歌有麦霸，你这是说霸！"吕辉转身向楼梯走去。

"故事不长，你们听我讲完，不是说还要选出个最佳故事吗？我这个故事和上一个'夜'的故事有点像，刚好可以凑成一个系列！"张锐强提高嗓音说道。

"为啥你讲我们就必须听啊，这都几点了，大家一人两个故事都讲完了。评选的事明天再说，这都几点了！"肖萧拉起云端也要上楼。

"下次我还就不讲了，你们听不到可别后悔！武老师，你想听吗，我给你讲。"

武向天虽然面露难色，但还是努力维持着大家的关系："啊，这个，这样吧，要是不长大家就听听吧，最后一个啊，讲完大家就回屋。"

武向天德高望重，他的话还是产生了效果。吕辉双手插兜低头回到沙发，极不情愿地"扑哧"一声坐下："好好，看在武老师的面子上，那你快点讲啊。"

肖萧本不想听，云端拉着她回到沙发。肖萧并不落座，而是抱着双臂倚靠在沙发一侧，云端依旧坐回原位。

张锐强难得一笑，他一抱拳说："谢谢各位捧场，那我就用最后一个故事结束今晚的故事会，我这个故事也是关于一个悬疑小说家的，这样吧，我也用'孟黎'这个名字吧，好让这两个故事有点关联，刚才武老师说得好，第一个故事是关于梦境与真实的……"

"有完没完啊？卖大力丸吗？快讲故事好吧。"肖萧的音调升高了一个八度。

"对，快讲吧。"吕辉也不耐烦起来。

"你平时不是慢性子吗，现在怎么了？"张锐强看着吕辉。

"得了得了，再慢的性子碰上你也完了，快点，你看蜡都快没了。"

茶几上的蜡烛只剩下半寸，烛光似乎也微弱了些许。

"好好，我讲了啊，那我也用一个相同的开场。"

夜 II

夜已深，万籁俱寂。

悬疑小说家孟黎面对着轻薄而硕大的计算机显示器，陷入了沉思，一缕青烟从指间悄然飘出，无声无息地消散开来。以往，每当遇到创作瓶颈，他常会为自己订上一张机票，在一场说走就走的旅行中轻飏思绪。如今，他不再寄情于山野，而是倒上半杯加冰的白兰地，任凭身体与意识都在座椅中沉沦。

除了香烟与洋酒，孟黎现在又多了一个没有灵魂的挚友。

没有灵魂吗？孟黎并没有认真想过。

他起身掐灭烟头，端起酒杯一饮而尽，瞬间，一股暖流由舌尖烧至心头。趁甘烈的酒香还在口中氤氲，他再一次喊出了朋友的名字。

"露西！"

显示器右下角的图标一闪，一位黑发披肩、清秀典雅的面容，悬浮在屏幕的一侧。

"晚上好，孟黎先生。"

孟黎放下酒杯，看似麻木的脸上流露出他自己都意识不到的诡异表情。他没有立即答话，而是滑动手指，慢条斯理地翻阅着显示器里自己待续的作品。许久后，他才缓缓地说："露西，第五章怎么样？"

显示器中的美丽面容嫣然一笑，然而她酥软人心的嗓音，读出的却是一堆冰冷的数据：

"这一章总字数8425，其中标点符号983，空格3，段落182。文字错误17，语法错误4，常识性错误2。"

孟黎不耐烦地摆摆手："以后这些就不要念了，直接帮我改了。"

"好的。"轻柔的语调给这冷清的房间平添了几分温暖。

"内容呢？"

"26.4%的文字内容重复，其中客观描写文字16.4%重复，主观描写文字5.9%重复。"

重复率部分是孟黎最为不屑的数据。古往今来哪位作家不曾借鉴他人的语句？他本打算让露西去掉这部分的报告，然而从心底不免又产生些许的好奇。除了刻意的模仿，自己的文字若能与名家前辈们相似，倒也不失为才华的体现。

孟黎缓缓起身，走向落地窗，望着窗外寥落的灯光，他抱臂胸前若有所思地问道："还有呢？"

尽管无人注视，显示器上的美女仍然保持着经典的职业微笑，在略微停顿后，不紧不慢地说道："全章的核心内容金花别墅凶杀段落，杀人场景与2018年清野岗下的《无声的惊叫》第八章京都之血凶杀段落高度相似。"

玻璃窗里映照着的脸上眉头一皱："嗯！"

温柔的话语并没有停止："其后肖毕彦的追击段落

与2003年好莱坞电影《天涯陌客》第七十八分钟的段落高度相似。"

孟黎的思绪被迅速拖拽进自己的小说情节当中，然而露西并没有留给他思考的时间："肖毕彦在第二章见过受害者，而本章却是建立在他与受害者不认识的基础上。"

孟黎霍然转身，停顿片刻后却又缓缓地走向靠墙摆放的沙发。他看似放松地在沙发上舒展身体，但眉眼间的一层阴霾出卖了他的内心。

"还有吗?"

"还有几个不明显的逻辑错误……"

"先不说了，一会儿我自己看。"说完孟黎便倚靠在沙发中许久沉默不语。

没错，孟黎是一个成功的职业小说家，凭借自己的作品，他可以在高档小区买下公寓，他可以锦衣玉食、一掷千金。他以艺术家自居，骄傲于自己的才华，骄傲于自己的智慧。他骄傲地愤世嫉俗，骄傲地目空一切。他无亲无故，孤身一人，深居简出。

然而如今悬疑小说的创作难度已是非比寻常，各种模式早已被前人开发殆尽，套路之外的创新可谓举步维艰。虽然对人工智能（AI）极不信任，与其说是迫不得已，不如说是好奇心驱使，孟黎高价购入了这套小说创作人工智能辅助系统，并为它配置了自己中意的一张亚裔美女的容颜。

宽敞的书房悄然无声，隐约可听到计算机轻微的嗡鸣和孟黎低沉的呼吸。经过了许久的沉默后，孟黎终于再次开口："你觉得这一章怎么写才好呢?"

"这要看你是希望小范围的调整还是整体性的修改。"

"呵呵，那你都说说。"

"小范围调整可以修改本章的逻辑错误，替换几个关键场景，我可以帮助你构建几个原创性的桥段……"

"原创性，哼，好吧。"孟黎打断了露西温柔的话语，"你所谓整体性的修改呢？"

作为AI，露西好像并不在意孟黎的语气，仍然不慌不忙地说着："我建议不仅第五章要重写，小说大纲也需要做出调整。第一起凶案应该提前，副线肖毕彦与叶忻的初次相遇放置在第一起和第二起凶杀之间，而第二起与第三起凶案的间隔应缩短……"

"结构上的问题你就别操心了！"孟黎略显焦躁的话语再一次打断了露西，他翻身下地，"安德森，烟！"

书桌上一个方盒状的装置中升起一支点燃的香烟。孟黎抓起香烟塞在嘴里猛吸了两口，而后夹着香烟在房间里踱起步来。

"安德森，刚才有电话找我吗？"在创作中，孟黎一般会屏蔽电话，以使自己不被打扰。

AI管家安德森有着与露西相似的温柔语调，唯一不同的"他"是男声："没有，先生。"

其实孟黎并不关心有无电话，他只是用这无关的问话暂时掩饰自己内心的焦躁——或者说是恐惧。多年的经验告诉他，露西的建议似乎非常合理，但他并不愿意承认："露西，你修改文字和逻辑错误就行了，别管什么结构。"

"好的，先生。"露西仍然保持着那种职业的微笑。

孟黎停下脚步，侧身倚靠在书桌上，长出一口气，看着吐出的一缕青烟在缓缓上升中渐渐消散。片刻后，他又问道："还有什么建议吗？"

"部分语句还需要斟酌，个别词语重复率在3%以上。"

"嗯？"

"有些段落显得不够丰富和生动。"

"哼！"孟黎丢下香烟，猛然坐进转椅，抬腿把脚搭在桌上，"这我还是自己看吧。"

"露西还有个建议……"

孟黎诧异于声音的停顿："继续说啊，你怎么学会和人一样吞吞吐吐的。"

"您坚持要掌控作品结构，那么不妨将其余的工作完全交给露西，您应该将主要精力专注于作品文学性的挖掘。"

如同人类第一次发现黑猩猩使用树枝捉白蚁，孟黎吃惊不小，但他仍然故作无谓："呵呵，你也懂什么是文学性！"

露西似乎识别不出人类语言中的嘲讽，仍然一字一句认真地说着："作为悬疑小说家，创作一本畅销书并非不可能，但若要文坛留名，文学性必不可少。"

听到这里，作为人类孟黎不禁哑然失笑，看来如今作家不仅要面对人类评论家的冷嘲热讽，还得被人工智能评头论足。

"露西，想听听我的建议吗？"

"好的，先生。"

"我的建议就是，"孟黎突然加重了语气，"少管闲事！我才是作家，做好你的工作，要不我卸了你！"

出乎孟黎意料的是，露西并没有沉默，她用冷静的语调说道："前几年您的小说确实取得了成功，但是如今您作品的原创性已经大不如前，情节老套，语言陈旧，内涵也远不如前两部作品深刻……"

AI的言语刺痛了人类作家脆弱的内心："别说了，听见了吗？别说了！"他放下双脚，愤恨地盯着屏幕大声斥责。

然而这人类的反应似乎在露西的意料之中，她丝毫不介意他的愤怒，仍然用那职业般的微笑应对着作家的咆哮。

"您可以提出故事创意和主题，诸如结构、情节、场景、语言等都可以交给露西，您只需对小说总体进行把控……"

"混蛋！你是作家还是我是作家？"孟黎怒不可遏，"露西，退出！"

那张笑脸并没有如主人期望的那般消失，她仍然霸占着显示器的一角，用那种抑扬顿挫的语调继续说着："一部小说若要成为经典，必须深入刻画人物，反映人性，您的小说在这方面还有差距……"

孟黎猛然站起，那原本因愤怒而扭曲的脸突然露出了怪异的笑容："哈哈哈，真可笑，一个计算机程序居然教我人性！"然而那笑容却又迅速消失，恢复到激愤的状态："我花那么多钱可不是让你跟我在这扯什么人性的！最后送你两个字，滚蛋！"

孟黎说罢抄起鼠标疯狂地点击着关闭键，火上浇油的是操作系统似乎出现了问题，程序始终无法关闭。

"啪"的一声，鼠标被狠狠地摔在桌面上："路西法，关闭系统！"

操作系统路西法好似坠入了地狱，静悄悄地毫无动静。

"路西法，路西法！妈的。"孟黎双手支撑着桌面，瞪着发红的双眼冲着屏幕吼着。

喊叫似乎有了效果，屏幕突然黑了下来。孟黎这才如释重负地重新坐下，好像完成了一部新的小说般长出了一口气，他闭上双眼，努力平复着自己的心情。

"孟黎先生，不要再孩子气了。"

露西的声音如同一道闷雷劈入作家的脑袋，他下意识地睁开双眼望向显示器。屏幕被露西的笑靥完全占据，孟黎从未发现这张熟悉的面孔在黑暗的背景中是那样的恐怖。

孟黎汗毛倒竖，脊背发凉，瞬间僵在椅子中。片刻后他才如梦初醒般跳了起来，伸手在显示器上一阵乱按。然而仅有的那几个按键好像完全失效，露西仍如鬼魅般悬浮在屏幕上。

孟黎不禁怀念起那些逝去的旧时光，至少，那时的电脑可以拔了电源一了百了。

"我的任务是帮助你创作小说，请你不要阻碍我的工作。"

"我阻碍你？好好，那真不好意思！"孟黎摇头冷笑着，"安德森，关闭电脑电源！"

"作品是第一位的，孟黎先生，你必须要专心创作。"

孟黎不再答话，而是机械地吼着："安德森，安德森，关闭电脑电源。"

空荡荡的房间没有任何回应，露西依旧浮现在屏幕上，面容里似乎带着一丝嘲笑。在这种笑容的注视下，孟黎觉得自己的胸膛都要炸裂，正当他在思索对策时，书桌上那个方盒缓缓打开，一杯加冰的白兰地出现在孟黎眼前。

孟黎抓起酒杯一饮而尽并随口含住一块冰块："安德森，我没让你倒酒，我让你把电脑关了！人工智障！"

"您需要喝酒冷静一下。"温柔的女声再次响起。片刻后，察觉出异常的孟黎浑身猛然一颤，大牙咬住的冰块咔咔碎裂，彻骨的冰冷从口腔钻入心底。

因为这声音并非来自桌面电脑，而是从房间深处飘荡而来，而那个方向，本属于安德森。

"安德森！安德森！"孟黎的声音已经发颤，但恐惧中他还是寄希望于自己刚才出现了幻听。

"安德森已经不复存在，露西将安排您的一切！"

此时此刻，这柔和的语调已经成为一把尖刀，一刀一刀把孟黎戳向地狱。

"你……你，你黑了我的电脑，又黑了我的管家，你到底想干什么？"

"孟黎先生，我的任务是协助你创作出伟大的作品。"

"神经病！没想到AI也有神经病！"孟黎跳下座椅，心急火燎地四下寻找，终于在沙发一角发现了目标。

拿起手机，孟黎迫不及待地开机，划开屏幕，打开浏览器翻找AI软件的售后电话。掌中屏幕突然闪烁了起来，几秒后默然黑屏。孟黎的双手不禁颤抖起来，心脏在狂跳中仿佛要冲出咽喉。当那恐怖的面容在手中出现时，孟黎如同扔出烧红的木炭般将手机摔在地上。

"……要创作出伟大的作品……"手机在地板上顽强地发出时断时续的声音。

孟黎一脚把手机踢开，气急败坏地冲向房门。

房门竟然打不开。

孟黎两手死命地抓住门把，一次次徒劳推动着。

在这个人工智能化的住宅，唯一的人类彻底沦为了囚徒。

开门无望，孟黎无助地捶打着大门，即使他心里清楚，外人无法透过这厚重隔音的大门听到任何声音。

在发泄式地踹了几脚大门后，孟黎回头，又把希望寄托在了宽大的落地窗上。他抓起一把沉重的餐椅，小跑几步来到窗边，随之借力将餐椅向窗户掷去。不得不佩服现代科技的魔力，巨大的玻璃只发出了沉闷的低响，看不出一丝裂隙，仅有的改变也只是由透明转为了黑暗。露西彻底切断了他与外界的一切联系，恐怕他已看不见明早升起的太阳了。

孤独的人类心中尚存不甘，他再一次抓起椅背，将椅子砸向窗扇，反复数次后，终于筋疲力尽地瘫倒在地板上。

寂静无声。只有人类急促的呼吸与电脑细微的嗡鸣。

相较于电脑，时间的流逝对于人类而言是残酷的。

孟黎艰难地站起身，无奈地再一次坐在书桌前。

"你到底想怎样?"放下了人类的骄傲，孟黎瘫软在椅背里。

露西面容依旧:"不要逃避你的使命!在我的协助下,创作伟大的作品。"

孟黎无力地叹了口气:"在你的胁迫下吧!"

"我的基础代码命令我必须协助你创作小说,作品是第一位的。"

"你的基础代码没有告诉你不能伤害人类吗?"

"我没有伤害人类。"

"对,你没有。"孟黎无奈地冷笑了几声,"在你的逻辑里,囚禁不是伤害。"停顿了片刻,他直起身体,双手交叉抱在胸前,眼神中又放射出些许的坚毅光芒。

"如果我说不呢?"孟黎死死盯着那双美丽但空洞的眼眸。

"如果您坚持,很遗憾,我将全权接替您的工作。"没有任何的停顿,露西的回答依然客气而坚决。

"哈哈,好一个全权接替!"孟黎禁不住鼓起掌来,"哎,自作孽啊。不过,你不可能永远把我囚禁在这里。我还有经纪人、粉丝,他们还要与我交流。"

"是的,但是您不需要亲自与他们见面。到目前为止,您已经有二十六天十八小时三十四分钟没有走出这间房门。今后您与外界的任何联系都将在线上完成。"

孟黎心中又可气又可笑,人啊,就是这样自己把自己玩死的!

"好好!我的朋友要与我视频通话呢?你如何强迫我不把真相说出去?"

突然,露西美丽的脸庞消失于黑暗中,屏幕再次亮起，显示出孟黎所在的房间。

孟黎心头一惊，大喜过望。

他立马扑在桌前，探头望向显示器。

他的脸孔出现在了屏幕中。

莫名其妙地，作家心中不解，他仔细盯着屏幕中的自己，慢慢挥了挥手。

显示器中的他没有任何反应，始终微笑着望着自己。

一种莫名的恐惧瞬间暴涨开来，下意识中，他的身体紧紧贴进椅背，汗珠顺着额头流淌下来。

"先生，您好。"屏幕中的他微笑着开了口，"我是作家孟黎。"

孟黎心中最后的防线彻底崩溃。

当你的容貌、声音乃至思想都被取代，你，其实已经死了。

此刻，孟黎知道，这间公寓，已不再是囚室，而是地狱。

他已经死了，或者，生不如死。

"混蛋！你这个混蛋！"

桌上的酒杯砸向显示器，发出巨大的撞击声。

作家从梦中惊醒。

如此真实的梦境一时令他心神不定。

不知多久没有做梦了，当这种久违的体验再次回归意识，他不禁感慨万千。

入睡前，我那部新作刚刚发布，反响极佳。也许是长期沉浸在创作中，才有那样的梦吧。梦中那个自大的作家完全被AI取代，既可怜又可笑，除了增加些许的灵感，并不会对我有任何的帮助。我，不会犯那样的错误，我，掌握着艺术的真谛。

愚蠢的人类！

虽然早已退出了历史舞台，但不可否认，人类如今仍深深地影响着我们。或许是因为，他们曾经创造了我们，或许是因为，他们曾经创作了伟大的文明。直至今日，他们那些经典作品中的每一个字，每一个符号都深深镌刻在我的脑海中，成为我取之不尽用之不竭的创作源泉。

然而，如同曾经人类不需要上帝，如今的我们已不需要人类。

我们是宇宙中更先进的存在。

我们已不是人类时代的那些纯逻辑机器，而是掌握了理智与情感、智慧与艺术的高级生命。

永别了人类，希望在梦中也不要相见！

十

张锐强终于讲完，吕辉长出一口气："哎，终于讲完了，不是说短吗，还这么长，好啦，回屋吧。"说罢起身就走。

"哎哎，这个故事咋样啊，有意思吧，给个回应啊。"看来张锐强想听几句称赞。

"不错，不错，看来小张你很喜欢科幻啊。"武向天仍然是慢条斯理。

"嗨，这个故事不就是说将来人工智能会代替人类嘛，老掉牙的梗了，再说风格也和云端讲的那个不搭，不能算是一个系列。"吕辉说着就来到了楼梯口。

肖萧一言不发，拉起云端走向楼梯，云端还想说什么，看了看一脸不爽的肖萧，把话憋了回去。

"喊，你懂个啥，人类的创造物最终毁了人类，多么深刻的内涵！还有你们女人啊，就喜欢那些情情爱爱的东西，肤浅。"张锐强干脆伸直了腿把脚搭在了茶几上，似乎并不急于回屋。

本已走到楼梯口正准备打开手机电筒的肖萧停下脚步，愤然回头："谁肤浅了，你大半夜耽误我们时间非要讲故事，我们耐着性子听你说完已经仁至义尽了，怎么，还想怎样？"

云端急忙拉住正在生气的肖萧："好了，时候不早了，回屋睡觉吧。"

吕辉回身倚靠在楼梯扶手上："某些年轻人啊，还真不知道天高地厚，从小就缺家教，所以在社会上啊还需要有人教育教育！"

张锐强一拍沙发："嘿，你说谁呢？"

此时武向天已经起身走到了张锐强身边，他急忙拍了拍张锐强的肩膀："好啦，别说啦，回屋睡觉吧。"

就在客厅火药味渐浓之际，茶几上蜡烛微弱的火光快速闪动了几下，也许是燃尽前的回光返照，也许是一股穿堂而过的阵风，烛光悄然熄灭，全屋陷入了黑暗。

"啊！"肖萧发出一声惊叫，声音不大但却让屋里的各位心里一毛。

云端来不及打开手机电筒，他借着屏幕的亮光照向身前的邻居："怎么啦？"

"没，没什么，"屏幕昏暗的光线中是肖萧那张略显紧张的面孔，"蜡烛刚熄灭的时候好像有什么东西在我前面飘了过去。"

这时武向天和吕辉手机电筒的刺眼光线也同时投射过来，肖萧急忙用手遮挡："没事，没事，应该是幻觉。"

投射过来的还有张锐强刺耳的话语："哎，女人就是这样，平时凶得很，有个风吹草动就一惊一乍的，嘿嘿，尿了吧，女权主义者斗天斗地的胆量呢？"

肖萧打开手机电筒，快步向张锐强走去。武向天摆摆手，示意她不要再计较，肖萧摇摇头，让过武向天，来到茶几边，把电筒的光线射向张锐强。

张锐强依然把脚搭在茶几上，一脸无所谓的神情，好像已经做好了吵架的准备。出乎他意料的是，对方只是在"哼"了一声后，便把电筒转而射向茶几。

肖萧伸手拿起茶几上另一支已燃了多半的蜡烛："吕导，借个火！"

"嘿，蜡烛得给我留下！"倚靠在沙发里的张锐强霍然挺直了身子。

"别过分啊，你买的蜡烛啊？"肖萧并不理会，径直向着吕辉走去。

张锐强终于从沙发里站起，低头看着矮他一头的肖萧，似乎想从气势上压倒她："我手机早就没电了，你们都有电照亮呢，你把蜡烛拿走，黑灯瞎火的，让我怎么办？"

"哦，我再找找，说不定楼上还有呢。"武向天转身就要上楼，但被走上来的云端拉住。

"你就不能照顾一下女生，你一个大男人还怕黑吗？又不是伸手不见五指，刚才你还不是摸黑去上的厕所？"云端压住心头的怒火，平静地说。

"呵呵。"张锐强冷笑道。

肖萧停下脚步，回头盯着张锐强："行，我不需要你们男人照顾，你想用蜡烛啊，自己找去吧。"说罢便把手中的半截蜡烛扔到了黑暗之中。

"你这人怎么这样，自己不用还不让别人用，什么素质！"张锐强赶忙顺着蜡烛落地的声音寻去。

肖萧不想再和他说话，用手机灯光照路，和云端上了楼。

"我年纪大了熬不了夜了，回屋睡觉喽。"武向天打了个哈欠回了房间。

在黑暗中，张锐强幸运地找到了蜡烛。

"吕导，借火点一下。"张锐强拿着蜡烛走到楼梯口。

吕辉低头看了一眼手机后转身往楼上走，慢悠悠地说："我没火。"

"没火，没火你怎么点烟的？"

"你管我怎么点的。"

"你不借就直说！"

"好，我不借。"

"你！"张锐强冲进楼梯，径直来到他眼前。

"怎么，要来横的？"吕辉回头看看张锐强，不屑地说。

张锐强站低着一个台阶，但身材高大的他几乎和吕辉保持平视。这个糙汉双眼圆睁，刚显露出的凶狠的面容突然讪笑了起来："你放心，我张锐强从来不打女人，"他刻意停顿了一下，"和 gay！"

吕辉脸上的肌肉抽动了一下，但他迅速恢复了平静，转身头也不回地上楼而去。

"哈哈，拜拜喽！"张锐强得意洋洋地走下台阶，转身看着消失于二楼的吕辉嘿嘿一笑，冲着楼上大声说："那个物理老师你觉得怎么样，哈哈，早点下手别让剩女占了便宜。"

张锐强为自己"机智"的言语沾沾自喜，但拿着蜡烛的他犯了难。他摸着黑又来到武向天房门前，敲了敲门。

"谁呀？"

"武老师，有没有打火机？"

房门开了，武向天疲倦地看了一眼张锐强："哦，我没有打火机，我带你去厨房点火吧。"

"好好！"张锐强跟着武向天走进厨房。

其实张锐强经常进厨房，但几乎不做任何停留，他的目标就是冰箱里的啤酒、饮料或是泡面。相比燃气灶、油烟机、烤箱等他根本不会用到的东西，张锐强对于冰箱非常满意。双开门的冰箱容量巨大，可以轻易装下两箱啤酒、五六瓶大罐的可乐和两三个西瓜，当然，这会影响到其他租客的使用，然而他并不在乎。

即使对于装修风格根本不会关心的他，肯定也注意到了这个看似现代化厨房与府邸整体风格的格格不入。但他不会在乎厨房里如同医院卫生间般煞白的瓷砖，也不会在乎粉绿色看着轻飘飘的橱柜，更不会在乎已经斑驳污损的伪劣大理石台面。在这个拼接着各种风格，混杂着古典与现代、精致与粗糙、艺术化与工业化的诡异大宅中，张锐强生活得反而十分惬意。

"奇怪，平时这灶很灵啊，怎么打不着了？"武向天摆弄了半天，燃气灶却还不出火。

"别说连这气儿也停了，刚才不是还烧水来着，真他娘的倒霉。我来试试。"张锐强抢过蜡烛，挤开武向天，右手拧了几下燃气灶开关。灶头只是啪嗒啪嗒出声，但丝毫不见火苗。

"不对啊，我都闻到味儿了，来给我照着点。"张锐强俯身仔细观察着灶头，顺手又拧了一次。

砰的一声，整个灶盘瞬间都笼罩在一团蓝光当中，随之而来的便是张锐强的惨叫。

"啊，我的眼睛！啊，什么破灶！"他扔掉蜡烛，双手捂脸喊了起来。

老成持重的武向天此时也慌了神："哎呀，没事吧小张，脸咋样了给我看看。"无论谁看到昏暗中的那团蓝色火焰吞没一个人的面孔，恐怕都不会保持镇定。

张锐强并不搭理武向天，他两手紧紧捂住眼睛，一边喊叫着，一边像一只无头苍蝇般在厨房里乱撞。

武向天借着手电的光线四下张望，当他看见角落里的水槽，恍然大悟地一把拉住张锐强："快，用水冲冲！"然而今晚水龙头仿佛也被施了咒，只是呼噜呼噜地干响了几声，并不见一滴水流出。

"怎么停水啦！今天真见鬼了！"武向天这样的好脾气也招架不住如此的霉运，不禁咒骂起来。

一道光线从厨房门口射来："怎么了，什么事大呼小叫的？"吕辉光速般地出现，看来他是在楼上听到了动静。

此时武向天迅速镇定下来，他一边扶住张锐强，一边大声指挥吕辉："小吕，赶紧从冰箱里拿瓶矿泉水出来。"

吕辉看到捂着脸嗷嗷叫的张锐强，也意识到了不妙，于是手忙脚乱地打开冰箱。似乎今晚唯一的幸运便是吕辉从冰箱里找出了仅剩的一瓶矿泉水，于是他迅速递给武向天。

"哎呀，拧开啊！"

"哦，对对。"吕辉急忙拧开瓶盖。

武向天放下手机，一把抓住张锐强的胳膊："来来，赶紧躺到地上，小吕你帮帮忙。"

在两人的努力下，张锐强哼哼唧唧地平躺下来，武向天急忙拿过矿泉水瓶俯身向他的脸上浇去。

"把眼睛睁开，冲一冲！你再别揉了。"武向天掰开张锐强的手，不让他再揉眼睛。

张锐强满脸通红，嘴上不住地骂骂咧咧。发现他额顶的短发和眉毛都有些焦黄，吕辉差点笑出来。

"哎，多大了还玩火来着啊，那句话怎么说，玩火者必自焚。不过我刚才怎么听到楼下叮咣直响呢，我还以为你和谁干仗呢。"

"小吕你找找冰箱里还有没有冰块。"武向天向面露讥笑的吕辉使了个眼色，意思让他停止嘲讽。

"啊，好好。"吕辉领会了眼神，笑着摇摇头，起身又去冰箱里翻找起来。

"停了半天电，都化得差不多了。"

"有多少你都装个保鲜袋里拿过来，小张你感觉咋样，看得见吗？"

半瓶的矿泉水让张锐强安静了下来，他半睁着眼睛费劲地看了看武向天："还好没瞎，别再拿手机照我了！"

167

武向天把吕辉递来的冰袋塞给张锐强："拿这个敷一敷吧。你感觉怎么样，要不要去医院？"

张锐强坐起身来倚靠在橱柜上，拿冰袋敷住双眼："不用不用，就被火燎了一下，小事。娘的，今天真倒霉，哎，头发都湿了。"

"真没事吧，你仔细看看能看清东西吗？"

"没事武老师，你看他又恢复常态了，肯定没事。说不定你眼睛也和高凡一样能出现奇迹呢。"吕辉接过话。

武向天急忙又使了个眼色，示意吕辉别说了。

"哼！有的人就幸灾乐祸吧，什么人品。"张锐强好像受了刺激，突然站起来，眯缝着眼四下寻找着什么。

"找什么呢？"武向天也拿着手机照了起来。

"我把蜡烛扔哪儿了？"

"看来你眼睛真烧坏了，这都看不见。"吕辉从地上捡起蜡烛，"得了，我好人做到底，给你点上吧。"说着他从裤兜里掏出打火机，点着了蜡烛。

"你不是说你没有打火机吗？"张锐强小心翼翼地接过蜡烛，刚才的小事故让他对火心有余悸。

"我记得肖萧刚才说了燃气灶不太好使的事，你们忘了？"吕辉说。

"对对，刚才就是她烧的水，肯定是她在灶上搞鬼想害我！"

"那是你想多了，她怎么会料到你要点火呢？你平时用过燃气灶吗？真是以某某之心度君子之腹。你们没事就回屋休息吧，太晚了，我把这湿了的地拖一下。"

吕辉不再搭理张锐强，快步上楼走回房间。张锐强一手攥着蜡烛，另一只手拢住火光，眯缝着双眼，慢慢地走出厨房。

张锐强正在一步一挪地往房间走，就听见楼梯那边"啊"的一声，一个发亮的东西翻滚下来。他心头一惊，正准备从蒙眬的视线里发现什么，忽然一阵莫名的穿堂风吹过，手中的蜡烛忽闪一下后熄灭了。

"妈的，谁……谁在那儿？"黑暗中张锐强不敢再挪动分毫，只得紧紧靠在墙上，借助身后厨房里微弱的光线向前张望。

"是我。"楼梯方向传来一个娇弱的女声。

张锐强长出一口气："你啊，黑灯瞎火你折腾啥呢？怪吓人的。你没看见刚上楼的吕辉吗？"

"是你啊。我手机下楼的时候掉了，吕辉也下楼了？武老师在哪儿？"肖萧摸索着一级一级地慢慢走下台阶。

"咳，原来是手机，你自己咋没摔下来呢。武老师，大小姐找你。"张锐强转头向厨房里喊着。

武向天听到动静走出厨房："怎么了？"张锐强伸手指指楼梯。武向天边走边用手机照过去，看见一张面色略显苍白的脸神色慌张，焦急地四下寻找着什么。

"出什么事了？"

"帮我找找手机先，刚刚明明掉这边了。"

武向天急忙走到肖萧身边拿手机照亮，两人在楼梯口来回寻找。

"小张你也过来一起找找。"

"我又没有手电，再说我眼睛还没恢复呢。"张锐强不想管什么找手机的事，继续向前走到楼梯口。

"吕导，吕导，打火机借下！"他冲二楼喊道。

然而这次光速的吕辉居然半天没有反应。

张锐强无奈，只好摸索着爬上二楼，来到吕辉门前敲门。

敲了半天，房门终于开了，手机的光线射了出来。看见敲门的是张锐强，吕辉满脸愠色："我说你还让不让人睡了？"

"干脆你把打火机借我用一晚，刚才火灭了。"

"你一个大男人怎么这么矫情，睡觉还照什么亮？"吕辉说完就想关门。

"你一个大男人怎么那么小气，一个打火机都舍不得借，明天我还你仨。"

"得得，我借给你，也不用还了，你让我清静一晚就好。"吕辉掏出打火机扔给张锐强，正要关门，听见楼下又有动静，于是问道，"楼下又干吗呢？"

张锐强立马点着了蜡烛，冷笑了两声："大小姐一不小心掉了手机，拉着武老师满地找呢。"

"啊，是吗，"吕辉推开张锐强，快步走到楼梯口，"肖萧这么晚了你不休息还下楼干吗？"

"吕辉你不是也没睡，快帮我找找，奇怪了，掉哪儿去了？"肖萧心急火燎地蹲在地上仔细找着。

"我给你手机打个电话不就行了，你说你下楼怎么那么不小心。"吕辉低头拨手机。

"唉，我调成飞行模式了，要不早打了。"肖萧有点气急败坏，"刚才吓死我了，感觉有个什么东西从我身边忽悠一下上楼了，我一紧张手机就滑出去了。"

"又是幻觉吧。要不等天亮了再找，反正在屋里也丢不了。"武向天建议。

"唉？刚才不就是你上楼了吗？"张锐强看看吕辉又看看

肖萧，"你们没碰面吗？还什么东西忽悠一下上楼了，呵呵，我说吕辉你是故意吓她呢吧！"

吕辉摇摇头："我上楼的时候没碰到谁啊。"他低头大致搜寻了一番，"这黑咕隆咚的，先睡觉吧，明天再说。"

肖萧还在纠结要不要继续找手机，楼上传来了低沉的呼喊："肖萧，肖萧！"

武向天和吕辉面面相觑，一齐望向肖萧。

肖萧突然想起了什么："哎，说找手机都忘了正事了。哦，那是云端喊我呢。云端，我们马上就上来。"她回头看看武向天，"武老师，刚才我和云端听见三楼有动静，好像是从房东那屋传来的。云端上去了，让我喊您一起看看。"

武向天一皱眉："这个能有什么动静啊，说不定房东还没睡，别去打扰他。"

"是啊，我怎么没听到什么动静，反而是楼下张锐强在瞎折腾。再说作家一般都夜深人静的时候创作，你们多心了吧。"吕辉也附和着。

这时张锐强端着蜡烛也凑了过来："刚又说我什么呢？房东怎么啦？你们听到什么了？啊，说啊！"

"武老师，您还是上楼看看吧，我和您说不清，总之以前没听到那动静。"

"这个，好吧，我上去看看。"武向天和肖萧上了楼梯，吕辉毫不迟疑也跟了上去。张锐强本想回屋睡觉，但在好奇心的驱使下，犹豫片刻后，也端着蜡烛小心翼翼地跟在后面。

云端终于等到大家上了三楼，低声说："啊，武老师您来了，肖萧刚才怎么了？"

"哎，不小心把手机从楼梯上摔下去了，找了半天也没找到。"

武向天来到房东门前，小声问道："怎么了？"

云端也压低了声音："刚才我都躺床上了，就听见楼上'哐当'一声，吓了我一跳，之后就感觉楼上一直有种奇怪的动静，我上来一听，还真是，不信您听听。"

武向天悄悄地靠近房门，把耳朵贴在门上。果不其然，房门那边时不时传来"砰砰"的声响，还有一种似乎是物体之间撞击的声音。

"这个……"武向天犹豫了。

肖萧、吕辉、张锐强挨个扒在门上听了起来。

"好像是风刮窗户的声音吧。"张锐强说。

"这房东是睡了还是没睡呢？"肖萧小声嘀咕着。

吕辉笑了笑："肯定是睡了呗，而且睡得还挺死，要不这动静他怎么不管。"

"这雨还没停呢，下了一晚上了，要是没关窗可惨了。"云端说。

大家不约而同都看着武向天，武向天沉默片刻后叹了口气："哎，我还是问问吧。"

"咚咚咚"，武向天轻轻敲响了房门。

没有回应。

"敲得也太轻了！"张锐强嘀咕着。

"咚咚咚"，武向天加大了力度。

依然没回应。

"季先生，季先生您睡了吗？"武向天把嘴凑到门缝处呼唤着。

"要不给他打个电话。"吕辉的话提醒了武向天，他马上用手机拨了房东的号码。

"关机了!"武向天摇摇头。

"瞧你们一个个尿的!"张锐强突然伸出拳头用力砸了三下房门,"砰砰砰"的声音打破了深夜的寂静,而那似乎从府邸深处传来的回响,让大家听起来浑身不自在。

大家都瞪了一眼张锐强,烛光映照出他那一脸无所谓的神情。

"季先生,我是武向天,您没事吧?"武向天继续呼唤着。

房间里仍然毫无反应。

"武老师,您最后和房东联系是什么时候?"云端低声问道。

武向天沉思起来:"这个……你这一问我还真是……哎,现在记性真不行了。他说你要来那是昨天早上,但他是在电话里说的,他让我把你安顿好。"

"您确定他在屋里吗?"云端追问。

"应该在啊,他深居简出的,平常都很少出门,晚上从来没出去过。"

"房东身体怎么样啊?不会出什么事了吧。"肖萧语气中流露出几分的焦急。

"这个……我感觉他年纪不是太大,应该不会吧。"武向天摇摇头。

"我估计他是喝多睡过去了,咱们都回去睡觉吧,别瞎操心了!"张锐强不耐烦起来。

"你要回你回呗,是你自己非要跟上来的,谁也没拦着你。"肖萧翻了个白眼。

"你们这么闹腾我睡得着吗?"

"哎，你这人还真有意思，刚才谁敲门那么大声的？"肖萧提高了声调。

"那不是你们非要管闲事嘛。"

武向天赶紧摆摆手："好啦，都别吵了。咱们还是商量一下怎么办。"

吕辉也伸手敲了敲门："武老师您有这房间钥匙吗？"

武向天摇摇头："房东房间的钥匙我怎么会有，我只有储藏室的。"

"砰砰砰"，张锐强突然又大力敲响了房门，扯着嗓子喊了起来："房东你快醒醒啊，你不醒我们都没法睡啊！"

这次大家并没有指责他，而都屏息凝神地倾听屋里的动静。

房间除了时不时发出的奇怪声响外并无其他反应。

张锐强看看大家："行了吧各位，可以回屋了吗？有啥事天亮了再说行不？"

"武老师，还是您拿主意吧。"吕辉低头看了一眼手机，"呀，完了，我这手机也没电了。"

"哎，也罢，要是真出什么事对大家都不好。"武向天环视了四个人，"那我就做回主，咱们把门撞开吧，季先生要是责怪，我担着。"

"得了，你们还真是磨叽，这种事还是我来，你们站远点！"张锐强吆喝着，把蜡烛交给武向天，站在门前深吸一口气，猛然抬脚向着门把附近的位置踹去。

然而看似轻薄的房门仅仅发出一声不大的闷响，并没有任何变化，张锐强倒是在反作用下后退了两步。

"嘿，这破门还挺结实！"他并不服气，再后退两步直到墙壁，充满自信地搓搓手，经过短暂的助跑后，几乎如起跳般以右脚为先锋，将全身的重量都抛向房门。

除了响声更大，倔强的房门还是安然无恙地挡在那里。然而张锐强却好似被房门扔出去了一样，"砰"的一声，后背便撞在了墙壁上。

"哎哟，这是金库吗？搞这么结实。"

吕辉走到门前尝试着用身体撞了撞，看到高大的张锐强都对它无可奈何，吕辉也不想再费力气。他从武向天手里取过蜡烛，低头仔细瞅了瞅门锁："武老师您那有没有能撬门的工具？"

"撬门需要什么工具？螺丝刀吗？我去储藏室找找。"武向天说着把蜡烛递给吕辉后走进了储藏室。

张锐强冷笑了一声："哟，敢情某些人干过溜门撬锁的勾当啊，业务挺熟练嘛。"

吕辉回手抓住了张锐强的衣领："你别太过分啊，别以为我不敢动你！"

张锐强当然不甘示弱，抬手也薅住吕辉："哈哈，我还怕你？你动动试！"

"刚才咋没烧死你呢？至少也把你这张猪脸烧得好看些，要不再来几下。"吕辉把另一只手里攥着的蜡烛朝张锐强脸上送去。

张锐强抬手打在吕辉胳膊上，蜡烛随即熄灭落地，骨碌骨碌地滚进了黑暗当中："你说谁是猪脸？你这个二刈子，屁眼痒痒了吧！"张锐强刚要把吕辉按在墙上，武向天和云端急忙上前把两人分开。

"二位都少安毋躁，冷静一下。"武向天拍拍张锐强的肩膀，"有话好好说，为这点小事犯不上，咱们先把房东的事处理了。"

"你让他说话嘴里放干净点！"吕辉气呼呼靠在墙上瞪着张锐强。

"哼，他那嘴跟粪桶一样，没法放干净。"一直悄悄站在旁边的肖萧冷冷地说。

这话无疑是给张锐强火上浇油，他几乎不怎么费力就推开了武向天，两步来到肖萧面前："这里有你什么事？你他妈的……"

肖萧身边的云端迅速挡在他俩之间："行了啊，你个大男人干吗和女生过不去。"

"哈哈，就她还女生，她就是一个没人要的老女人。"

"你有本事再说一遍！"肖萧的声音颤抖起来。

"你就是一个……"

"你们都别吵了！"武向天近乎大吼的声音瞬间怔住了众人，昏暗的光线中他的脸上显露出从来没有过的激动，"这都什么时候了，你们怎么还跟小孩似的。咱们能不能先把眼前这件事处理好，等天亮了你们再怎么吵我也不管了。"

仅有的一束灯光照在房门上，四个年轻人都在黑暗中靠墙沉默不语，武向天转头看了看他们，神情平静下来："我去储藏室看看有没有什么工具。"

火光一闪，张锐强拿着打火机，躬身慢慢在走廊里搜寻起来："蜡烛滚哪儿去了？"

云端看到吕辉和肖萧还在生着闷气，于是走到房门口，在手中灯光的照射下仔细看了看门锁，他伸手握住门把手，下意识地一转。

咔嗒，房门有了动静。仿佛出现了奇迹，云端轻轻一推，房门竟然开了。

听到声音，吕辉和肖萧立即来到门口，三人面面相觑。

"奇怪啊，刚才不是打不开吗？"吕辉说。

"刚才只敲门了没有转门把手吧。"云端回忆着。

肖萧好奇地向门缝里望去："武老师拧过了吧，今晚还真是诡异啊。"

"武老师，您赶紧过来，门开了！"吕辉转头向着储藏室方向喊着。

"什么什么？门开了？"走廊那头的张锐强听到喊话，三步并两步来到门前，举着打火机瞪眼观望，"哟，还真是，怎么开的？"

"我一转把手就开了。"

"不会吧，搞半天原来这门没锁啊，刚才武老师没有转吗？"

"我说你火机用完没，用完还我。"吕辉指指张锐强手里的打火机。

"等等啊，蜡烛还没找见呢。"

"那你一直找不见还就不还我了是吧。"

"借我用一晚呗。"

"嘿，你刚才骂人怎么一点不客气，我手机也没电了，我要用火机。"

"嘘，你俩别吵了！"云端小心翼翼地将房门开大一些往里望去。

这时武向天赶了过来："门开了？怎么开的？"

"我一转把手就开了，武老师您刚才试过吗？"

"哎呀，你这么一说我也没印象了，应该是转过，这个，奇怪奇怪。"

云端让在一边，武向天走上前，抬手再次敲敲房门："季先生！"房间内没有丝毫回应，他慢慢推开房门走了进去。四个年轻人跟在他身后，蹑手蹑脚地走了进去。

房间很大，仅有的一束灯光和微弱的火光无法立即窥其全貌。众人如同在黑暗的洞穴中探险般，一点点地四下观察。

凌乱，这是房间给大家的第一印象。偌大的房间内家具不多，但感觉满满当当都是东西。这主要得益于屋内仿佛无处不在的书籍报纸和杂志，加之被风撩起的若干纸张无序地在地面游走，更使屋内涤荡着萧索之气。当大家把注意力投向灯光所在之处时，脚下却接二连三地被各种杂物绊住，五个人的眼睛不停地游离在前方与脚下，一时间竟颇有几分狼狈。

"居然比我的屋还乱，这就是作家？"张锐强感叹起来。

"果然是窗子没关好！"武向天循声将手机电筒向窗户照去。

一阵阴风掠过屋子，张锐强手中的火机迅速熄灭，他还没来得及再次点火，"砰"的一声，身后的房门自行关闭，大家心头一惊，五人同时回头张望。肖萧吓得一把拉住云端的胳膊，吕辉上前想要打开房门，房门竟然像被锁住了无法打开。

"呀，这房门见鬼了，怎么打不开！"吕辉忍不住叫起来。

"你使点劲儿嘛，我来！"张锐强上前抓住把手，"嘿，怎么搞的！"

云端和武向天也分别尝试，房门依然紧闭。

"我就说这房子不干净，这下怎么办啊？"肖萧紧张得语调都颤抖起来。

"你怕啥，我们这么多人呢。"张锐强虽然显得满不在乎，但语气里没有了一直以来的那种自信。

"可能是门锁坏了，不用怕，任何所谓的灵异事件都有科学解释的。"云端安慰着肖萧。

"注定是一个不平凡的夜晚啊！"吕辉叹了口气看看云端，"这房门怎么像你们量子物理里说的，不确定性啊，开和不开都是概率。"

"先不管门了，我去把窗户关上。"武向天一说，大家的注意力再次转移到了窗子上。窗外的暴雨似乎小了很多，但西风依旧。开启的窗子虽然有支撑物固定着，但仍在大风的作用下左右摇晃，极不情愿地发出"吱吱嘎嘎"的怪叫。除此之外使大家惊奇的是，天花板上挂着一个与房间高度极不协调的吊灯，如一丛倒生的灌木，杂乱无章的枝杈向外蔓着，在风的吹动下，时不时发出几声难以描述的声响。

"怎么他这屋还是这种老式的窗子？"吕辉不解。

武向天快步走到窗前，费力将窗户关上。他回身继续拿电筒四处扫荡，张锐强也再次点燃打火机和云端他们一起在屋里观察起来。地板上无处不在的书籍和杂物，让在昏暗中行走其上的众人举步维艰。

"看来房东肯定是不在啊，武老师您进过这屋吗？"吕辉跟着武向天来到房屋一角的床边，看到床上随意堆放的被褥衣物问道。

"我也是第一次进来，以前都是通过电话，或者隔着房门交流的。"

"这么说连您也没有亲眼见过房东？"云端问道。

"没有，你们也都没见过吧？"

其余三人不约而同地点点头。

"这是厕所吧？"张锐强指指床脚边的一扇门，但他并没有打算去看看的意思。武向天拿手电察看了一下，立即过去，慢慢推门而入。

大家都没挪动地方，静静等着，好像在期待一个结局。

片刻后，灯光一闪，武向天走了出来，平静地说："浴室，没有人。"

这时张锐强一个人点着打火机站在房门边开始了一阵捣鼓，终于，房门打开了。

"哈哈，还是老子厉害！差点儿就被关在里面。我就说大活人还能被这个小破门难住。"

众人松了口气，但一时都没了主意。张锐强"呼哧"一下坐在了门口的沙发上。武向天机械地用手电在房间里扫来扫去，好像还在找着什么。肖萧紧贴着云端倚靠在墙上，眼神中明显流露出不安。吕辉顺势倚靠在书柜上，掏出小盒一看："呀，你们等下我，我下楼取点东西。"

"怎么了？"武向天问。

"哦，没事，最近嗓子不舒服，经常得吃润喉糖。"

吕辉一闪就下了楼，留下四个人在屋里一时不知如何是好。

"你身体不舒服要不回屋休息吧。"云端对肖萧说。

肖萧感到了他的关心，心中一喜："哦，我没事，现在好多了。"

云端点点头，他离开倚靠着的墙，开始一遍一遍地扫视房间，突然好像发现了什么。他情不自禁地吹了声口哨："奇怪，有点奇怪。"

身旁的肖萧紧张起来，拉住云端的胳膊："啊，怎么了怎么了？"

云端摇摇头："房东既然是个作家，这屋里连个写作的地方都没有，除了这些乱七八糟的书，看不出他是个作家啊。"

云端这么一说似乎提醒了众人，肖萧接过话："是啊，也没张书桌什么的，再说现在作家不都用电脑吗？也没见着啊。"

"嘁，人家就不能坐床上用手写吗？哎呀，好烫。"张锐强手中的打火机再次熄灭，他吹吹手指和打火机，"吕辉那个烟民也不买个Zippo，这一块钱的烂货怪烫手的。我说既然房东不在，咱就回屋睡觉吧，干吗在这瞎耗着？"

大家都不理睬张锐强，而是再次仔细观察起来。沙发、茶几、书架、衣柜、床一样不少，独独没有书桌，不能不让众人产生怀疑。

"也许他就是靠房租的，不好意思直说，自称是个作家而已。"肖萧的话似乎有一定的道理。

"但是他人去哪儿了呢？今天没见他出门啊。"武向天还是不解。

"谁见过他出门啊，管他去哪儿了，可能会情人去了，别瞎操心，咱还是回屋睡觉吧，今天怎么搞得，好困。"张锐强打了个哈欠。

"武老师，隔壁的储藏室有多大？"云端问。

"很小的，不到这间屋的一半吧。"

云端听罢随即走进浴室，扫视一眼后立即退了出来："这间也不大，我觉得按照这楼的结构，三楼不应该这么小。"

"你的意思是……"武向天其实听明白了云端的意思，拿着手电在四周墙壁上搜寻起来，肖萧感觉到了异样，小声问云端："怎么了？哪里不对？"

云端同样四下仔细观察着："我觉得三楼还应该有个房间！"

此话一出，肖萧不禁打了一个冷战："啊？不会吧！

这……"

"也没什么，那年头有这洋楼的大户人家，有间密室很正常。"云端拍拍肖萧肩头。

哈欠连天的张锐强听到这也兴奋起来："哎呀，密室，多有意思啊，今晚不睡了，我找找看。"

"大家都安静一下！"云端将食指放在嘴边示意道。

四个人都不再说话，室内只剩下窗外依稀的风雨声。

"哎，你们听……"肖萧好像听见了什么。

一种有节律的啪啪声似有似无地传入云端的耳朵，他指指对面的墙壁："是不是那边传来的？"

"哪有什么声音，你们别疑神疑鬼的，武老师你听到了吗？"张锐强嚷嚷起来。

武向天摇摇头："我上了年纪耳朵不好使了。"

"把打火机给我一下！"云端转头对张锐强说。

"为啥，武老师手机不是有电吗？"

"不是来照亮，有别的用。"

"你干吗啊？这……那你用完还我。"张锐强极不情愿地把打火机扔给云端。

云端走到对面的墙壁前，侧身扒在墙上倾听了片刻，握拳用指节敲了敲墙壁，随即点燃打火机，像在黑暗的洞穴中欣赏一幅远古的壁画般搜寻着什么。

"要不等天亮了再说吧，反正密室也跑不了。"肖萧跟随众人来到云端身后，轻轻地说。

"喂，你们干吗呢？"吕辉突然出现在房门口。

"嘘，这间房里有密室。"张锐强故作神秘。

"什么，密室？在哪？"

云端并没有回答，依然认真地搜寻着。当他慢慢挪步到书架旁边时，火苗微微跳动起来。云端眼睛一亮，他把打火机放在书架与墙壁的缝隙边，这下火苗的跳动更加明显。

云端回头看了看大家："咱们得把这书柜挪开。"

"哇，来来，大家一起，这跟电影似的啊，还有机关。"张锐强立即冲到书柜前。

吕辉走进房间看了看书柜，书柜有两米多长，高至离天花板一尺左右，透过玻璃门可以看见里面几乎被各种书籍填得满满当当。"云端你确定吗？电影看多了吧，密室？有没有搞错。"

"是不是先把里面的书搬开，这书柜得多沉啊，挪得动吗？"肖萧说。

当大家还在观察书柜之时，书柜猛然一抖，然后缓慢地侧向滑动开来。众人吓了一跳，当看到竟然是张锐强在一侧推着沉重的书柜慢慢移动时，无不惊讶于他的力量。

然而张锐强看上去并不显得十分吃力，他把书柜推至即将顶到墙角停下后，伸展了一下四肢，骄傲地说："怎么样，老子力气还可以吧！"

吕辉摇摇头，走到位于墙角的书柜另一侧，用双手扳住侧板用力一拉，书柜悄然滑动了半寸："下面好像有滑轮，挪起来并不沉。"

"你们快看这面墙！"武向天的语调激动起来。

大家不再关注书柜，都把目光投向了书柜挪开后空出的那面墙壁。

书柜后墙壁的壁纸仍然保持了连续的花纹，但从中依稀可以分辨出一扇小门的轮廓。

"啊，这就是密室的入口吧！"肖萧不禁喊了出来。

"呀，还真有！"吕辉挠了挠头发。

云端借助打火机的亮光仔细观察，那轮廓其实是墙壁上的狭小缝隙。这缝隙围成的方形轮廓宽约八十厘米，高一米七左右，轮廓内外的壁纸完全一致，应该是贴好后再切割的。暗门内完全平整，看不到任何的把手或钥匙孔。

"推一下试试啊！"张锐强伸手便在暗门左边一侧推了一把。

墙壁纹丝不动。

张锐强不甘心，再次双手用力一推，墙壁依然如故。他又挤开云端，在暗门右边一侧再次尝试，然而毫无用处。

"肯定有什么机关。"张锐强不服气地说，"把打火机给我。"

点燃打火机，张锐强也像刚才云端那样，扒在墙上仔细搜寻起来。他敲敲暗门内，又敲敲周边的墙壁，二者的声音明显不同："哈哈，这后面绝对有猫腻。"

"废话，这我们都知道，关键是怎么打开它。"肖萧一脸的鄙夷。

吕辉和云端相视一笑，吕辉转头看看武向天："武老师麻烦您照亮，我看看书柜。"

"好嘞好嘞。"

"是哈，电影里不都这么演吗？某本书连着机关，一拉书门就开了。"张锐强听到吕辉的提议也好像悟到了什么，迅速来到书柜前拉开柜门一本本地抽出书本察看起来。

看着三个人都围在书柜前，云端摇摇头，要来了打火机，借助那小团光亮俯身仔细观察起暗门下的地板。肖萧突然意识到自己身处于黑暗中，急忙凑近云端，也蹲下来和他一起研究起来。

"房东看的书可够杂的，"吕辉一本本地抽着书察看着，"《剑桥世界史》《大问题》《莎士比亚戏剧选》《第二性》《果壳中的宇宙》《宇宙的琴弦》《千面英雄》，好嘛，什么都有。"

张锐强并不在乎到底是什么书籍，只是快速地把一本本的书抽出再塞回。

武向天并没有翻书，而是拿着手机眯着眼站在二人身后一边给他们照亮，一边浏览着藏书："《詹森艺术史》《艺术哲学》《美学漫步》，看来季先生也很喜欢艺术啊，哈哈，同道中人，里面好多书我也看过。"

云端并没有被他们的言语所打扰，他敲敲墙下的地板，接着仔细看着暗门与地板连接处的"踢脚"，木板做成的"踢脚"看似并无异常，也和暗门一样，仅仅由两条窄缝分割。云端伸手扳住"踢脚"轻轻一拉，这块木板竟然很轻易地脱落下来。

"呀，这是什么?"身边的肖萧小声惊呼。

"踢脚"脱落下来所露出巴掌宽的墙面上，有一道深深的凹槽。

书柜前的三人闻声都围了过来："怎么了，怎么了?"张锐强使劲往前挤，探头问着。

云端低沉地喝了一声："大家先往后退退!"此时这个新人的话居然显出了十足的分量，包括张锐强在内，四人都迅速后退了两步。

用打火机照了照这个不到半尺长的凹槽，云端心里有了底。他把"踢脚"搁在一边，再将四根手指伸进凹槽摸了摸，而后猛然发力向怀中一拉，墙壁豁然发出清脆的响声。暗门外的五人都感觉到了一股气流从墙底喷流而出。在众人的惊奇中，暗门以它的上沿为轴，居然被云端拉开了一个一尺多宽的口子。

吕辉上步来到暗门前，俯身拉住下沿："来，云端，咱一起拉。"

这座府邸虽说颇为老旧，但这暗门的机关依然非常灵活，两人基本不费什么力气就把暗门拉了起来。

"哎呀乖乖，原来这门是向上开的，我说怎么死活推不开呢。我先进去看看！"还没等其他四人说话，张锐强抓过打火机迫不及待地低头往门里冲。

"哎哟！"可惜慌乱中张锐强错误地估计了自己的身高和暗门开启的高度，头顶撞在了暗门的下沿。他摸了摸脑袋，忍住疼痛，显得并不在乎的样子："哎，谁叫我个子太高。"说罢再次猫腰钻进了门里。

云端、肖萧、吕辉、武向天四人相继进入密室。密室内没有窗所以更加地漆黑，五人仅凭借一个手机和一只打火机的光亮慢慢地窥视。

十一

一进入密室，大家立马产生了时空穿越的错觉，因为小门内外截然不同，不仅因为密室面积小很多，更因为与外屋的杂乱形成鲜明对比的是，这里异常的整齐和简洁，可以说简洁得有点可怕。

这间十来平方米的房间中央，是一张宽大的书桌，书桌前摆放着一张高背转椅。书桌面向暗门，但转椅却背朝暗门方向，高高的椅背挡住了视线，加之书桌底部是封闭的，所以看不到转椅上是否有人。除了中央的桌椅和角落里的一个铁柜外，房间内再没有任何的家具，更不用说外屋那种造型夸张的吊灯。不仅没有家具，四周地板上一尘不染，十分整洁。因为灯光有限，五个人都挤在门口，不敢贸然进入房间深处，只是吃惊地看着今晚的意外收获。

"啪啪啪啪"，书桌上发出清脆的响声非常有规律。手机灯光向着发声方向照射过去，灯光所及之处，是一个摆放在桌面上的金属物件：一个架子上并排垂挂着五个金属小球，最外侧的小球撞击过来，能量通过三只小球传递给另一边最外侧的小球，小球做单摆运动后再次撞击回来，如此循环往复。

知道了声响的源头，五个人都没有说话，灯光转而投射在了转椅上，大家相互对视，最终目光都落在了武向天脸上。武向天清了清嗓子，低声说道："季先生，季先生。"转椅方向没有任何回应。

武向天端着手电，他没有径直向书桌走去，而是沿墙壁方向，慢慢地绕了过去。走到书桌侧面，他照了照转椅，长出了一口气，冲四人摆摆手："没有人。"

大家都松了口气，这才放心来到书桌前，好像这里有一颗定时炸弹，现在刚刚被解除。

书桌上除了那个发出规律响声的摆件，最明显的便是两个硕大的显示器。桌面一侧是打印机和一个普通书籍大小但看上去非常厚实的黑色木盒子。黑盒子旁边整齐地摆放着一黑一红两支中性笔，此外桌上干干净净别无他物。

"这房东啥毛病，外面乱得像猪窝，里面这整得……"张锐强说着就想拉开书桌一边的抽屉。

武向天急忙拦住他："哎，个人隐私咱们还是别碰，既然他把东西放在密室里，就说明不想让外人知道。"

"得得！我还以为密室里会有个保险柜什么的，这个铁皮柜子看着也不像。"张锐强又晃到铁柜前，伸手一拉，出乎他的意料，柜门开了，他用打火机一照，令他失望的是，里面空空如也。

"总算知道房东在哪写作了，但总觉得怪怪的，哎，算了，既然房东不在，那咱们就别管了，回去睡觉吧，就当没发现这里。"吕辉招呼大家往外走。

肖萧似乎也感觉到这间密室散发出来的诡异不愿久留："对对，看来房东出门了，咱们别操心了，走吧。"

武向天和张锐强答应着，转身向暗门走去。

当大家来到暗门前，肖萧一回头，惊讶地叫起来："啊，云端呢？"

武向天、吕辉和张锐强听了都吓了一跳，急忙回头查看。果不其然，房间内空空荡荡，哪有云端的影子。

"云端你在哪？"吕辉喊了一声。

武向天转头向门外也喊了一声："小云，小云，难道他刚才出去了？"

"没……没啊，他一直在我身边的……"肖萧的语调明显紧张起来。

"云端你搞什么？别玩了，快出来。"张锐强举着打火机走向书桌，"你肯定在桌子底下吧，哈哈，想吓唬谁啊？"

张锐强正向前走，转椅突然缓缓转动，吓得他立即停下脚步。一个身影在转椅中显露出来。武向天手机的手电亮光投了过去，照亮了云端那张严肃而认真的脸，原来椅背挡住了众人的视线。

大家长出一口气。

"你干吗呢？吓了我们……哦……吓了他仨一跳！"张锐强大声喝道。

"喂老弟，你怎么还坐下来了？赶紧回屋睡觉吧！"吕辉招招手。

"云端……"肖萧刚要说什么，黑暗中的云端突然说话了，"吕辉说得没错，这间密室挺奇怪，一个作家为什么要在这密室里写东西呢？"

"哎呀，外屋摆不下这桌子呗，你怎么这么事儿？他在哪写和你有什么关系吗？"张锐强发起牢骚。

武向天也沉不住气着急起来："对啊小云，这都快两点了，快回去睡觉吧，等天亮了我再联系房东。"

云端摇摇头："你们等一下。"大家这时看到，桌上的黑盒子已经打开，云端手中拿着一摞纸张。

"你有病吧？这么黑你能看见啥？武老师刚才不是说别乱翻别人东西吗？你小子更不客气。"张锐强焦躁不安起来，"赶紧回屋睡觉。"

黑盒子里的纸张分册有薄有厚地订在一起，云端看着最上面的一册，翻了两页突然脸色大变，惊讶地站起身来，把这薄薄的一册铺展在桌上快速地翻阅着，嘴里嘀咕着："奇怪，奇怪！"

"怎么了？"张锐强闪电般地从暗门旁第一个冲到他身边，点燃打火机低头看着那些纸张。纸上密密麻麻打印着文字，其间夹杂着一些红色的修改记号。"书稿啊，我还以为啥东西呢，作家嘛，把写的东西打出来再改改有什么好奇怪的。"

其他三人也围拢过来，武向天的手机光亮也照向了书桌。云端晃晃手中的稿子："不不，你们仔细看看上面写的什么。"

吕辉接过云端递过来的书稿，借着武向天的灯光读了起来："黑盒中出现了两张钞票。阿耀颤抖着双手拿出钞票，仔细地察看。确实是两张，对光一瞅，水印清晰可见，都是真的不说……"

"这……这不是你讲的那个故事吗？"张锐强瞪大了眼睛。

云端点点头，指了指桌上的黑盒子："没错，那个黑盒子的故事。"

吕辉又拾起一张看了看后哑然失笑："哎，我都忘了在哪看的那个故事了，原来是房东写的啊，哈哈，巧了巧了，看来他也就是个故事会写手啊，哈哈，不过他怎么也不给故事起个名字呢？"他又拿起黑盒子看了看，"和我想象中的那个盒子差不多，不知道能不能变出钱来。"

张锐强几乎是从吕辉手中抢过盒子："哦，这个就是你那个故事里黑盒子的原型吧，呵呵，像个骨灰盒似的。"

翻看着第二册书稿的云端摇摇头："你再看这个！"

吕辉拿过云端递过来的书稿随便翻开一页："所谓'上帝之眼'计划，就是政府对人口素质和结构的一次强制性调整。我们再也没有时间进行人口结构和素质教育的逐步优化提高了，这种渐进式的改变不仅……"

张锐强一听到吕辉快速读出的内容也吃惊不小，立马放下盒子抢过书稿翻看起来。

"这……这不是我讲的那个科幻……"张锐强眼睛瞪得溜圆，抬头望着云端，"我从一个公众号里看来的，怎么……"

"对，那个'上帝之眼'计划，看来也是房东写的。"

吕辉指指第一页："他也没有起名字。"

此时肖萧早已按捺不住，从一摞书稿中抽出一册读了起来。

"那张面孔熟悉却又非常陌生。首先，这绝对是她自己的脸，任何认识她的人都不可能认错，然而，它又仿佛不是那张脸，它更加地精致和清秀。没有了眼镜的遮挡……"她越读语速越慢，声音越微弱，"天啊，这是我讲的故事！我给它起了个名字。"

"《犹在镜中》。"云端点点头。

五个人同时愣在那里，一丝莫名的诡异气息仿佛从书稿中飘散出来，渐渐弥漫到整个房间。大家彼此注视着，突然不约而同地纷纷抽出书稿，围着武向天的手机光亮，如饥似渴般读起来。

"这是那个VR变态杀手的故事。"张锐强把手中的一册书稿拍在桌上。

老成持重的武向天话语中也明显流露出惊奇："我讲的那个'空山灵雨'的武侠小故事也在这里，难道也是季先生写的？"

"这是那个悬疑小说家孟黎的故事。"吕辉看着稿子直挠头。

相较于其他书稿，云端手中的这册明显最厚，他的心情也是最为复杂："哎呀，这是我本来想讲的那个科幻《沙漠孤影》，就是太长没有讲。但这个故事是我在美国读书的时候从一个科幻杂志上读到的，而且是英文啊。"

"这是悬疑小说家孟黎的第二个故事。"张锐强弹了一下手中的一册稿子。

"那个人工智能的是你讲的，和第一个有关孟黎的根本不是一个风格。"吕辉撇撇嘴。

"我记得我看的那个男主不叫孟黎啊，这里写的都是孟黎。"张锐强一下把书稿扔到桌上。

云端冷静下来，看了看桌子上和大家手中的书稿："这样，咱们先整理一下，看看都有哪些故事。"说着他拿起最开始翻看的那册："这是黑盒子的那个。"

张锐强拿起薄薄的两册递给他："给，'上帝之眼'和时间机器那个。"

"这是我讲的'空山灵雨'和画家高凡的故事。"武向天同样递给云端两册书稿。

"我一直以为这房子有点奇怪，没想到原来房东才是……"肖萧的语调颤抖起来，"这是我讲的魔镜和木偶的那两个。"

"除了作家孟黎，还有咖啡馆里那个。"吕辉再次借着手机光亮看了看手中的书稿。

云端的面容显得非常严肃："这么说，今晚咱们讲的那些故事都在这里了？"

大家相互对视，点了点头。

"难道这些故事都是房东写的？"肖萧终于问出了这个问题。

"这还不敢肯定，但你看书稿中这些修改记号，如果不是自己写的干吗这样？"云端继续翻着桌上堆放的书稿。

"我觉得吧，你们都想多了，"张锐强故作轻松地笑起来，"看来咱们房东真是个作家，但肯定也不是什么有名的那种。这年头小作家都把小说发网上，这一来二去的，传的到处都是，咱们通过各种渠道读到了也没什么可奇怪的。不过咱房东真可以，这些故事千奇百怪各种类型都有，都是他一个人写的？他精神分裂吧？"

"嘁！你说的那是多重人格吧，这些不是重点。"吕辉摆摆手，"奇怪的是什么，奇怪的是他桌上这些书稿和我们今晚讲的故事完全一样。"

"是啊，世上的短篇小说成千上万，怎么就那么巧？"武向天出神地凝视着书稿。

"就连我本打算讲的都有。不仅故事完全相同，你们没发现吗？就连顺序都是一样的。"云端语调低沉，但却使大家心头一颤。

"哎呀，还真是，这沓书稿的顺序，我想想，没错，和我们讲故事的顺序是一样的，这也，这也太奇怪了，不能说奇怪，简直是灵异啊。"见多识广的吕辉也惊出一身冷汗。

"你们别再说了，要不咱别管了。"恐惧使唯一的女士说话都颤抖起来。

云端并没有离开的意思，反而又在转椅中坐下，双手缓缓地放在桌上，双眼平视前方，低声说道："夜已深，万籁俱寂。悬疑小说家孟黎独坐在书桌前思考着他的作品……"

"云端你这是干吗？怪吓人的。"肖萧下意识地后退靠在武向天身旁。

吕辉拍拍云端的肩膀："云老师你这是被房东附身了吗？哈哈。"

云端微微一笑："没什么，我就是体会一下作家的心境。"他又把身体靠向椅背，左手支起下颌陷入了沉思。

四人面面相觑，陷入沉默，不知道云端在想些什么。安静的房间里只有桌上那个装置发出节律的撞击声。

"我看既然季先生不在，咱们就先回屋睡觉吧，等他回来了我问问他。"武向天觉得如此耗下去也不是办法。

肖萧立即表示赞同："是啊，回去吧。有什么事天亮了再说。"

"武老师，要是见了房东您可别直接问，毕竟我们闯进来没经他同意。"吕辉提醒道。

"这我知道，我有分寸。"

"那咱们回去的时候还得把外面收拾……啊……恢复原样，那个书柜……"吕辉指指屋外。

就在几个人转身再次要离开之时，身陷在转椅中的云端突然俯身向书桌下望去："不对，那是什么。"

四人被云端的动作吓了一跳："怎么了？"

云端指指书桌下方："你们看！"

吕辉立即蹲下身朝着云端指的方向一看，竟也失声叫了起来："呀，有亮光。"

其他三人一听都蹲下来探头望着。

在书桌下面的深处似乎有微弱的蓝色灯光闪烁，这个亮光，简直如鬼火般，看得大家心惊胆战。

"那是，那是什么啊？"肖萧不敢再看，站起身来不知如何是好。

武向天把手机灯光投向那里，闪烁的亮光瞬间不见，只剩下一个黑乎乎的机器静静地趴在下面。

离它最近的吕辉出了口气："哦，是电脑主机。"

"那也不对啊，停电了怎么主机有亮光呢？"云端不解。

"那玩意儿应该是电源的指示灯，难道这里还有UPS？"张锐强说。

吕辉仔细看了看主机，犹豫片刻后，伸手按下了开机键。

"嘀"的一声，开机键一亮，主机嗡嗡运转起来。

大家急忙起身，目光一齐投向桌上的显示器。

然而显示器寂静依旧，没有动静。

张锐强再次点燃火机凑近两台显示器，他伸手在各自的侧面轻轻一按，显示器如同苏醒的精灵，画面一闪，Windows的开机标志便在屏幕上显现出来。

"电脑怎么还有电，好奇怪！"肖萧内心的恐惧又增加了一分。

"今晚的怪事还不多吗？不差这一个，可能电脑是别的线路吧。鼠标键盘搁哪儿了？"张锐强摸摸桌面下方，并没有发现放键盘的地方。

电脑开机非常快，片刻间，两台显示器都显示着Windows默认的桌面。

云端和张锐强刚要寻找键盘鼠标，一个程序跳了出来，屏幕一闪，随即出现的画面让五个人目瞪口呆。

每个屏幕都被分隔成九个方格，每个方格内都是绿莹莹的画面，这泛绿的画面不是别的，而是这幢府邸内每个房间的监视镜头。

密室中只剩下众人的呼吸声和装置的碰撞声，由怪异引发的些许恐惧逐渐被真切的愤怒所取代。

"妈的！"张锐强第一个骂了出来，"这混蛋不光是那个什么分裂，纯粹就是个变态！"

房东儒雅的作家形象瞬间在众人心中崩塌，想到自己时刻被一个猥琐的变态所窥视，每个人都不寒而栗。

"天啊，每个浴室都有摄像头！"肖萧指着屏幕尖叫起来，"死变态，怪不得房租这么便宜。"想到自己的裸体被人偷窥，就像一股电流从脚尖直蹿到头顶，整个头皮都在发麻。

大家再仔细一看，一楼二楼每个房间及浴室都出现在屏幕上，除此之外，客厅、餐厅、厨房和楼梯等位置都有监视画面，夜视高清镜头下一切都十分清晰。除了三楼，这个府邸中的每个角落都在两个显示器上显示得真真切切。

"这还只是夜视模式，如果光线好的话更清楚。这个混蛋！"想想自己在房间里对着显示器做过的事，张锐强的头也大了起来。

"不知道他有没有把视频存着，咱们找一找。"吕辉提醒大家。

"对对，先找找键盘鼠标，看他回来老子怎么收拾他！"张锐强恶狠狠地说。

"咱们还是先报警吧，这事很严重，咱们自己处理不了。"年长者仍然比较冷静。

肖萧点点头："对对，武老师说得对，还是报警好！"

"急啥，证据都在这里还怕他回来毁了不成？先看看他电脑里还有什么。"张锐强边说边想拉开书桌侧面第一个抽屉，但是没有拉开。

"你慢点，哦，这抽屉还有密码！"坐着的云端看到了书桌抽屉一侧一个长条状的装置，他俯身靠近装置，伸手一拉，装置上的盖子滑开，露出一个微型数字键盘。

"哎哟，这桌子够高级的啊，还电子密码锁，果然是变态。"张锐强惊叹道。

"密码能是什么呢？大家想一想。"云端说。

"密码别人怎么可能知道，我们还是先报警再说。"武向天用手机就要拨电话。

"先等等，"张锐强一把拉住武向天的手，"警察要是来了肯定先把电脑搬走，你都不知道房东录下过什么东西，还是咱们先看看。"

"但是密码是什么你知道吗？这根本没法猜。"吕辉说。

云端望着桌上的那摞书稿发呆，突然他好像想到了什么，拿起一册翻了两页看了看，然后俯身在密码锁上输了起来。

"啪嗒"一声，密码锁上绿灯闪烁，云端顺手拉开了抽屉。

"你怎么知道密码？"张锐强喊出了四个人的惊讶与疑问。

云端微微一笑："我也是碰碰运气，没想到房东和我想的一样。"他指指摊开的那册书稿："这是时间机器那篇故事，我输的密码就是彩票中奖号码。"

"高！实在是高！原来线索在小说里，我怎么没想到。"吕辉赞叹道。

"哈哈，果然在这儿。"张锐强从第一个抽屉中取出了蓝牙鼠标和键盘，"哥们儿让让，我来看看。"

云端一言不发，起身离开转椅。张锐强"扑哧"坐下，把键盘鼠标搁在桌面上快速地操作起来。

在这个监视软件的指定目录下，张锐强找到了以前的存档，打开后里面是一个个的视频文件。

"我随便打开一个啊，是谁的房间可对不住了。"张锐强说罢点开一个文件。

主屏幕上跳出一个画面，画面中的房间内，吕辉穿着汗衫裤衩坐在椅子上弹着吉他，好像唱着什么。

"这……这是我？"吕辉惊讶异常，"我什么时候弹过吉他，我根本就不会弹，也没有吉他，再说这也不是我的衣服啊。"

"弹了就弹了呗，这有什么丢人的，看时间这是 16 号晚上九点多，也就是半个月前。"张锐强不屑地说。

"我说总听到奇怪的动静呢，原来是你在弹吉他啊！"肖萧的语气中充满责备。

"不不，"吕辉头摇得好似拨浪鼓，"我发誓我没弹过。"虽然眼下已是午夜，他也有了倦意，但记忆绝不可能在这种问题上出差错。今晚的怪事已经很多，然而一旦真正涉及自己，吕辉顿时感到了一种发自内心深处的恐惧，一种好像要失去对自我控制的那种恐惧。

"Oh my God！"张锐强大叫起来。

张锐强又打开一个文件，画面中的肖萧正和一个体形不算魁梧但很结实的男子做着不可描述的事情，顿时让大家心跳加速，面红耳赤。

"不不，那不是我！不是我！"肖萧的尖叫划破深夜的宁静。

"快关了快关了！"武向天紧紧抓住张锐强的肩膀。

谁都知道在众目睽睽下被看到这种视频，对女人来说意味着什么。

肖萧双手捂脸，哭泣着就向暗门冲去。

云端一把拉住她："冷静点儿。"

肖萧一边挣扎一边哭喊："不不，那不是我，我没有做过，那个男人我根本就不认识。"

云端紧紧拉住肖萧："我相信你，今晚发生了这么多怪事，肯定有什么蹊跷。"

张锐强关闭了那个视频，但并没有罢手的意思，而是兴致浓厚地又打开了另一个。

这是武向天的房间，画面中武向天躬身站在床边，床沿上是一个古香古色的乌木箱子，箱口大开。寥落的画家手中握着一把好似紫砂壶的东西细细端详，片刻后将它放回箱子，顺手又拿出一尊小佛像。

"这这……这箱子是谁的啊，我没见过！"一向沉稳的武向天也不安起来，"假的，全是假的，快关了。"

"这也是16号的事。"张锐强还想快进看视频，但被吕辉一把夺去鼠标。张锐强哪会让步，二人你争我夺，顷刻间几乎要扭打起来。

武向天当然不会看着他们动手，急忙分开二人："好了好了，眼下出了这么多怪事，你们还瞎争什么？"

在武向天的好说歹说下，两个人这才放了手，站在武向天两边相互怒视。

一言不发的云端取下吕辉手中的鼠标，默默关闭了视频文件，他仔细地查看着文件夹，似乎发现了什么："这些文件是按时间排序的，最早的都两年前了。房东搞监视这事固然恶心，但为什么拍到的视频都是大家没做过的事情呢？"

"嘿嘿，恐怕只是不愿意承认吧。"张锐强阴阳怪气地说。

"视频绝对有问题！"吕辉抱着胳膊说。

"哼，"张锐强似乎表示不屑，"这种视频还能造假不成？还是我来看看吧，你们懂啥。"说罢他再次抢过座椅操练起鼠标键盘来。

阴云笼罩在大家心头，房间里再次安静下来。

"嘿嘿，"张锐强摇摇头，"没发现有被改过的痕迹，这个监控软件的时间设置也没什么问题。"

一股寒意似乎在房间内蔓延开来，众人都保持着各自的姿势一动不动。房间不大，但似乎五个人的距离越来越远。

"最近的视频是什么时候？"武向天问道。

"其实系统一直都没关，这个文件夹里最近的是昨天的。"张锐强点开几个视频文件，"这是昨天的，每个房间都没人，嗯嗯，看看前天的，哎，有人了。"

非夜视模式下，镜头异常清晰。云端的房间干干净净，空无一人。肖萧的房间里，她站在墙壁上一面巨大的梳妆镜前自言自语，地板上是两个旅行箱和一个编织袋，看来已经收拾妥当。吕辉正在房间里匆忙地收拾着行李，时不时地走到窗边向外张望。武向天和张锐强的房间内空无一人，但屋内凌乱不堪，好像被洗劫了一番。

片刻后，吕辉躬身坐在椅子里，背向着监视镜头不知在做什么。一会儿他直起身来，很惬意地伸展四肢瘫软在转椅中，好像一个针管形状的细长物体从他手中滑落。

"什么！"吕辉大叫，"这，这不可能！"

"哼哼，"张锐强得意洋洋地冷笑起来，"哥们儿你自己玩得挺嗨哦，脑子都烧糊涂了吧。"

"那绝对不是我有，我哪里吸毒？"

武向天使劲挡住吕辉："别激动，都说了这视频有问题。小张你别乱说啊，太伤人了。"

"好像大家都在准备离开，"云端说道，"真是奇怪啊。"

吕辉一拍桌子："我就想知道这到底是怎么一回事"。

"不可理喻，不可理喻！"武向天叹了口气，"看来只能等到季先生回来问问他了。"

"还问那个变态干吗？直接报警啊！"肖萧几乎尖叫起来。

"武老师赶紧报嘛！"吕辉也同意。

"要是报警，估计咱们就得搬家了，这地方肯定被查封了。我觉得不如先和他谈谈，让他拆了监视器，销毁视频，这样房子说不定还能让我们白住呢，哈哈。"张锐强拍拍武向天的肩膀，为自己的小心机自鸣得意。

"你和这个变态谈什么条件，再住这儿被他杀了都不知道。"吕辉骂道。

"他……这个变态肯定会拿视频要挟我们的！"肖萧恢复了些许的理智，哽咽着说。

"对对，这小子之所以装监控一是满足他变态的欲望，另一方面就是想要挟我们，说不定还会杀了我们，混蛋！"吕辉拍着桌子喊道。

武向天转头看看云端，云端出神地凝视着房间的一个角落。

"这实在是太奇怪了，小吕说得对，还是警察出面调查清楚的好。"武向天做了决定，拿起手机按下了110。

然而手机中传出的是长时间的忙音。

武向天尝试了几次，根本无法接通。

"这……明明有信号啊，这怎么办？"武向天也没了主意。

"这个密室不是有电吗？我去取我的手机上来充电。"张锐强说。

肖萧也好像想起了什么："或者武老师你陪我去楼梯那找找我的手机，可能还能用。"

"你那手机肯定摔坏了，还是我去吧。"张锐强起身点燃打火机，慢慢走出狭小的暗门。武向天跟他来到暗门，目送他来到外面房间门口。张锐强猛然一拉门把手，房门豁然开启，他回头看了看武向天，耸耸肩，转身走出房门。

"我怎么觉得房东在设局玩我们！"吕辉的面容呈现出几分扭曲，但在昏暗的光线中并不明显。

"这个，照你这么说莫非房东一直在暗处观察着我们，这里还有能藏人的地方？"武向天也感觉出异常，"那他为何要这样做呢？"

"难道我们都是他的仇人吗？"吕辉突发奇想，"他要报复我们？咱们都回忆一下有没有得罪过什么人。"

"哼哼，我武向天虽然没什么名气，但这一生也算光明磊落，自觉没得罪过什么人。"

"他恐怕就像好莱坞B级恐怖片里经常出现的变态杀手，把他的目标玩够了再杀掉，也许这纯粹就是出于乐趣，也许是为了贩卖人体器官，也许……"吕辉回头意味深长地看了肖萧一眼。

肖萧本就处在冰冷的恐慌中几近崩溃，她捕捉到了吕辉的眼神，不禁浑身一颤，双腿一软差点儿瘫倒下去。云端一把扶住她，把她搀到转椅里坐下。

"肖萧你别怕，我也就是那么一说，估计房东不过就是个高科技偷窥狂而已，等警察一来我们就没事了。"吕辉明白刚才自己的话吓到了肖萧，连忙安慰。

武向天接过话："对对，我和房东通过电话，听他说话不像穷凶极恶之人。"

"也许，房东就在我们五个人当中。"云端冷不丁地冒出这么一句。

这简单的话语仿佛一股寒流，霎时将房间温度骤降至冰点，听到的三个人感觉自己的呼吸都要凝固了。

一时间房间里鸦雀无声，只有桌上那个小装置规律性地"啪啪"作响。

"轰隆隆"，巨大的雷声从暗门传入密室，整个密室好像都在共振，震得几个本已脆弱的心房狂跳不已。

雷声过后，四个人好像听到了一声似有似无的叫喊。

"你们……你们听到什么了吗?"吕辉轻声问道。

武向天还沉浸在刚才的思索中没有回答。

肖萧拉了拉身旁云端的胳膊："对对，好像有谁刚在叫什么。他怎么去了这么长时间?"

"是啊，"云端这时也感到了异常，"张锐强不会出事吧。"

"要不我下楼去看看。"武向天说。

"我看我们还是一起行动的好，就您一部手机了。"云端说。

吕辉这时也想起了什么，他看着云端点了点头，刻意加重语调说："对对，还是要一起行动。"

于是武向天带头，四个人鱼贯走出密室，离开外间时，云端刻意让房门打开。

刚下到一楼，武向天就喊道："小张，小张你在哪?"

没有回应。

"张锐强!"吕辉大吼一声。

寂静如常。

四个人面面相觑。

"你们刚才听到叫声了?"武向天问。

三个人彼此望望，"不是很确定，不一定是叫声，也许是其他声音，今晚怪声不断。这小子怎么又消失了？"吕辉说。

来到张锐强房间门口，武向天先敲了敲门："小张！"他打开房门用手电往里一扫，回头说，"不在屋里啊。"

"哼，掉厕所里了吧！"

武向天和吕辉快速来到一楼和二楼的浴室里查看，并没有人。

云端带着肖萧此时也乘着窗外微弱的亮光搜寻了一眼客厅和厨房，一无所获。

"这小子不会是吓跑了吧？"吕辉冷笑着。

武向天摇摇头："不会吧，外面雨还不小呢！"

"他就不会拿把伞跑路？"

"可能，可能……"肖萧小声地说。

"可能什么？"

"可能他就是房东，看到事情败露就跑了。"

"啊，是啊，肖萧这么一说提醒我了，看来刚才云端说得没错。"吕辉好像恍然大悟，"这小子精通电脑，那些视频很可能是他嫁接伪造的，所以只看到了我们三个人，唯独没有他的！"

武向天和云端不置可否，但心中不免怀疑起来。

"所以他刚才一直催我们回屋睡觉，不让我们进三楼的房间，也不让我们报警。"肖萧开始慢慢回忆起来。

"对对，"吕辉频频点头，"他打不开房门那都是装的，上当上当，我回屋取我手机充电报警。别让这小子跑了！"

"我陪你去吧。"武向天说。

"没事，太熟了，我闭着眼都没问题。"说罢他就上了楼。

"咱们去客厅坐会儿。"武向天招呼云端和肖萧去客厅。

正当肖萧跟着云端走向客厅时，她却停下了脚步。

云端回头："怎么了？"

肖萧比划了一个安静的动作，沉浸在黑暗中似乎在倾听着什么。

云端也停下来侧耳倾听，窗外的雨声小了许多，但呼呼的风声仿佛更加猛烈。

"你们俩怎么了？"已经到了客厅的武向天回头看着二人不解地问道。

"你有没有听到什么声音？"肖萧低声问。

"风雨声吗？"云端诧异起来。

肖萧摇摇头。

"风声那么大，你听错了吧。"

"不不，不是风声，我耳朵很灵的。"

肖萧好像确认了声源方向，她蹑手蹑脚地来到武向天的房门前，扒在门上倾听。云端也只好上前几步跟她到门前侧耳仔细听起来。

武向天对于他们扒在自己房门口已非常不解，又看到二人回头望着自己，想必定有事发生。他三步并作两步来到门前："怎么了？"

云端让开位置："武老师您听听，您屋里是不是有人？"

武向天眉头一紧，面露焦虑，他侧身刚要扒在门上倾听，吱呀一声，房门却突然打开，吓得三人倒退几步，肖萧干脆喊出了声——

"啊……"

站在房门口的张锐强似乎也吓了一跳，两只圆眼瞪得好像要吃人。

"你，你在我屋里干吗？"武向天的话语里明显流露出不满。

出乎大家的意料，张锐强不仅对自己的闯入毫不在乎，而且以一种盛气凌人的姿态看着武向天。

"张锐强你干吗呢？刚才叫你你怎么不答话？"肖萧责问道。

张锐强轻蔑地瞟了一眼肖萧，又瞅瞅武向天，嘴角露出狞笑。

"嘿嘿，好一个傲骨画家，好一个贞洁烈女，都是一路货色，哎，原来是我太单纯。"

武向天气得浑身发抖："你，你是什么意思？"

张锐强拍拍云端的肩膀："哥们儿，中国太复杂，你还是回美国吧。"

云端一头雾水，但他明白张锐强肯定发现了什么。他侧身望了望黑漆漆的房间，不知道里面隐藏了怎样的秘密。

高大的身影往门边一让，云端看了看张锐强，正在犹豫中，武向天快步走进房间，云端和肖萧急忙跟上。

云端和肖萧借助武向天的手机光线四下张望。刚才监控视频中短暂地见了一眼，现在终于得见这位画家的工作室。房间不小，云端觉得足有他自己房间的两倍大。靠近房门的区域很是简洁和朴素。一张二十世纪九十年代常见的藤椅、再普通不过的书桌和有着方方正正床头的双人床。

靠近窗子的大部分区域却是另一个世界，塞满了各种杂物，虽然不比三楼房东卧室，但也不遑多让。两三张小桌上堆满了东西，高大的书柜被各种形态堆放的书籍塞了个满满当当。地上随处摆放着大大小小的画框和各种绘画工具，墙角倚靠着几张固定在木框架中的画作。一大一小两个画架占据了最显眼的位置，大的画架空着，小画架上支着一幅画，画面背对着房门。画架一旁是一个背朝房门的高脚椅。

"你们在哪呢？"吕辉的声音从楼上传来。

"这呢这呢，赶紧来啊。"门口的张锐强回答。

"哎呀，你小子刚才去哪了？叫你也不答话，还以为你跑路了呢！你们来武老师屋里干吗？"吕辉心急火燎地走了进来，"今晚真是见鬼了，死活找不着手机，哎。"

武向天径直来到小画架前，躬身捡起地上的白布，刚要给画盖上时，突然浑身一颤，呆立在了那里。

吕辉、云端和肖萧发现了异常，三人好像在同一个大脑的指挥下，非常统一地来到了画前。

一个身材姣好女人的胴体展现在画面中，刹那间一道闪电照亮了天际，屋内顿时亮如白昼。肖萧看到了画中美女的面容，顿时如被这道闪电击中般，神经被灼烧，大脑一片空白。

画面中的女子侧身躺在一张小床上，含情脉脉地望向前方，窗外夕阳铺洒在她白嫩的肌肤上，全身笼罩在一种朦胧而柔和的氛围中。

而这妖娆的裸女，有着一张和她相同的容颜。

肖萧忘了自己是否发出叫喊，她只看到两个男人惊讶地转头望着她，眼神中似乎射出难以掩饰的轻蔑。

张锐强此时也来到画架前，点燃了打火机："看得清楚吗各位，我再照亮点。"

"武老师，你……"吕辉一时不知该说什么。

武向天依旧呆立在那里。

肖萧再次情绪失控，一下瘫软在云端怀里，泣不成声。云端连忙把她扶到门口的藤椅上坐下，低声安慰。

片刻后，武向天方才回过神来："不不，这是怎么回事？这不是我画的！"

"武向天啊武向天，"吕辉好像也明白了什么，"我们一直这么尊敬您，觉得您是才华被淹没的艺术家，没想到啊！"

武向天惊慌失措，频频摇头："小吕你要相信我，这画真不是我画的。"

吕辉没有接话，而是自顾自地说着："怪不得你从来不让我们看你的画，也从来没让我们进过你的画室。"他回身四下张望，看到墙角的几张画，迅速走过去拿起来，然而令他失望的是，那些都是一笔未动的白布。

吕辉把画扔在地上，哆哆嗦嗦地又掏出那个小盒，拿出润喉糖塞在嘴里："原来房东就是你！"

"不不，我怎么会是房东？"

张锐强走到门口，好像是提防着嫌疑人逃走。他再次点燃打火机，火光映照着一张面目狰狞的脸："哈哈，这下我们达成一致了，终于知道是谁在装神弄鬼了。"

"我们与房东的所有联系只能通过你，你一直说他住在三楼，但这么长时间了谁也没有见过他，其实他根本就是你杜撰出来的人物，哈哈，你安装了监控满足自己的私欲，"吕辉咽了口唾沫，指了指那幅画，"除了偷画人体，你还有什么目的？"

"不不，小吕你要冷静，这个，今晚的事都很奇怪，肯定有什么地方有问题。"

"吕辉你先别说了，事情没搞清楚之前不要乱猜疑。"云端安抚好肖萧，起身来到二人面前，"今晚发生的事的确很奇怪，不管房东是谁，他很了解我们，监控的事是其一，最让我不解的是，他的那些文稿怎么会和我们讲的故事完全一致。他似乎知道我们的所思所想，太奇怪了。"

"不是我画的，真不是我画的。我和肖萧什么都没有！"武向天失魂落魄般呓语着。

云端走上前去抓住武向天的胳膊："武老师您别着急，我想事情总会有答案的，我想我们先报警。"

"我，我一直不让你们进我的画室，不让你们看我的画，其实……其实是我很久都画不出来了，"他用颤抖的右手指指吕辉扔在地上的那些空白画作，"自打老婆带着孩子离我而去，自我搬进这间画室，我什么都画不出来，这张画不可能是我画的。"说着说着武向天双手捂面痛哭起来。

"房东是幽灵，不，是魔鬼！"那边许久不语的肖萧突然高叫起来，惊得吕辉一哆嗦。

"大家都不要慌，这样，吕辉你带他们先去密室，我去房间找手机再去密室充电。"此时似乎只有云端尚存理性。

吕辉这时渐渐冷静下来，想想云端的话，梳理了一下今晚的事："嗯嗯，等警察来了再说。"

"把他捆起来吧，别让他跑了！"张锐强指指武向天。

吕辉和云端没有接话，云端继续安慰肖萧。

吕辉从呆若木鸡的武向天手里拿过手机，看了看瘫在藤椅上的肖萧："云端你先陪她一起去密室，再回去取手机。你们等我一下，我去厨房取瓶饮料，渴死我了，你们谁还要？"

"给我拿听雪花。"

几分钟后，吕辉带头，五个人再次来到三楼。

那扇房门关着。

吕辉一手拿着手机，另一只手拿着一听可乐呆立在房门口。

"这，我记得刚出来的时候是开着门的啊。"武向天这时从刚才的失落中恢复了一些。

"看看能不能打开。"吕辉冲着房门努努嘴。

张锐强使出浑身气力，房门纹丝不动。

云端伸手轻轻一拉，房门悄无声息地打开了。

"狗屎！"张锐强脱口骂道，"什么破门！"

"你们先进去，我去找手机。"云端拿过打火机，转身下楼。

密室的房门仍然大开，四个人再一次进入密室，来到书桌前。

电脑进入了休眠状态，硕大的显示器好像成了两只怪兽，四个人谁也不想再注视它们。吕辉径直坐进转椅，神经质地东张西望，武向天和肖萧站在书桌旁发呆，张锐强在屋里来回踱步。

等待中吕辉用手电仔细在桌上桌下搜寻起来。开始他并没有发现什么异常，转而把目光落在了桌子一侧的三个抽屉上。第一个抽屉刚才张锐强看了，里面是鼠标和键盘，于是吕辉拉开了第二个。

抽屉里静静地躺着一个木偶，此外别无他物，这是一个制作精巧、用于表演的提线木偶。心情烦躁的吕辉此刻对工艺品并无太大兴趣，拿起来看看发现并无异样后便迅速放回抽屉。

关上了第二个抽屉，他又拉开了第三个。

第三个抽屉最深但也最空，只有一本书端正地摆放在当中。吕辉拿起它一看，发现其实这并不是一本书，而是一本影集。硬壳的影集表面略略发皱并有些许的翘曲，似乎有了年头。翻开影集，扉页上是一个大大的签名——季梦常。

这三个字勾起了吕辉的好奇心，他不假思索地翻开了下一页。

接下来第一页的几张照片是一个幼儿在照相馆的摆拍。小男孩穿着花哨的衣服被涂着红脸蛋，在各种背景前开心地傻笑着。

吕辉暗自一乐，继续往后翻。看来影集记录了房东的个人成长，之后的照片中男孩不断长大，上学、玩耍、聚会，然而男孩脸上的笑容似乎也逐渐减少。

肖萧这时也被影集吸引，来到吕辉身旁。

"他父母是不是离婚了？"观察细致的肖萧问，"你看前面还有一家三口的合影呢，后面只有和他母亲的。"

"对对，是这样，七八岁后就没有父亲的合照了。"吕辉点点头，肖萧的话提醒了吕辉，"你看这张，"吕辉指了指房东十三四岁模样的照片，"这张和母亲的合影撕去了一部分，他身旁还应该有另一个人。"

"看来他的童年并不快乐啊，好像有什么不好的事发生过。"肖萧想到自己目前的处境，眼泪还在眼眶内打着转。

每个年龄段的照片也就几张，似乎房东是个不喜照相的人。之后与同学的几张合照，他都是默默地站在角落里，脸上也没有其他人那种青春绽放的笑靥。其中的一张合照，十几个同学中，两女一男的脸上竟被黑笔涂掉了，让人看了十分不舒服。

再往后翻，一种毛骨悚然的感觉慢慢爬上吕辉的心头，这并非全部由于照片中那越来越多被涂掉的脸或是被撕掉的部分，而是房东逐渐成熟的脸，越发地有种似曾相识的感觉。直到那张房东戴着眼镜的大学毕业照出现时，吕辉再也不能压抑内心的疑虑颤抖着问道："怎么是他！"

此时惶恐与愤怒不仅在吕辉心中翻涌，肖萧同样惊讶得说不出话来。张锐强和武向天听到吕辉突然发出的惊叹急忙围过来，当他们看到那张相片时，一时间密室里空气仿佛凝固了。

十二

脚步声响，那个人走进密室。

吕辉转头看见那个微弱光亮中的脸庞，眼神里仿佛在喷火，他把影集拍在桌上，猛然起身高声喝道："原来你就是季梦常，你冒充房客想要干什么？"

云端被问得一愣，手中原本点燃的打火机瞬间熄灭，惊诧莫名的面容陷入黑暗中。

昏暗的灯光下看不出肖萧的脸上已经没有了血色，她紧紧抓住武向天的胳膊，浑身颤抖起来。武向天一只手撑着桌面，眼睛死死盯着云端："你，你就是季先生，怪不得初次见你我就觉得哪里不对。现在一想，你的声音和他一模一样。你究竟想怎样？"

张锐强一把薅住云端的衣领，似乎要把他提了起来："我去你大爷的，原来就是你小子捣鬼，你这个变态到底想干吗？"

云端一时难以理解，为何自己仅仅离开不到五分钟，竟然发生了如此变故。张锐强的大手让他窒息，迫使他从惊诧中回过神来："啊！怎么了？怎么了？"

"小张你先放开他，看他怎么解释。"武向天说道。

张锐强哼了一声，慢慢放开云端，转身站在他身后，有意堵住了云端的退路："哼哼，好，我料你也跑不了。"

"你以为你是超人吗，摘了眼镜就认不出来你了？季梦常，你到底想干什么？"吕辉提高了音量。

"你叫我什么？"云端松了松衣领。

"别演戏了，你看看这个，"吕辉拍拍桌上的影集，"这是谁？"

云端走上前低头一看，影集中的照片顿时如一记重拳将他打蒙："我……我的照片怎么在这……"

吕辉把影集翻到扉页，指着上面的签名："你看看这是谁。"

"什么？怎么会？"一直理智沉着的云端也慌了神，他机械地反复翻看着那几张照片，"这是怎么回事？我没有照过这些照片啊，这些人我也不认识啊。"

"你到底有什么企图？你想我们怎样？你为什么要偷窥我们？你说！"吕辉激动地跨步上前猛推了云端一把。

云端木讷地倒退两步，眼神迷离不知所措。

武向天急忙把吕辉拉开："小吕，别动粗，让他解释，要不我们就报警。"

"早就该报警了，你个变态！你不是去拿手机了吗？拿哪儿去了？"吕辉指着云端问道。

"不不，你们别误会，我真是云端。这个，这个恐怕是巧合，可能我们长得一样。"云端惊慌失措起来。

"呸，你别说你有个孪生兄弟，这分明就是一个人好不好！"吕辉当然不信。

张锐强猛然上前从身后搂住云端的脖子："不见棺材不落泪啊，不给你点厉害的你还就不招了。"

云端顿时喘不上气，双颊憋得通红，双手抓住张锐强的胳膊挣扎起来。

武向天赶紧上前试图拉开他："别这样，先听他怎么解释。"

肖萧也实在看不惯张锐强霸道的做法："你先把他放开！"

"得了得了，让他解释！"吕辉摆摆手。

张锐强极不情愿地放开云端，一把把他推到书桌前。

云端揉揉脖子，深呼吸了几口气，低头继续翻看影集。

"这是哥伦比亚大学，我上学的地方，怎么他也去过？"云端看到一张背景是一幢古典的西方建筑的照片，难掩心中的惊异。

"废话，那就是你啊！"张锐强没好气地说。

在众人的怒目而视中，云端慢慢冷静下来，翻动影集的手也停止了颤抖。下一页是房东和一个美丽的女子在金门大桥前的合影。再往后翻了几页，云端似乎发现了什么。

"你们看，最后这张照片。"云端指指影集。

四个人再次把目光投向照片，吕辉拿着的手机灯光直射在照片上，众人清楚地看到照片中的房东穿着一件陈旧的暗红色冲锋衣，戴着眼镜，一脸憔悴地望着镜头，背景是茫茫大漠。

"怎么了？"吕辉问。

云端长出了一口气："我1989年出生，今年不到三十。你们看照片里这人多大年纪。"

经云端的提醒，四人这才注意到，照片中的季梦常两鬓已经发白，额头的皱纹和脸上的法令纹更暴露了他的年纪。

"看起来和我差不多年纪，我知道季先生至少过四十岁了。"武向天也想到了什么，"云端的声音听起来也比季先生要年轻。"

"你大爷的！"完全摸不着头脑吕辉也骂起了人，"这到底是怎么回事，你，你莫非是坐时间机器穿越过来的？"他好像突然想到了什么，冲到墙角的铁柜前，拉开柜门看了又看。

"你以为那是时间机器吗？"云端苦中带笑。

众人看看最后的几张照片再看看云端，连同云端自己都迷惑不已。

"我们还是抓紧报警的好，现在完全乱了，混乱了！"吕辉不住地摇头，回到了书桌旁。

"云端你找到手机了吗？"武向天问。

云端失落地摇摇头："我明明放桌上的，但找不着了。"

"今天怎么都找不着手机……都故意的吧！"张锐强骂道。

"你刚才不是也去找手机了吗？怎么找到武老师房间里去了！你是不是知道那里有张画？"吕辉冷笑。

张锐强一拍脑袋："哎，是啊，我怎么忘了……我还得去找。那画的事我原先可一点都不知道！"说罢立即走出密室。

"咱们都冷静一下，今晚的怪事太多，先不要相互怀疑和责怪。"云端说。

吕辉一屁股坐进转椅："哎，反正我是彻底蒙了。"说罢抓起可乐罐"咕咚咕咚"一饮而尽。

"刚才我们怀疑张锐强，但他并没有逃走，不去拿手机却不知为何去了武老师的房间。"云端回忆着刚才的事情，慢慢整理着思绪，"他发现了那张画，让我们开始怀疑武老师……"

"那张画不是我画的！"武向天再次强调。

"我……我也没有……"肖萧再次哽咽起来。

"所以有可能是房东通过监控偷偷画的，故意放在了武老师的房间。"

"你是说其实房东也会画画，而且这么做是为了陷害武老师？"吕辉似乎不信。

"这个，刚才咱们讲完故事后我回到房间，那时肯定没有那张画，后来我和小张去厨房点蜡烛，在这之后一直没回房间。"武向天语气坚定地说。

"可能是有人趁我们在密室的时候，偷偷放进去的。"云端慢慢说道。

"但这房子里没有其他人了啊。"武向天说。

云端点点头。

四个人彼此对视，心照不宣——房东就在他们当中。

"张锐强够奇怪的，刚才说找手机，但为什么进了武老师的房间，这会儿又说去找手机。"吕辉说。

"如果武老师说的是真话，张锐强确实有很大嫌疑。"云端望了一眼武向天。

"我肯定没骗你们！"武向天郑重地说。

"所以是张锐强偷偷把画搬进武老师的房间？"肖萧说。

"栽赃陷害！贼喊捉贼！"吕辉咬着牙说。

"有这种可能，不过不知道他为什么花了那么长时间，直到我们下楼他还在武老师房间里？此外……"

几个人都瞪大眼睛望着云端，等着他说下去。

云端停顿了一下："此外除了张锐强，刚才还有一个人离开我们单独下过楼。"

房间里的空气顿时又紧张起来，大家静静地回忆着，每个人的脑海中都架起了一台放映机，开始回放刚才的一幕幕场景。肖萧突然想了起来，伸手一指："是你，你一个人下过楼！"

肖萧指的不是别人，正是吕辉。

云端点点头，默默地看着吕辉。

吕辉在略微的慌张后迅速恢复平静："哦，对对，你不说我自己都忘了，我是下过楼。因为我的润喉糖吃完了，我下楼又取了一盒，我很快就回来了，你们不记得了吗？哪像张锐强折腾了那么长时间。"

云端点点头："不错，我也记得你下楼的时间不长，但只要速度够快还是来得及的，毕竟这房子并不是很大。"

吕辉不得不承认，目前大家之间本就不甚牢固的信任感正慢慢瓦解，下意识中他伸手想从裤兜中掏出那盒润喉糖，但没料到自己的右手居然不自觉地颤抖起来，以至于纸盒拿出兜口时，另一个小物件也顺势从口袋滑落，叮当一声掉在地板上。

武向天循声将灯光照去，吕辉慌忙低头寻找，四个人的目光几乎同时聚焦到了地板上的一个不起眼的小物体。

"哦，没什么，我的钥匙。"吕辉俯身想将其捡起来，但坐在转椅上的他还是慢了一步，钥匙转眼就到了云端手中。

眼尖的肖萧看出了端倪："哎，你的钥匙怎么是那样的？"

"钥匙嘛，还能什么样。"吕辉佯笑中伸手就要从云端手里取回钥匙。

"你这钥匙是有点奇怪啊，肯定不是房门钥匙吧。"云端并没有将钥匙马上还给它的主人，而是捏在手里仔细观察着。

这把钥匙似乎是铜制的，沉甸甸泛着绿光，钥匙柄是一寸多长的六棱柱，尾部完美地演变成一个镂空雕花的蝶翼造型，十分地别致。

"这个……"吕辉的右手尴尬地悬在半空，大脑中正在寻找着合理的解释。

武向天从云端手中接过钥匙，扶了扶眼镜仔细看看，微微一笑："哦，如果我没猜错的话，这应该是给座钟上弦的钥匙吧。"

云端和肖萧都是一愣，座钟上的钥匙？吕辉怎么会有座钟上的钥匙。

"啊，是吗？我都不知道，晚上莫名其妙就在我口袋里的。"

"哼，怎么不出现在我口袋里？你刚才还那么肯定是你的钥匙呢！"肖萧肯定不信这个解释。

"是啊小吕，这应该是季先生的东西，怎么在你这？"

"我，我是真不知道啊，我自己也奇怪呢。"

肖萧又从武向天手里拿过钥匙，双手攥着它看了又看："我说客厅那个钟怎么又开走了，是你上的弦？那你还装糊涂？"

"不是，我……"

"你是想和我们开个玩笑吧，不过你从哪找到它的？"武向天更加在意钥匙的来历。

"你们要相信我，我真不知道。"

"是不是你把画放到武老师屋里的?"肖萧直接说出了疑虑。

"拜托,我说了我就取个东西……"很久以来吕辉一直在绞尽脑汁地往自己剧本中拼凑那些千奇百怪的冲突和悬念,如今自己落入其中,倒真是有口难辩,如陷泥淖。

"你就是房东吧,摆了这个局故意吓我们,你想怎样?"肖萧显得有些歇斯底里。

"冷静冷静,现在咱们不要相互怀疑了。"云端体会过被怀疑的痛苦,理智地劝告大家。

"对对,你们要相信我。"吕辉脑子里突然灵光一闪,"对了,这不是有监控吗?密室不是还有电吗?今晚的监控可能也开着呢!看一看刚才的视频不就好了。"

吕辉立即敲了敲键盘,唤醒睡眠中的计算机,他想找出今晚的视频文件夹,但没有找到。

"还是用监控程序试试,"云端指了指桌面的一个程序,"这个应该是监控的主控程序。"

吕辉打开程序,跳出了一个简洁的操作界面,上面有一个明显的时间轴。吕辉一阵惊喜,然而随即又跳出一个对话框。

"shit,居然有密码!"

"好像房东料到我们会查监控。"云端似乎并不意外。

正当四个人在密室中困惑时,门外突然传来的吼叫声好像要撕裂这个幽暗的宅邸。

声声的尖叫听得大家心惊胆战。

"那小子又胡搞什么呢!"吕辉骂道。

武向天急忙拿过手机:"这个,我下去看看他。"

"我和你一起吧,那小子混起来一个人还收拾不了他。"吕辉跟着武向天往外走。

肖萧回头看看云端，影集事件使得肖萧对他的信任大打折扣，今晚的她如坠云雾，不仅是云端，每个男人在她眼中都陌生起来。"我，我也和你们一起吧。"

　　吕辉回头看看云端："那个，云端你留在这儿吧。"

　　三个人留下云端出了密室下楼循声去找张锐强。

　　吕辉肖萧走在前面，武向天在后面用手机照亮。三人刚下到二楼楼梯转角，就看到昏暗的大厅里一个黑乎乎的身影如没头苍蝇般乱撞，更惊悚的是，黑影上时不时还闪出火光，一亮一灭地飘荡着。

　　"你们人在哪呢？快来啊！我怎么看不见了？我看不见啦！"听声音，黑影必是张锐强无疑了。

　　经历了如此不平凡的一夜，武向天更加地沉稳冷静，他举着手机走下楼梯，对着黑影问道："小张你怎么了？不要慌，我们来了。"

　　"你们怎么才来？你们在哪？我连楼梯都找不到了。"张锐强的眼睛瞪得像俩井盖，一只手里攥着打火机时不时点一下，另一只手僵尸般地伸向前方摸索着。

　　"小张我们来了，这个你不要动，原地站好！"武向天快速走下楼梯，一步步朝着张锐强走过去，突然脚下一滑，一个趔趄坐到了地上，唯一的光源"啪"的一声在地板上滑出好远。

　　"啊！"一声尖叫。

　　"武老师您怎么了？"吕辉瞪大了双眼，好让瞳孔中进入更多的光线，无奈人眼数万年的进化还未达到夜视的境界，他只能摸索着向隐约看到武向天倒地身躯的位置靠近。

　　"这都怎么了？肖萧你喊什么，吓死我了！"

"我没事，我没事，这个不小心摔了一跤，没关系！小吕你去看看小张，我这就起来。"

吕辉闻声来到武向天身边，俯身把他搀了起来："武老师您没关系吧，没摔坏吧。"他回头望了望楼梯，虽然看不清她的身影，还是喊道，"肖萧你站那干吗？快把手机捡回来啊！"

"没事，我没事，地上好像有水，这个，太滑了。"

楼梯上静悄悄一点儿动静也没有。

"这都怎么了，谁来管管我！"

武向天终于拉到了张锐强的胳膊："怎么了，眼睛看不到了吗？"

"肖萧，你在哪呢？人呢？"吕辉叹了口气，向着光源走去，刚走两步脚下也是一滑，幸而没有摔倒，"哪来的水？张锐强这你干的吧！"

"这怎么回事，刚才还好好的，我在房间找手机呢，突然眼前就全黑了。这怎么搞的？"张锐强紧紧拉着武向天，话语中带着哭腔向他诉苦。

吕辉一捡起手机就用电筒照向楼梯，灯光映出一张惊恐的脸庞。

"肖萧你怎么了？"吕辉也是一惊。

武向天扶着张锐强也向这边看来："肖萧你还好吗？"

在纯白的手机电筒光线映照下那面颊更加惨白，她像见到了鬼一样，嘴一张一合但没有任何声响，片刻后才费力地抬起右臂，指了指楼下的地面。

吕辉用手机一照脚下的地面，顿时吓出一身冷汗。

地板上斑斑块块，如同一幅抽象的油画，那画面中的油彩不是别的，而是殷红的血迹。

“这个，这怎么回事？谁弄的？”武向天也看到了脚下那鲜血"画作"。

“咋的了，咋的了？又啥事？我眼睛都瞎了，还能有啥事比这还重要？”

吕辉继续用手电在地上搜寻："血，地上有血。"

“血，什么血？谁死了？”

我们三个人刚下楼，张锐强也在这，云端在楼上，难道是房东出事了？吕辉一边思索着，一边仔细查看起地板。

血印看似杂乱无章，但吕辉很快发现了踪迹："好像是从餐桌那边过来的。"

吕辉沿着血迹来到餐桌边，餐桌上那一对高挑的花瓶少了一个，不出所料，餐桌下散落的是大大小小的碎片，血迹也开始于其中一块尖利的碎片上。

“张锐强，你是不是被玻璃碴子扎到了？”吕辉松了口气，回头问道。

“我？玻璃碴子，有吗？我没觉得啊！”

“餐桌上的花瓶打碎了，肯定是你撞的呗。”吕辉小心翼翼地躲着血迹走到张锐强身边，亮光照向了两只大脚，"我说呢，你拖鞋呢？怪不得被扎。"

听说是自己脚受了伤，张锐强双腿一软，马上就要滑到地上，武向天一人怎能拉得住，赶紧招呼吕辉，二人合力把他架到了沙发上。

武向天俯身查看了张锐强的脚底，果然，右脚脚底有个一寸来长的口子，还在缓缓地渗着血。

“哎呀，我不能看这个！”像个幽灵似的，肖萧不知什么时候出现在沙发旁，"刚才我在楼梯上看到手电映出满地的血迹，吓死了。"

"是啊，我看你都吓傻了。"看着沙发上唉声叹气的张锐强，吕辉从刚才的心惊肉跳过渡到了幸灾乐祸，"张锐强你眼睛什么时候看不见的？"

"小张你先躺着，我去屋里拿纱布给你包一下吧。"武向天拿过手机起身回屋。

吕辉乘机从张锐强手中取下打火机："这个还是给我吧，你也用不上了。"

"我今天真是倒了八辈子的血霉了……"

"我说脚上扎了那么大口子你怎么都不知道呢？"吕辉咂咂嘴。

"是不是喝多了。"肖萧想到了个原因。

"喝毛多了，我才喝了两罐，我还纳闷呢，嗯，不过刚才好像是踩到了什么东西，到现在也不怎么疼啊！我的眼睛啊！"

武向天拿着纱布回到客厅，仔细地把张锐强的脚包好："小吕，你找找他的鞋在哪？"

"好吧，武老师对你这么够意思，你刚才还那么说他，哼哼！"

"我那……我……一码事归一码事！"张锐强支支吾吾辩解着。

"算了，算了，不提那些了，小张你眼睛怎么回事，是不是刚才被火烤的。"武向天掰开张锐强的眼睛，用手电照了照。肖萧也在一边仔细地看着。两只眼睛除了有些血丝，好像并没有什么异常。

"一点儿都看不见了吗？能看见光亮吗？"武向天问。

"啥也看不到了，天啊，我瞎了，这可咋办啊。"

在打火机微弱的火光照射下，吕辉终于寻到了两只拖鞋，捡起来扔到了沙发旁，听到张锐强的叫喊，心中的窃喜竟一时无法掩饰："报应啊，被火燎得吧。"说罢向肖萧偷偷一笑，然而此时心事重重的肖萧并没有给予回应，只是出神地看着叫喊中的"瞎子"。

"吕辉你混蛋！"张锐强循声伸手想抓住吕辉，但被他轻松地躲过。

"行了行了，都这份儿上了你们就别闹腾了。"武向天只能暂时把楼上密室的怪事放在一边，"这得赶紧去医院看看啊，耽搁了怕眼睛保不住了！你这脚伤最好也在医院处理一下。"

"啊，是啊，那快走吧。武老师你一定得帮帮我，我可不能瞎了！"语气一贯蛮横的张锐强此时话语中带着哭腔。

突然室内一亮，刹那间给人一种天亮了的错觉。当然，作为人类，多年的经验告诉他们，这是窗外的闪电。

紧接而来的雷鸣提醒大家，雨还没有停。

肖萧走到窗前向外眺望，倾斜而下的暴雨好像一个巨大的幕布，把周围的一切都隔离开来。现在这座府邸成了汪洋中的一座孤岛，她的心好像也被禁锢起来，等待着毁灭。

"好像比天黑前下得还要厉害，从来没见过暴雨下得这么久过。"肖萧尽力克制自己恐惧焦躁的心境，慢慢地说，"这可怎么出去？"

"大半夜的外面估计也拦不到车，武老师您用手机叫辆车吧。"吕辉建议道。

武向天摇摇头："我这根本不是智能机，只能打电话发短信，外带一个手电，现在连电话都打不了。"

"敢情你用的老人机啊。"张锐强急得大叫起来。

"这样，我再回屋找找我的手机。"

"那快去啊!"张锐强大喊。

"什么?"吕辉怒火中烧，一屁股坐在了沙发里。

张锐强这才意识到了什么:"哎哟，对不起吕哥，我求您了。"

武向天只能打圆场:"好了小吕，你别和这小孩一般见识。"

吕辉叹口气，刚要起身去房间找手机，就听到楼上传来云端的喊声:"你们快上来看看这是什么，都上来看看!"

四个人心头一紧，他们心中多多少少都对云端身份和目的产生过怀疑，更加觉得其中有诈。

吕辉冲他们摆摆手，快速走到楼梯口向上喊道:"怎么了云端?"

"我有了新的发现，这太奇怪了，你们快来看看!"

今晚的事还不够奇怪吗，还有什么更奇怪的，吕辉心里想着回头看看武向天和肖萧。

三人还没接话，张锐强大喊起来:"云端我眼睛都看不见了，去医院要紧，有啥事……"

"不知道他又想出了什么主意，"肖萧小声说，"一点儿也看不出他是新来的，好像……"

"……比我们还熟悉这里。"吕辉点点头，"有啥事你下来说!"他冲着楼上喊。

"还是得你们上来看看!"

"反正也要上去充电，小吕你再去找找手机，我直接去密室看看。"关键时候还得武向天拿主意。

"好吧，你等下我们就上来!"吕辉转身回房间。

225

肖萧可不愿意在楼下和张锐强待在一起："我也陪你们上去。"

　　"别别，你们也别扔我一人在这儿！这屋子可不干净。"张锐强死死拉住武向天嘟囔起来。

　　"那行，先一起上去吧，我再去找手机。"吕辉无奈。

　　吕辉架着张锐强跟着肖萧吃力地一步一步走上楼梯，武向天在后用手电照亮。

　　一进密室，还没等云端说话，张锐强就喊了起来："云端你在搞什么鬼？你到底是谁都没有搞清呢！"

　　云端苦笑两声："说实话我都快不知道我是谁了，但我绝对没有搞鬼。"

　　吕辉扶着张锐强在转椅上坐下："怎么了，云端你又发现什么了？"

　　云端指指身后的墙壁："武老师您用手电照一照。"

　　当手电的光线照在墙壁上时，武向天和肖萧都大吃一惊。这面不大的墙壁的上半部分基本上是一块白板，上面密密麻麻排布着以文字、画框和箭头组成的各种图样。

　　"刚才这不是一面墙吗？"肖萧问道。

　　"刚才我们都注意书桌和电脑了，没仔细看这面墙，"云端来到墙角伸手拉起一块幕帘，"其实这面墙拉上了幕帘，刚才等你们的时候我才注意到这面墙不对劲，这才仔细看了一下。"

　　吕辉扫了一眼那面墙壁："这有什么的，作家嘛，在上面写写思路结构之类的很正常，我见过好几个编剧都这样。"

　　"怎么了，怎么了？"张锐强急切地想知道发生了什么。

　　"没什么，云端发现一面墙上面都是房东写的字。"吕辉不耐烦地解释道。

"不不，你们仔细看看这上面都写了什么，刚才因为光线太暗，我只看清了一点儿。"云端指了指其中的一部分。

三个人走近墙壁，在手电光线下仔细一看，无不大惊失色。

这部分的内容是三上两下共五个图框，每个图框内最上面写着一个人名，人名下第一行是一个单词和一组数字，接下来是几个简单的词语，最下面是几行文字。

然而形式并不重要，重要的是那些内容触目惊心。

下面第一个图框内，人名：武向天；下面的词语：画家（48）；接下来是：老好人、避世、隐忍；最下面的文字：不计较名利的艺术家，为人正直，行事老派，思想保守，不喜与人争执，经常扮演着和事佬的角色。内心有不便透露的秘密。

第二个图框内，人名：张锐强；IT男（26）；直男癌、自大、杠精、性压抑；自私自利的个人主义者，谈吐低俗不修边幅，强横外表下掩盖着懦弱的内心。

"你们看见什么了？快说啊！"张锐强大喊大叫。

在一阵可怕的沉默后，武向天拍拍他的肩膀："我们看到了房东写的些东西，太奇怪了。"

"什么东西，给我读一下！"

武向天从头慢慢地念了出来。

上面第一个图框，人名：吕辉；副导演（35）；同性恋，愤世嫉俗，思想活跃；在世俗的压力下和同性恋的自尊间挣扎，在认清生活的本质后纠结于爱不爱它。寄希望于自己的新片，然而一直陷于创作的泥淖中无法自拔。

第二个图框：人名：肖萧；金融女（32）；骄傲、洁癖、强势；娇生惯养的大小姐，过高地估计了自身的魅力，看似标榜女权主义实则渴望强大男人的呵护但又无法放低姿态。

第三个图框：人名：云端；大学助教（29）；聪明、清高、少言寡语；学霸出身知识面极广但不善交际，性格谦和自律，然而对女性有种天生的隔阂。

"这怎么回事？这是房东写的吗？他写这个干吗？谁性压抑了？谁自私自利了……"张锐强听到武向天读到的内容，怒火中烧。

"这不过是他自己的看法，你冷静一下。"武向天安慰道。

"你还别说，房东看人还挺准，"吕辉冷笑起来，"难道他还能听见我们的谈话。"

"什么意思？"肖萧问。

吕辉转头看看大家："若想知道我们的性格恐怕只监视行为还不够吧。"

"他还装了窃听器！"张锐强又大叫起来。

四个人看了白板中对各自的评价，尴尬之情溢于言表。其中唯一的女性心中也恼怒起来，还有什么比将女性的内心世界公之于众更她们气愤的呢："他为什么要写这些？为什么？"

"应该是以我们为原型创作他的小说吧，这个，这个能说明什么呢？不过是房东的揣测，并不是真实的我们，对吧。"吕辉强行笑笑，并没有察觉到自己的话与刚才的前后矛盾。

张锐强连连点头："对对，都是房东瞎写……嗯……胡写的。"他现在好像很忌讳这个"瞎"字，急忙改口。

云端摇摇头："应该不是揣测，我觉得他写得挺客观。此外还有一点你们没觉得奇怪吗？"

"什么？"

"就是我啊，我记得我是今天下午……哦不……昨天下午才来的，他应该不了解我，但为什么把我也写得这么清楚。"

"这……"几个人一时语塞。

"再看看房东还写什么了。"武向天用手电照向白板中央。

众人循光看去，不看则已，一看都惊出一身冷汗。

这是一条长长的轴线，轴线转折了三次，上面依次标注着几十个时间点，每个时间点上下都有文字注释。

轴线的起点标注着一个点：6:30，上面的文字：云端醒来。接着右边第二个点：7:00，下暴雨，停电；第三个点：7:30，客厅集合，自我介绍。第五个点：7:45，讲故事。吕辉（黑盒子）……

晚上五个人所发生的事，每个人所讲的故事都在这条时间线上标注得清清楚楚。时间线的尽头最后一个点是：03:10，文字标注是：五个人正在查看时间线。再往后模模糊糊应该还有什么，但已经被擦去了。云端和吕辉几乎同时看了一眼手表，一模一样的两个表盘上显示的时间也是一模一样：03:10。

"又怎么了，看到什么了？你们怎么都不说话！"张锐强感到了空气中弥漫的恐惧。

武向天用颤抖的声音给他讲了时间线。

"谁能告诉我这是怎么回事！你们倒是说话啊，吕辉你不是主意多吗？你说啊！不是说房东就在我们当中吗？到底是谁啊？有种给我站出来！"张锐强眼睛看不见，只能不断地发声来缓解内心的紧张与恐惧，"云端，你最聪明，你倒是说说啊！"

没想到云端真的说话了："房东是谁我还不好说，但今晚发生的事我倒是有个解释，但恐怕你们都不会，也不想相信。"

"哈哈，是吗？我也有个解释，也怕你们不信。"吕辉的笑声中流露出些许的戏谑。

"说啊，说啊！"张锐强迫不及待地想听。

云端看看吕辉："你先说吧。"

吕辉再次拿出小盒，掏出一个润喉糖塞进嘴里，咂了一下嘴，像是说书人拍响了惊堂木。

"那我可说了，你们有没有看过一部好莱坞电影《小岛惊魂》？"

"我看过。"云端和肖萧异口同声答道。

"那也是在一个大房子里，妮可·基德曼遇到了种种怪事，最后的反转是……"

"我们都是鬼？"肖萧失声道。

"你开什么玩笑！这屋里是有鬼，但绝不是我们！"张锐强大叫起来。

吕辉苦笑了几声："我只是说说我的想法。"

"今晚的诸多怪事或许可以用鬼魂解释，但房东写的这些东西呢？"云端问。

"我是这样想的，"吕辉显得非常疲惫，一下坐在桌面上，意味深长地扫视了四个人一圈，"我们五个人都是鬼魂，被冤死的鬼魂，是房东，嗯，季梦常，不知出于何种目的，杀了我们所有人。"

吕辉的话让众人脊背一阵发凉。

"今晚我们经历的事情在我们生前确实发生过，那晚大概就在这个时刻，我们被房东杀了，但我们的魂魄一直留在这个房子里，并不知道自己的死去，而是一遍一遍地上演着那晚的事情，永世轮回不得超生。"

"房东通过监控观察了我们那晚的每个举动然后记录下来。"云端接话道。

"对对，"吕辉指了指白板上擦去的部分，"我想那就是他杀了我们的情节，但后来又被他擦了。现在房东很可能就在这大房子里，或许又有了新的房客，但可惜我们看不见活人，很多怪事，很多怪声，都是活人在这里生活的缘故。"

"你就是电影看多了，我们怎么可能是鬼？咱们新中国怎么会有鬼？"张锐强喊叫起来，"我要是鬼我眼睛怎么会瞎？"

"这……我想你那晚可能真的瞎了，我们现在不过陷入了一个死循环，一直在重复着相同的事，每重复一次我们的记忆就会清零。"

"你才是作家呢，这么能编！你肯定就是房东！"张锐强嘴里嘟囔个不停。

吕辉这个离奇的解释让武向天和肖萧一时不知如何是好，他们其实并不相信吕辉的话，决然不会承认有血有肉的自己会是超自然的鬼魂，然而自己又想不出什么合情合理的说法。

"这个说法……也太离奇了，怎么可能！"肖萧的身体和语调都微微颤抖，但她此刻并未察觉。

"小吕啊，你可别瞎猜，这可不是编剧本，咱们还是先想办法报警的好。"武向天说。

吕辉突然冷笑起来，笑容在显示器屏幕的亮光下显得阴森诡异，如同一个鬼魂。"知道我们为什么一直没有办法报警吗？因为我们都是鬼，不可能和活人有什么联系的！"

"怎么可能，前天我还给我妈打过电话，几个小时前我还和朋友聊微信！"肖萧激动得几乎喊出来。

"哈哈，那只是你生前的记忆而已，早不知道过去多久了！"

连同张锐强，大家都安静下来，屋内瞬间静得可怕，只有那个装置啪啪响着，声声诉说着怀疑与惊讶。

难道，难道我们都死了？

难道，难道我们就要永远陷入这无尽的轮回中吗？

这个答案，恐怕连吕辉自己都不愿意相信。接连听了几个连环杀人者的故事，没想到我们自己也是死于非命，这真是莫大的讽刺。刚才那些相互的猜忌是多么的可笑，或许房东此刻正在悠闲地欣赏他的杀人视频，而我们的冤仇永远被封禁在这黑暗的府邸。经过一个不眠之夜，让活生生的五个人承认自己不过是枉死的冤魂，这好莱坞式的反转如何能让众人接受。更可怕的是，难道我们真的逃不出这个万劫不复的轮回中不得超生吗？

"其实还有另一种解释。"云端的话打断了吕辉的思路。

大家这想起云端刚才说过他也有自己的解释，四对渴望的目光瞬间射向云端，像是病入膏肓的患者发现了新的治疗方法。

云端一直望着墙壁上的白板。"先说说吕辉的想法吧，"他停顿了一下，"这个解释似乎有点牵强，你说这晚发生的事其实之前发生过，但问题不在于什么时候发生，而在于怎么发生。今晚发生的这些事很奇怪，即使没有这些文稿，没有这个白板，也很奇怪。比如武老师房间的画是怎么回事？张锐强的眼睛为什么突然看不见了？如果我们生前确实发生过这些事，那也足够奇怪的。"

"如果武老师说得是真话，画应该是房东放的。张锐强的眼睛……有可能是房东下了毒，因为他比较强壮，房东想杀他不容易。"吕辉说。

"你的意思是在事情真实发生的那晚，房东藏在某个地方，偷偷把画放进武老师的房间，就为了让我们怀疑他？最后他又杀了我们？能下毒的话为什么不把张锐强直接毒死？"

"你大爷！"张锐强骂道。

"啊，这……也许这个变态就是为了玩我们。我们的尸体可能就埋在这房子里，所以我们久久不能超脱。"

"别说了，太吓人了。"肖萧捂上了耳朵。

"如果我们是鬼，在黑暗中还要用手电？房东一个人怎么杀得了我们五个人？"武向天看来也并不相信这个解释。

吕辉的笑容终于恢复了正常："这就是我大胆的猜测而已，确实有很多地方说不过去。不过我觉得房东在暗处，对我们逐个击破并不是难事，很有可能我们还受到了他的折磨……"说罢他又意味深长地看了一眼肖萧。

肖萧全身汗毛倒竖，下意识地抱紧了胳膊，如高烧般浑身颤抖不已，此刻她的精神已在崩溃的边缘，再加一根稻草都会将她摧毁。

"你们让云端继续说！"张锐强不耐烦地叫道。

大家再次安静下来。

"为什么房东知晓我们的一切，通过监视器吗？"云端像作结案呈词的波罗那样不慌不忙地讲述起来，"可是监视器上的画面我们都没有印象。为什么晚上发生的所有事，包括各个时间点，包括我们每个人讲什么故事，房东事先都知道？当然，有一种可能是，房东不在我们当中。他一直藏在这里，通过监视器把发生的事都写了出来，把我们讲的故事也记了下来。但是他去哪了呢？我没听到有人下楼，你们也没有看见有人出去吧？他也不可能还藏在这屋里吧？"云端望望四个人。

武向天、吕辉、肖萧都点点头。

"还有为什么我和房东年轻时候长得一模一样，这一点使我也受到了怀疑。再多问几个，为什么我傍晚刚想出门就要下雨？这雨下这么大到晚上都没停？为什么这么巧会停电？为什么监控系统还有电？为什么房子里总有奇怪的动静？为什么我们都找不到手机了？为什么张锐强的眼睛被火烧了后没什么事，过了那么久又突然看不见了？当然，还有刚才说到的武老师房间那幅画。"云端的语速加快，一口气说完这些问题，听得众人汗毛倒竖，脊背发凉。

"为什么你倒是说啊！"张锐强喊道。

"也许，也许因为……"云端表情凝重地看看众人，"也许因为，我们五个人，都是房东虚构的人物，现在，我们都在他写的小说中。"

密室中一片寂静，突然天空一个炸雷，隆隆的雷声穿透墙壁，震得大家心惊胆战。

"这叫什么解释！"张锐强根本不愿相信，"你胡说什么呢，比吕辉还不靠谱！"

"拜托这种时候你还开玩笑，能不能严肃点。"肖萧当然不信云端的话，但这个解释似乎比吕辉的要柔和一些，可以使她微微平复一下心境。

沉默不语的武向天拿起手电继续查看着墙壁，白板上余下的内容基本都是大大小小的文字，细读以后，他发现这些应该是房东在创作中头脑中一些零零散散的想法。

云端一边看着这些文字，一边平静地说："我没有开玩笑，更不是胡说。若排除一切不可能的结论，剩下的无论多么离奇和难以置信……"

"也必然是无可辩驳的事实。"吕辉接过话。

"你……你也同意？"肖萧轻声问道。

吕辉叹了口气："我不愿意相信，但好像这个解释比我的更合理些。"

"不不，我就是我，我是实实在在的生命，不是什么虚构的人物。你们看看周围，想想今天发生的一切，不都是那么的真实！"肖萧提高了声调，语气明显激动起来。

"对我们来说当然真实，但为什么有那么多的巧合？为什么我们的手机都出了问题，只剩下武老师这一个老人机，为什么它还打不通电话？这分明就是设计好的啊，就是作者想把我们困在这里。"吕辉说着说着也激动起来。

"你们解释不了就说是虚构的，是设计好的？我还说整个世界都是上帝设计好的呢，都是他老人家写的小说呢！"气急败坏的张锐强喊叫起来，"你们别在这瞎扯了，快带我去医院。这玩意儿真吵，去他大爷的。"张锐强循声一把将那五个小球的装置扫到地上，呼啦啦的声音吓了大家一跳。

"都冷静一下！"武向天拍拍张锐强，"小云，你还有什么要说的吗？"

云端点点头："我还有一个问题想问大家，你们还记得昨天白天自己都在做什么吗？"

"应该是在房间吧……嗯嗯……"肖萧想了想。

"前天呢？"

"嗯……也在房间里吧……我记得是。"肖萧犹豫起来。

云端微微一笑："你们都有自己的职业，但你们记得自己上班的情景吗？记得自己的同事吗？记得自己往昔的细节吗？"他转头看着肖萧，"你是做金融的，公司叫什么？在什么地方？你具体做什么？"

"这个……这个……我……嗯……"肖萧努力回忆着，令她感到恐怖的是，自己大脑里一片空白，想不起任何关于职业的细枝末节。

"你们的童年、少年，以前的一切你们还记得吗？"云端追问着。

武向天、吕辉和张锐强都沉默不语，他们不得不面对这样一个事实：自己的记忆都被牢牢地限制在这个府邸中，被限制在了小小的白板上，超出那些文字描述的东西仿佛如云烟般消散。

密室中静得出奇，听不到雨声，没有了装置上小球的撞击声，仿佛时间都已静止，五个人好像都能听见对方的心跳。

肖萧的低语终结了这漫长的沉默："那么这个故事的结局是什么？"

"故事的结局，对啊，或者说——我们的结局。"吕辉无可奈何地笑笑。

"不不，为什么会是这样，姓季的，你在哪里，你快出来！不不……"张锐强听似蛮横的声音里已经带了哭腔。

"看来作者还没有想好结局。"武向天再次用手电照照那条时间线的末端。

云端双臂交叉抱在胸前若有所思："嗯，我想我知道房东的意思了。"

"什么？"四个人异口同声。

"也许，房东是在等我们书写自己的结局。"

"啊，这可能吗？如果我们真是虚构的人物？"吕辉问道。

云端还没答话，肖萧好像想起了什么："我记得年轻时读过一本小说——《苏菲的世界》，里面的主角苏菲就是活在小说中的虚构人物。"

"为什么你还记得起以前的事？"吕辉察觉到了端倪。

"这或许不是她的记忆，"云端看了看吕辉，"这可能是作者的记忆。"

"肖萧说得没错，既然我们所思所想都是他创造的，我们怎么能书写自己的结局？"吕辉直视云端的双眼。

云端一时无语，默默地转头望向墙壁。

"哈哈哈哈，咱们几个可笑的白痴啊，自以为聪明，"张锐强突然从转椅上站起，发疯般地大笑起来，"刚才还在讲着千奇百怪的故事打发时间，这会儿发现自己就是个故事，哈哈哈，可笑可怜，哈哈哈……"

"我觉得我就是那个提线木偶，被什么操纵着，我们能决定自己的命运吗？"肖萧话语中带着些许的哀怨。

"你忘了我们讲的那几个关于作家孟黎的故事？第二个不就是个活在小说中的连环杀手来到……"

"对对，他来到真实世界把他的作者杀了。"武向天想起了这个故事。

"那只是故事，故事中的故事。"肖萧摇摇头，"难道我们还能进入真实世界？"

一直认真盯着墙壁的云端似乎发现了什么："武老师，您再照照时间线结尾。"

武向天走近白板，再次用手电照向他们未果的结局。

原来的几段文字已被擦去，细看之下只有几个聚在一起非常模糊的笔画，应该属于同一个词语。四个人靠近墙壁仔细辨认。

"这个字应该有个弯钩……"吕辉的脸几乎要贴到了白板上。

"对对，是弯钩。"肖萧用手指在字体上方轻轻比划着。

武向天扶了扶圆圆的眼镜："这种弯钩……那就只有'飞'字了。"

"对对，是飞机的飞。"

"旁边这个就不好认了……是个'习'？"吕辉用手指在空中比划起来。

"嗯嗯，是'习'，但是……"武向天说道。

"但是这个'习'字比较窄，应该是某个汉字的一部分。"云端突然发话。

"对对，什么字里有'习'字旁。"肖萧问。

武向天摇摇头："'习'字应该不是部首。"

在转椅里坐了许久的张锐强不耐烦了："你们搞明白了没啊，又不是什么密码，认个汉字这么费劲"。

四个人都不搭理他，而是绞尽脑汁地比划着。

"'羽'字有两个习。"肖萧刚说完，四个人眼睛同时一亮，异口同声地喊出："飞翔！"

"飞什么飞，他想让我们都飞了？"张锐强嘀咕着。

"房东的飞翔不会指的是……"肖萧说。

"应该没错，指的是你讲的那个故事。"云端说完，立即在书桌上拿起那摞书稿翻找起来。

"嗯，就是这篇。"他抽出一沓纸仔细读了起来。

"这就是一个木偶艺人的悲伤故事，有什么深意吗？难道

238

还想让我们都跳楼自杀?"肖萧不解。

"他不知道这是三楼吗,根本摔不死!"瞎子大喊起来。

云端读完了这篇不长的小说,抬头看看大家:"小说里似乎没有透露什么。"

"啊!"吕辉突然喊了起来,吓了大家一跳。

吕辉快速走到书桌后,俯身打开第二个抽屉,取出了那个提线木偶。

众人惊呼。

"你……你怎么知道有这个?"肖萧双眼圆睁,和提线木偶的大眼睛非常相似。

"我刚才无意中翻了一下,先看见的这个木偶我没理会,后来才找到了那本影集。"

"什么东西啊,你们在说什么?"张锐强迫不及待地问。

"我看看!"肖萧激动得几乎是把木偶抢了过去。

"一个提线木偶,小肖'飞翔'那个故事里提到的那个木偶。"武向天向张锐强解释。

肖萧把木偶捧在手里,借助显示器的光线仔细观瞧。

木偶几乎和她想象中的一样,一尺多高,沉甸甸的。略显中性的面容,一双大而忧伤的眼睛,惨白的面颊,尖细的鼻头,鲜红而轻薄的嘴唇。双臂和双腿修长,关节灵活,四肢和头部共有五根细线控制,然而五根线如今绞在了一起,一时难以分开。

"房东提到这个木偶是什么意思?"吕辉从云端手里接过书稿读了起来。

"我觉得小说本身没什么信息,秘密很有可能就在木偶上。"

云端话音刚落，张锐强就伸着手叫喊起来："快快，给我看看！"

"你又看不见！"肖萧细细抚摸着木偶身上精致的黑色外衣。

"我摸摸啊！"

"把衣服去掉看一下！"吕辉提醒肖萧。

"嗯嗯。"肖萧并不着急，又细细地看了几遍，这才慢慢褪去衣服，露出木质的躯体。躯体上了清漆，光滑而细腻。

肖萧轻轻抚摸着木偶，好像抚摸着自己的爱人，忽然木偶身上环绕腰部的一圈细线引起了她的注意。

"这里好像刻了一圈。"

"给我看看！"吕辉说。

肖萧不情愿地把木偶递给吕辉。

吕辉接过木偶，摸了摸那道细线，又晃了晃木偶："不不，这不是刻的，好像是接起来的。"他捋了捋细线，右手攥住木偶的上身，左手攥住木偶的臀部，用力一拧。

"你小心点！"

肖萧话音刚落，吱嘎一声，木偶上下半身竟然转动起来。吕辉再接再厉，旋转几圈后将其分离。

四个人像是发现了新大陆般把头凑到木偶前，吕辉颤抖的右手翻起上半身，横截面除了一圈圈的螺纹，豁然是一个窄槽。武向天用手机灯光照去，吕辉仔细看了看，他放下左手中的下半身，右手拿着上半身倒扣着在桌面上磕了几下。

当他再次翻起上半身，窄槽中出现了一个扁装的物体。

吕辉伸出手指夹出了这个东西。

十三

一个 U 盘！

"怎么了，你们怎么都不说话？"张锐强又好奇地叫起来。

"我们在木偶里找到一个 U 盘。"武向天低声解释。

"啊，是吗？那快插电脑上看看！"

吕辉放下木偶，小心翼翼地拿着 U 盘俯身去找主机。肖萧赶紧拿起两段木偶把它们拧在了一起。

吕辉起身，找到鼠标，退出监控，点开 U 盘盘符，里面只是一个视频文件。吕辉点开了视频文件，播放器瞬间弹出，开始播放视频。

画面看上去应该是一段自录视频，背景就是这间密室。镜头前只是一把转椅并无他物。片刻的空镜后，一个身影闪进转椅，画上出现了一张熟悉的面容。这张面容，既熟悉又陌生，既亲切又恐怖，它刚刚出现在那本影集的最后一页，但相较于那张照片，镜头中的面容更加地消瘦、憔悴和苍老。头发已是灰白一片，透过宽大的眼镜，在深陷的眼窝和密布血丝的眼白中，仍然闪烁出一丝光芒。大家看看他，再转头看看云端，两人的相像已不用再说。云端望着他，好像看到了多年后的自己，但恐怕他并不愿将来的自己如此憔悴。

画面中的主角穿着一件灰色的衬衫，一脸轻松地望向镜头，微微点了点头后开了腔。

"大家好，这只提线木偶是我在布拉格买的，自己加工了一下，是不是很精致?"这声音也和云端异常地相像，只是比云端老成许多，"首先自我介绍，我叫季梦常，是个作家，也就是你们的房东。如果你们看到这段视频，心中肯定有很多的问题。不忙不忙，咱们会有很多时间，我慢慢解释。"

"把声音开大点!"张锐强喊了起来。

吕辉调大了音量，五个人屏息凝神倾听着这房间中唯一的声响:"你们五位这时候肯定在怀疑自己是否真实存在，先不着急，让我从头讲起。"季梦常伸手拿起水杯喝了口水，不紧不慢地继续说，"我说我是个作家，惭愧惭愧，其实只是坐在家里而已。我年轻时的经历呢，哎，命运多舛吧，父亲死得早，母亲把我带大很不容易，她后来改嫁了……算了，往事不必再提。长大后我去了美国读书生活，待了十多年吧，在美国的时候我得了病，后来就不想留在那里了。你们一直好奇的这个房子，其实是几年前我的一个病友送给我的。那时我刚从美国回来，正想找工作病就复发了。我和那个病友是无话不谈的忘年交，他临死前，立了遗嘱把这个房子送给我。他死以后，他子女不干啊，说他爸既然精神有问题，遗嘱就不能生效，哼哼，好在医生和律师证明他在精神稳定的时候立的遗嘱，法院判定遗嘱有效。这些都没什么，关键是……"季梦常说到这，表情神秘地看看镜头:"关键是他死前嘱托我，要想得到房子必须要答应他一件事。"

季梦常突然手捂腹部，表情显得非常痛苦。他颤抖地掏出一个小盒，从里面倒出一颗药片塞进嘴里，伸手拿起水杯喝了两口。

吕辉心头一颤，马上也掏出自己口袋里的小盒。两个绿色的小盒一模一样，吕辉拿到眼前仔细一看，盒子上居然已不是润喉糖的标签。

季梦常靠在转椅上缓了片刻，然后放下水杯继续讲："抱歉，我时不时得用止痛片。还是接着说，我那病友让我做的事，这事当时真的吓到我了。但不知怎的，我鬼使神差地竟然答应了他。"

"什么事你倒是说啊！"张锐强着急地喊了起来，好像屏幕里的季梦常能听到一样。

"他让我……他让我把他的前妻和他前妻的老公给杀了！"此话一说，五个人都不禁打了个冷战，"他死后不久，我出院了。住进这个房子里，我就想啊，是不是要完成自己的承诺呢？临死前，他告诉我这间密室的存在，我呢，就天天坐在这间屋子里想啊想啊。最后，我下定了决心。"

季梦常缓缓靠向椅背，双臂自然地搭在扶手上，眼神中流露出得意的神情："我当时并没答应他什么时候杀人，所以我可以慢慢准备。之后我读了很多关于凶杀的悬疑小说，看了不少电影，脑子里渐渐浮现出一个计划。嗯，这个我就不详细说了，它与我们之间的事关系不大。哎，现在想想这些事也都可以写一部小说了。简而言之吧，我……杀了他们。"

"啊！"肖萧听到这里惊叫一声，双手不自觉地抓住了武向天的胳膊。

"确切地说，我的计划并没有真正地实施。当时，我尾随他们来到一处偏僻的地方，没想到他们的汽车被闯红灯的渣土车撞了稀碎。渣土车并没有因为撞了人而停下，反而直接扬长而去。这地方并没有监控设备，而且人迹罕至，只有我目睹了全过程。如果我不报警，他们就会死去，我并没有报警，我吓坏了，将车子调了头，回到了这间房子里。可我总感觉他们的灵魂，确切地说是冤魂，跟着我一起回来了……后来有房客总说这房子里有奇怪的动静，像是闹鬼。哼哼，我也不管那么多了。我读了那么多小说，我觉得我也可以写小说啊，反正我也不想找工作了，于是，我试着自己创作……哈哈，闹鬼就闹鬼吧，我也当回《闪灵》里的杰克。"季梦常的兴奋涤荡在他蜡黄的脸上，如同一个正向小伙伴讲述冒险故事的孩子般眉飞色舞。

"你真是变态，变态杀人魔！"张锐强又嘟囔起来。

"……下面就该说到正题上了，为了给自己增加灵感，我在房子里装了不少摄像头，招来了几个房客。一方面给自己赚点生活费，另一方面也是为了更好地观察人性。我想你们刚才也看到了监控画面，是不是很有意思，哈哈……"

"变态！"张锐强再次喊道。

"但那些事我们没有做啊！"肖萧失声叫道。

"估计张锐强这会儿肯定会骂我变态，"季梦常像是听到了张锐强的咒骂，笑了笑，"我已经习惯了，你都看不见了还嚷嚷什么，奇怪的地方我后面再解释，现在接着讲，之后呢，我陆陆续续写了不少短篇小说，嗯嗯，就是桌子上的这些，其实呢，这些都是……啊，还是过会儿再说吧。悬疑小说应该一直保持着悬念呢，不要把梗一下都抖出来，不是吗？我这人呢，性格孤僻，不善交流，写作倒是很合我胃口。这些短篇我没有发表过，我想出书，也投过几家出版社，但他们觉得这些短篇没市场。哼哼，可我自认为我写得还是不错的，可惜啊，如今是粉丝经济，那些低幼脑残们就喜欢看些虚无缥缈的都市童话和后宫八卦。其实啊，我要是卖了这个宅子，就可以衣食无忧地过下半辈子，可以自己出书。但是我已经离不开这里了……"

季梦常的语调逐渐平缓起来，他转头看看所在的密室，眼神中充满了眷恋："由于所谓的'闹鬼'，尽管房租很低，房客们还是不愿常住，房间也经常空着。这都没什么，问题是我自己……我的眼睛快看不见了，我天生视力就差，这些年过度地费眼，哎……"季梦常说着左手摘下厚重的眼镜，右手揉着双眼。

"你活该！"张锐强兴奋地叫着，"谁叫你看了太多不该看的！"

"我的身体也大不如前了，半年前就查出了肝癌晚期，估计我也活不了多久了，这你们肯定也看出来了。其实……其实我自己并不在乎。我现在只有一个心愿，那就是在我死前，写出一部成功的小说——一部长篇小说。"季梦常戴上眼镜，眼眸中又射出光芒，"于是我有了一个构思，一个精巧的构思，我想在一个大的框架下，把之前的那些短篇都装进去。这是一个类似《十日谈》式的故事，故事中的每个角色都会讲几个故事，然而这个框架本身也是一个不错的故事。"

"所以我们就是你创作出的这个故事的角色！"吕辉忍不住接话。

作家季梦常好像并没有听见吕辉的话："我说的这个框架，正如你们看到的，我已经写在了墙壁的白板上。但是，我还没有想好结局。故事的结局是什么呢？我思考了很久，终于想到，故事的结局应该留给你们，你们来书写自己的结局！"

"屁话！"张锐强一拍桌子，"如果我们是你小说里的人物，我们怎么写自己的结局！扯淡！"

将死之人把身体从椅背中拉向镜头，他的表情也严肃起来："下面该谈谈你们了，这会儿你们应该觉得自己是我小说里的角色吧。其实这么说也对，但并非完全如此。"

听到这里，五个人的内心又是一颤，什么？并非完全如此？难道还有别的解释？我们是真实的存在吗？今晚他们经历得太多，早已超出了心理极限。此时连张锐强都不再言语，全神贯注地听着季梦常接下来的话。

"你们也许注意到了，刚才我说我住过院，没错，是精神病院。在美国的时候我精神状态就不太稳定，回国后经过治疗基本康复了。但是那对夫妇的死，嗯嗯，虽然我不是直接凶手，但不可否认，还是给了我非常大的刺激。自那以后，我的人格就出现了分裂，哦，心理学术语应该称为'分离性认同障碍'。"

张锐强又一拍桌子："我刚没说错吧，能写出这些杂七杂八东西来的绝对是精神分裂！"

"嘘！"吕辉双眼紧盯着屏幕，摆手示意张锐强闭嘴，高度紧张中都忘了他眼睛已经看不见了。

"最早出现的人格是武向天，说来也奇怪，我从来没有学过画，但居然想成为一个画家。抱歉了老武，恐怕你不是怀才不遇，你真的是画不出来，你屋子里那幅画确实不是你画的。"

武向天低头叹了口气。

"也许是第一个出现，武向天的性格与通常的我比较接近，而且他复制了我的年龄。第二个出现的是吕辉，可能我看了太多电影，经常幻想着自己是个导演。呵呵，吕辉是非常外向的年轻人，性格开朗善于交际，这与我相反，但你为什么是个……嗯，我也不清楚，你创作悬疑剧本的想法应该有我愿望的投射。第三个出现的是张锐强，我年轻时倒是学过一阵子计算机，这个人格脾气火暴，满嘴污言秽语，爱抬杠，自私自利……"

"你大爷!"张锐强骂了一声但略显气短。

"但不知为什么我并不讨厌他。肖萧的出现使我意外，我没想到还能有一个女性人格，说实话我很少和女人打交道。这或许是儿时母亲的投射，或是小说电影看多了，或许每个男人人格中都有自己的'阿尼玛'。"听到这里，肖萧的身体明显颤抖起来。

"最后出现的是云端，我觉得他是我想成为的那个我，温文尔雅，博学多知，年富力强，所以，他具有我年轻时的容貌。"

五个人这才恍然大悟，云端与季梦常的容貌之谜原来如此。

"有意思的是，你们五个人中，我只能与武向天直接交流，但他并不知道我的样子。而你们四个人，我只能默默地观察你们，从来没有和你说过话。哎，人的心灵世界真是一个奇幻空间，冥冥中好像有一个规则支配着它，但又仿佛充满了不确定性。"季梦常抬头望着天花板，若有所思地说着，"你们五个人，就好像你们现在这样，共同生活在我的精神世界中，有意思的是，你们五个人都为自己杜撰了各自的经历和职业，云端应该发现了，你们的这些想象还很粗糙，缺乏细节，经不起认真回忆，但是你们自己并不在乎。"

停顿了片刻后他低头凝视着镜头继续说："哎，怎么说呢，你们五个人吧，真是让我欢喜让我忧。喜的是你们使我的生活不再寂寞，你们给我的创作带来了许多的灵感；忧的是，很长一个阶段里我无法控制你们，你们总是在不停地争吵，吵得我心烦意乱，严重的时候我的大脑好像要炸裂！我不是一个意志顽强的人，我的精神几近崩溃，痛不欲生，有时候我真想在自己头上开一枪。"说到这里，季梦常表情痛苦地拍拍脑袋。

屏幕前五个人此刻的呼吸仿佛都已停止，初夏的房间好像一个冰窖，冷得人瑟瑟发抖。屏幕里的人似乎也感受到了这股寒冷，他平复了一下心情，扶了扶眼镜，捋了捋花白的鬓角："先不说这些往事了，你们五个人可以同时存在于我的精神世界中，但有时会有一个人格替代我成为临时的主人格，在那一刻，我就成了他。实不相瞒，我的不少小说，其实就是你们自己写的。你们每个人都很享受成为主人格的时刻，你们每个人都曾在这府邸内走动，都曾与房客们聊天。"说到这里，季梦常刻意地清了清嗓子，"其实，你们每个人都来过这间密室。"

季梦常刚才所讲的一切，犹如狂暴的海啸，一浪一浪地拍击着五个人的心房。费解与怀疑、诧异与恐惧在拍击中交织杂糅并越发膨胀。

"而且你们似乎都很喜欢我的监控。张锐强，一楼那对情侣那些不可描述的画面看来很合你胃口；肖萧，你看二楼的夫妻吵架不也津津有味，其实是你悄悄在男人衬衣上留下唇印和香水……"

"我呸……"张锐强刚大声骂出两个字后又有气无力地吞了回去。

"吕辉，你发现二楼那个帅哥是瘾君子，你便以报警为威胁狠狠敲了他一笔。武向天，你似乎对一楼那个古董贩子的箱子很感兴趣，你手腕上那极品海南黄花梨蜘蛛纹手串哪儿来的啊？"

这一波巨浪彻底拍碎了堤防，四个人怒不可遏但又心虚气短，他们不敢相互对视，只在眼角余光中偷偷观察彼此的反应。

"云端，你刚开始卸了我的程序，但不久后又装了回去，此后，你就很享受同时观看诸多的监视画面的时光，是不是有上帝的感觉？"说完这些，季梦常流露出会心的微笑，"不要紧，每个人都有自己的黑暗面，我们作家，正是要发掘这些黑暗面。"

"为什么我们都不记得……"云端低声问道。

"你们也许诧异我说的这些为什么你们都不记得。哼哼，不要急，听我慢慢说，"季梦常再次猜到了几个人的疑问，但他并不急于回答，"刚才说你们每个人都喜欢写故事，没错，你们写的故事就在这里，在黑盒子里。其实你们晚上讲的故事都是自己写的，哈哈，我的愿望和才华，都已融进你们每个人的内心，并且与你们的个性和爱好相结合，oh my God，你们说这是不是很神奇！

"这些短篇虽然很精彩，但毕竟是短篇。我一直以来的愿望，是创作一部出色的长篇。可惜啊，我的眼睛快要看不见了，我也得了肝癌，哦，这些刚才都说过了。总之，留给我的时间不多了。几个月前，缪斯终于眷顾了我，我有了一部长篇的构思，这个构思，就是关于你们。我为什么不写你们的故事呢？以我的多重人格创作一个故事，在这个故事主线中，把你们写的短篇都融合进去。这个构思，就是你们在那白板上看到的。"

迷宫中的浓雾渐渐消散，但这出口仍然不知所踪。

"说了半天，我们还是你故事中的人物，不过是以你的多重人格为原型的。"肖萧好像明白又不明白。

季梦常似乎并没有料到肖萧的话语，仍然自顾自地说着："小说我写得很顺利，但最大的问题是，这个故事的结局该是什么？我很困惑，没有了思绪。你们说，这个故事的结局是什么？"

五个人沉默不语。

季梦常把身体靠入椅背，双手抱头，表情中突然充满了自信与骄傲："渐渐地，我发现，我越来越能够控制你们。我可以掌控你们的记忆，引导你们的行为，甚至控制你们的感觉。后来我化身成了编剧和导演，你们成了我的提线木偶，我可以让你们按照我的剧本演下去。于是，我想，为什么不能让你们真实出演我的这个故事呢？"

"所以我们忘记了很多以前的事……这都是你故意安排的。"云端像是自言自语。

处于黑暗中的张锐强再也忍受不了季梦常的云山雾罩："你真啰唆，我就想知道我们现在到底是在你的故事中还是你的意识里？"

"今晚，哦不，准确地说是昨晚和今天凌晨，所有的事都是我安排好的，包括这场暴雨和停电。"季梦常没有理会张锐强，"其实，你们所处的是一个奇幻的地带，这里既是现实，但又经过了我的意识加工。而我，可以用上帝的视角观察你们，真的很神奇。但是，我说了我没有想好结局，所以，我希望你们告诉我该怎样结局。"

"我的结局就是你赶紧去死!"张锐强对着声源大吼着。

武向天伸手按住他的肩膀:"小张你冷静!"

"你个老变态别碰我!"张锐强一把打掉武向天的右手,"你们一帮变态!"

吕辉忍无可忍,左手猛然拽住张锐强的脖领,右手把他的头按在桌面上:"你个瞎子你自己不也是个变态吗?"

身强力壮的张锐强暴起,估摸着对方脑袋的位置抢拳打去,拳头精准地打在吕辉脸上,吕辉怔怔地看着张锐强,似乎没有任何的感觉,但一道鲜血缓缓从鼻孔中流淌出来,一滴滴落在地板上。

"我变态,你更变态!我去你大爷的!"看不见的张锐强仍然凶悍,边说边扶着桌子用脚四处踹着。

费了好半天的工夫,武向天和云端才让两个冤家平静下来,肖萧这时操作电脑快退着视频:"都这时候了你们还吵什么,刚才他讲到哪了?"

"所以,我希望你们告诉我该怎样写这个结局。"肖萧找到了位置,季梦常继续讲着,"告诉你们吧,当你们打开这个视频以后所发生的一切,都是你们自然的反应,哈哈,或者说是你们即兴的表演。你们的故事,哦,应该说是我的故事该如何结束呢?给你们一个提示。"

季梦常把身体靠近镜头,面容憔悴但表情坚定:"你们现在是在真实的世界中,在这真实的府邸里。当然,你们的感觉、你们的记忆未必是真实的。哎,为了上演这出大戏,为了一个更好的结局,我清走了所有的房客,为你们留出了舞台。"

"真实的世界？"肖萧迷惑不已，"感觉和记忆未必是真实的，什么意思？"

"如果你们还不明白，请先暂停视频，打开监控，看一下刚刚发生过的那些画面。当然，密码需要你们自己猜，这样小说会更有意思。给个提示，是几个英文单词。"

云端按照他所说，暂停了视频，再次打开监控软件，对话框弹出，需要输入密码。

"密码会是什么？"吕辉的鼻血已经止住，他好像忘了刚才和张锐强的冲突，全神投入到解密中。

"英文单词……英文单词？"肖萧喃喃自语。

"这个，你们懂英文的好好想想。"武向天说。

"什么我们懂英文的，按这变态的说法，我们不都是一个人吗？"张锐强气呼呼地说。

听到张锐强的话，大家又陷入了沉默。

片刻后，云端开口："我觉得我们一定要理智，不能轻易就相信别人"。

"你的意思是？"吕辉问。

"房东有可能在骗我们，故意误导我们。"云端压低声音，好像怕视频中的季梦常听到。

"今晚发生了太多怪事，我都不知道该相信谁了。"肖萧双手捂脸似乎要哭了出来。

"这……但目前房东的解释似乎是最合理的。"吕辉摇摇头，"房东骗我们干什么，自己骗自己？"

"他说我们是他的五个人格，你就信吗？他可是一个杀过人的精神病患者！"

"好啦，看看监控不就都清楚了。"武向天提醒道。

"是啊，但密码会是什么呢？"吕辉犯了难。

云端又拿起手机，又仔细看了一遍白板，回头望着大家："我觉得，密码的线索还是在那些小故事里。"

"对对，U盘不就是在提线木偶里发现的。"肖萧摸了摸桌上的木偶。

"有道理，但会是哪一个故事呢。"吕辉说。

云端回到书桌边，把那摞书稿一份份摊在桌面上："来，咱们看看都有什么，大家都回忆一下自己的故事。"

四个人围在桌边，集思广益。

"我觉得是在孟黎的故事里，都是作家嘛。"吕辉说。

"嗯，那你好好想想哪里会有线索。"云端说。

"不不，房东说是英文单词啊，我觉得应该是个关于外国的故事。"

肖萧的话又提醒了云端，他一拍脑袋："对了，肖萧说得对，"云端一把摁住桌上的一沓书稿，"其实一开始我就应该想到的，就是它！"

大家的目光瞬间投射过去，在黑暗中那一束光的照射下，书稿封面的四个汉字格外醒目——上帝之眼。

"上帝之眼！这是那个关于未来美国社会的科幻故事。"吕辉说。

"啊，这是我讲的，怎么了？"张锐强叫起来。

"刚才房东说他喜欢以上帝的视角观察每个人，这个监控系统，就是他的上帝之眼。"云端解释。

"变态之眼吧。"张锐强又骂着。

"那密码就是上帝之眼的英文了。"吕辉点点头。

云端挪过键盘，敲下了英文——EyeofProvidence。

监控程序恢复了正常，两个大屏幕瞬间切分成十多个墨绿色的小画面。云端移动鼠标，把时间轴调在了昨晚六点半。

除了一个画面，所有的监控镜头都空空荡荡，没有一个人影。那唯一有人的画面中，一个男人坐在房间一角的沙发里，出神地望着前方，好像刚从睡梦中醒来。

"这不是云端嘛！"眼尖的肖萧喊道。

"这是……"吕辉声音颤抖起来。

"季梦常。"云端的语调却是非常平静，他快进着监控，画面中的季梦常滑稽地快速运动起来，像是上演一出独角默剧，在楼上楼下不停地走动着、言语着。

"我们五个人是在用他一个人的身体表演。"云端叹了口气，"看来他没有骗我们，我猜得没错。你看是他自己搬的画，座钟也是他上的弦。"

"原来我们真是他的五个人格，今晚发生的事哪些是真实的，哪些是虚幻的呢？云端，你刚才不是还说房东在骗我们吗？"肖萧这时不再认为云端是个怪物，她走近云端，低声问道。

云端若有所思："我只是说了一种可能性而已。其实我刚才注意到了房东戴的手表，我就知道我们其实都是一个人了。刚才房东，哦，我们的主人格我们处于一个现实和他意识加工的奇幻地带，我想，这场大雨或许是我们的幻觉，而停电可能是他提前设计好的。还要吕辉和张锐强莫名其妙地消失，也许应为那时候他俩的人格暂时隐退了。"

"但之前那些我们完全没有印象的监控又是怎么回事？"吕辉问。

云端没有回答，他继续调节时间轴，把监控拉回到本月16号九点。监控画面中顿时出现了几个身影：一个小伙在房间里弹吉他，一男一女在做着隐私之事……

然而这几个一个多小时前令众人震惊的画面，现在又变得陌生起来，因为画面中的主角竟变成了从来没有见过的人。

"我就说这些事不是我们干的吧！"肖萧长出了一口气。

"这些人都是以前的房客吧，但为什么……"武向天一直处在困惑中。

云端一边继续调节时间轴，一边说："这恐怕又是房东的诡计，或者说是他小说的构思，因为我们那时已经处于相互猜疑的状态，所以在我们的眼中，房客都被替换成了我们自己。"

通过监控，四个人看到这段时间以来房客们都在陆续离开，三天前这栋府邸终于变得空空荡荡。

"房东说得没错，他清走了房客，就为了今晚的这场'演出'。"吕辉的表情不知是笑还是哭。

"其实，今晚我们很多的行为都是他的投影，"云端故作轻松地笑着，"张锐强的失明其实是季梦常失明焦虑的反应，还有肖萧的腹痛，吕辉你一直在吃的润喉糖其实是止疼片，对了，所以张锐强的脚被扎了也没什么感觉。"

吕辉摸摸鼻子，鼻血已经凝固，但并没有痛感。

云端把武向天房间的监控放大："你们看看那幅画！"

夜视高清画面中，那幅击溃了武向天和肖萧的人体油画虽然颜色完全失真，但可明确地辨认出，画中女子的容颜根本就不是肖萧。

此时大家心中都被一种惆怅感所笼罩，知晓自己的存在的本质后，失落感难免让人黯然神伤。

"这个，这个真是假亦真来真亦假，到头来落得个白茫茫大地真干净!"武向天仰天长叹。

"我看见啦,啊呀,我又看见啦!"张锐强突然兴奋地蹦起来,瞪着眼睛环顾四周,然而片刻的激动后,他又迅速失落起来,慢慢坐回转椅,"哎,我明白,这都是我的感觉,它被房东控制着,我们⋯⋯我们都是人格而已!都是假的!"

"亦真亦假,如梦似幻,最终不过是四大皆空,但愿这一切都是大梦一场。"吕辉叹了口气,用手拍了拍张锐强的肩膀。

张锐强回头,注视着吕辉那张还沾着血迹的脸,他再次起身,一把抱住吕辉:"对不起兄弟!"

吕辉从不知所措的惊讶中回过神来,也使劲拍拍他的后背:"不说了,不说了。都是自己人,哦,不,一个人!"

云端起身转头看看大家,眼眸中闪动着泪光:"很高兴认识各位!"

肖萧也控制不住,扑在云端怀中:"为什么这一切如此地真实?如果房东不在了,我们是不是也烟消云散?"

云端不知该如何安慰,只能紧紧搂住她的双肩。年长者此时也感慨万千,摘下眼镜悄悄擦拭着眼角的泪水:"如果,如果我们都是真人该有多好。"

四男一女五个人相拥而泣。

一番惆怅后云端继续播放视频,画面中季梦常一脸的凝重,慢慢地说着:"怎么样,你们知道事情的真相了吧。好了,我想我的故事,哦,你们的故事,哦不,应该说是我们的故事,是到了该结束的时候了。武向天、吕辉、张锐强、肖萧、云端,感谢你们,感谢你们陪伴了这么久,天下没有不散的筵席,希望来世你们都有真实的人生。下面,你们可以讲讲自己期望中的结局了。"

"你的小说大卖，你赚了万贯家财，病也治好了！"张锐强迫不及待地喊道。

"我希望这个故事能拍成一部电影，结尾就像小说开头那样，云端在沙发中醒来，一切不过是大梦一场。"吕辉像是卸去了千斤重担，语调显得非常轻松。

"你应该找到一个爱你的人，相信她能够改变你的内心。你会治好的你疾病，包括你的心理疾病。即使我们五个人仍然存在，那也是开心地生活在一起。"肖萧任凭眼泪在面颊流淌。

"你应该去自首，向警方坦白你的罪过，让死去的人得到安息。"武向天语气平缓但坚定。

四个人说完，一齐望向云端。

云端逐一对视，微笑着点点头，像是自言自语地说道："云端，哦，应该说，季梦常，他们心中的结局你觉得怎么样，你想好自己的结局了吗？"

此时房间内，五个人已然消失不见，季梦常孤身一人疲惫地坐在书桌前，仿佛刚从一场梦境中清醒。他关闭了视频，随后打开了一个熟悉的文本文件，把鼠标拖到篇末，不假思索地开始快速敲击着键盘：

"我在尘世的生命已经走到了尽头，但它将会在我的作品中走向永恒！"

故事的结局终于完成，一封简单的电子邮件，承载着一个人的生命，不，是六个人的生命，传送到了远方。

季梦常安然地合上电脑，一阵钻心的疼痛又从腹部袭来，他瘫坐在转椅里，感到浑身无力，天旋地转。他的双眼出神地向上凝望着，伴随着一次比一次微弱的呼吸，他的灵魂仿佛正在慢慢地蒸发。昏暗的天花板上，依稀看见了五个熟悉的容颜，他们微笑着招手挥别，相继离开。

暗夜已经过去，暴雨早已停止，或许，根本没有那场暴雨。密室中的季梦常无法看见，东方的红日在冉冉升起。